AF220606

Louise Mai

Sommerregen der Gefühle

Roman

Bibliografische Information der Deutschen Nationalbibliothek:
Die Deutsche Nationalbibliothek verzeichnet diese Publikation in
der Deutschen Nationalbibliografie; detaillierte bibliografische Daten sind im Internet über http://dnb.dnb.de abrufbar.

© 2020 Anna Louise Buchloh

Herstellung und Verlag: BoD – Books on Demand, Norderstedt

ISBN: 978-3-7519-4944-6

Für Anja

PROLOG

Die Augen in der Menge vor ihr gafften sie lüstern an. Wie sie sie abgrundtief hasste, diese Blicke auf ihrem halbnackten Busen. Gierig und hungrig lauerte die Meute vor ihr im Halbdunkeln. Wie Hyänen, bereit, sich auf jedes kleinste bisschen nackte Haut zu stürzen und mit Blicken zu zerfleischen. Und natürlich blieb es nicht allein bei diesen Blicken.

Zum Takt der Musik bewegte sich Charlotte Dunken mechanisch an der Tanzstange. Mit großer Mühe versuchte sie, ihr Herz zum Schweigen zu bringen. An diesem gottlosen Ort bewegte sie sich nicht mit Herzblut. Fern von jeglicher Moral musste sie lernen, ihre Gefühle abzustellen. Noch vor kurzem hatte sie richtig getanzt. Getanzt, als hinge ihr Leben davon ab. Es kam ihr vor wie ein anderes Leben. Ein anderes Universum. Eine andere Zeit. Zeiten, in welchen sie noch Hoffnung gehabt hatte. Hoffnung auf eine glorreichere Zukunft.

Man bescheinigte ihr Talent. Sie war der aufsteigende Star am Balletthimmel. Das bildhübsche Mädchen vom Lande. Aus dem Kuhstall direkt auf die großen Bühnen dieser Welt. Und dann: ein einziger kurzer Moment, der ihre Zukunft zerstört hatte. Charlotte hatte aufgehört, zu träumen. Aufgehört, zu hoffen. Aufgehört, darüber nachzudenken, was wohl geworden wäre, hätte das Motorrad früher gebremst. Außerdem wusste sie längst, dass der Unfall kein Versehen gewesen war. Jetzt drehten sich ihre Gedanken schon wieder unaufhörlich im Takt der einfachen Schritte, welche sie gerade noch im Stande war zu tun. Eigentlich hatte sie sich das Denken verboten. Gegen die Alpträume in der Nacht kam sie allerdings nicht an.

In ihren Träumen war sie immer noch ein kleines Mädchen in einem rosafarbenen Tutu und mit einer großartigen Zukunft. Keine mittelmäßige Stripperin in einem billigen Lokal, durch welches der Mief von altem Zigarrenrauch zog. Mittlerweile war das kleine Mädchen im Tanztrikot tot. Ermordet von der dunklen Perücke und dem roten, samtenen Negligé, welches sie sich am heutigen Abend zum ersten Mal angezogen hatte. Niemals in ihrem Leben hatte sie gedacht, je so tief zu sinken. Sich halb nackt auszuziehen und vor einer Horde lüsterner Männer laszive Bewegungen an einer vertikalen Stange zu machen. Dabei war sie sich nicht mal so sicher, ob sie ihre Sache überhaupt besonders gut machte. Der Manager hatte schon mehrmals in ihre Richtung geschaut, kritisch eine Augenbraue hochgezogen und seine imaginären Brüste liebkost. Sie hatte es gewusst. Charlotte eignete sich einfach nicht als sexy Vamp. Sie war eine verkrampfte Ballerina, die dringend einen Job brauchte und mittlerweile vor Hunger und Verzweiflung zu allem bereit war. Sie hatte alles verloren, was sie besaß. Ihre Seele. Ihre Hoffnung. Ihr Glück.

Aber ihre Wohnung, die musste sie behalten. Koste es, was es wolle. Nach Hause, zu ihren Eltern, konnte sie nicht mehr. Niemals wieder würde sie zurück in diese Einöde gehen, aus der sie gekommen war. Nichts als Kühe, Mist und Felder, wohin das Auge auch blickte. Ihre Eltern hatten sie überdies verstoßen, nachdem sie ihnen eröffnet hatte, dass sie den Bauernhof verlassen würde, um Ballerina zu werden. Ganz bestimmt wollte sie nicht auf der Straße enden. Aber der Preis war hoch. Zu hoch. Sie hatte es sich wirklich einfacher vorgestellt, ihren Körper zur Schau zu stellen. Herz und Hirn auszuschalten und aufzuhören zu denken. Leider war sie dazu nicht in der Lage. Allerdings hatte sie auch nicht den winzigsten Hauch einer Ahnung, was sie sonst noch hätte tun können. Sie hatte alles versucht. Der kalte Mief des Nachtclubs und die glotzenden Augen in der Dunkelheit waren ihr letzter Ausweg.

Müde und verzweifelt stieß Charlotte die Hintertür des zweitklassigen Etablissements auf. Wie sollte sie diesen Job durchhalten, wenn sie sich schon nach ihrer ersten Schicht fühlte, als habe sie ihre Seele an den Teufel verkauft. Viel tiefer konnte sie nicht mehr fallen. Erschöpft humpelte sie die Straße entlang. Ihr Knie tat weh. Allerdings lange nicht so schmerzhaft, wie nach einem ihrer anderen Jobs, in denen die Schichten wesentlich länger gewesen waren, trotzdem spürte Charlotte ihr Knie. Es schmerzte empfindlich. Warum musste es in der Gasse so schrecklich dunkel sein? Wäre es den Angestellten erlaubt, den Vordereingang zu benutzen, wäre sie jetzt schon auf der hellerleuchteten Straße und müsste nicht im Dämmerlicht zwischen Mülleimern und abgewrackten Autos entlang eilen. Nur noch wenige Meter, dann hatte sie die Straße erreicht. Nicht dass das Viertel, in welchem sich der Nachtclub befand, besonders sicher gewesen wäre. Trotzdem, auf der Straße war es wenigstens hell.

»Hey Süße, na, wie wäre es mit einem kleinen Privattänzchen?«

Den Mantel fest um ihren zierlichen Körper geschlungen, ignorierte sie die unheilvolle Stimme aus der Dunkelheit. Sie musste einfach so schnell wie möglich nach Hause kommen. Im Kühlschrank lag noch ein halber Apfel, den würde sie essen, sobald sie in das winzige Zimmer kam, in dem sie hauste. Auch wenn ein halber Apfel bestimmt nicht ausreichte, um ein wirkliches Sättigungsgefühl hervorzurufen. Das Gefühl, etwas zu kauen zu haben, würde ihren knurrenden Magen wenigstens für ein paar kurze Sekunden in Schach halten.

»Bleib stehen, Puppe.«

Die Stimme kam immer näher. Charlotte erschauerte. Sie beschleunigte ihre hastigen Schritte. Nur noch wenige Meter, dann hatte sie es geschafft. Auf der Straße würden bestimmt Menschen unterwegs sein. Dumpf klangen die schweren Stiefel hinter ihr.

»Du zierst dich wohl. Hältst dich für was Besseres, was?«

Eine grobe Hand packte sie an der Schulter und riss sie herum.

Charlotte schrie auf. Ihre schlimmsten Alpträume wurden gerade Wirklichkeit.

»Glaub bloß nicht, ich hätte nicht schon längst alles gesehen.«

Abfällig spuckte der grobschlächtige Mann ihr die Worte ins Gesicht. Tränen der Scham stiegen Charlotte in die Augen. Der Mann vor ihr hatte recht. Es war lächerlich, dass sie ihren Mantel wie eine schützende Mauer um sich wickelte. Vorhin hatte sie noch einen Hauch von Nichts angehabt, war praktisch nackt gewesen. Der Mann hatte bereits fast alles gesehen und jetzt wollte er den Rest auch noch anschauen. Und mehr.

Sie war am Ende. Alle hatten sie gesehen. Es war vorbei, sie hatte ihre Unschuld verloren. Der Mann riss an ihrem zerschlissenen Mantel. Charlotte schrie erschrocken auf. Nicht nur wegen seiner Brutalität, sondern schlichtweg, weil sie sich keinen neuen Mantel leisten konnte. Die Abfindung, welche sie nach dem vermeintlichen Unfall erhalten hatte, war einfach zu gering ausgefallen. Der Übeltäter saß zwar hinter Gittern und dem Staatsanwalt reichte das, allerdings brachte dies Charlotte wenig. Davon, dass der Übeltäter im Gefängnis saß, konnte sie ihre Miete nicht bezahlen oder Lebensmittel kaufen.

»Zier dich doch nicht so!«

Mit der flachen Hand schlug ihr der Mann ins Gesicht. Die Wucht des Schlages war so gewaltig, dass Charlotte wie ein lebloses Blatt auf den regennassen Asphalt stürzte. Im Fallen wurde ihr klar, dass nun ihr Ende gekommen war. Er würde nicht aufhören. Ihre Unschuld würde endgültig und unwiderruflich dahin sein. Wie sollte sie einen weiteren Tief-schlag überleben? Der Mann sah nicht aus, als würde er auf-hören. Wenn sie sich wehrte, würde er so lange zuschlagen, bis sie tot war.

Vielleicht war das nicht die schlechteste Lösung? In die-sem Moment, in dem sie sich sicher war, die Nacht nicht zu überleben, hielt eine elegante, dunkle Limousine neben der am Boden liegenden Charlotte. Die Tür ging auf und ein ele-ganter weißer Frauenarm streckte sich ihr entgegen. Charlot-te blinzelte unter Tränen nach oben. Im fahlen Licht der Straße sah die junge Frau im Auto beinahe aus wie ein En-gel. Der Anblick der feinen Limousine hatte ausgereicht, um den Schurken in die Flucht zu schlagen. Kurz bevor Charlot-te vor Erleichterung in Ohnmacht fiel, drang eine helle Stim-me an ihr Ohr.

»Es ist vorbei. Du brauchst keine Angst zu haben. Ich werde dir helfen.«

Kapitel 1

Lautlos glitt die elegante Limousine den Highway entlang. Ihr Ziel: eine der noblen Sommervillen in den malerischen Dünen der Hamptons. Wie so viele der oberen Zehntausend von New York würde auch Lady Catherine Fitzgerald der heißen, stickigen Luft in den Straßenschluchten des Big Apples für einige Monate entfliehen. Obwohl erst Anfang Juni, war es schon unangenehm heiß. Ein Umstand, den man in der durch die Klimaanlage herunter gekühlten Limousine leicht vergessen konnte. Wie viele dieser unbeschwerten Sommertage lagen bereits hinter ihr? Wie viele davon würde sie noch erleben?

Catherine Fitzgerald war alles andere als von sentimentaler Natur. Sie sah die Dinge pragmatisch. Es war an der Zeit, das Feld für jüngere Generationen zu räumen. Auch wenn sie mit ihren gerade mal achtundsechzig Jahren ganz und gar nicht zu den Ältesten ihres weitläufigen Freundeskreises zählte. Sie war müde geworden. Müde, ihren langjährigen Ehemann Marty Fitzgerald zu vermissen. Und sie vermisste ihn wirklich. Seit knapp drei Jahren war er nun tot. Und seit dieser Zeit fiel ihr das Leben schwer. So schwer, dass sie an manchen Tagen kaum das Bett verlassen konnten. Ihre Kinder sorgten sich schrecklich um sie. Veronica, ihre Jüngste, war sogar so weit gegangen, ihr eine Gesellschafterin an die Seite zu stellen. Eine Gesellschafterin! Catherine selbst musste über dieses antiquierte Wort schmunzeln. Obwohl sie sich selbst noch an Zeiten erinnern konnte, in denen es absolut normal gewesen war, eine Vielzahl an Bediensteten im Hause zu haben.

Charlotte war ein liebes Mädchen. Etwas verschlossen, aber sehr zuverlässig. Catherine schätzte die ruhige Art der jungen Frau sehr, auch wenn sie sich hütete, ihr dies allzu offen zu zeigen. Sie war die siebte in einer langen Reihe Gesellschafterinnen, welche ihre Tochter angeschleppt hatte. Niemals mit dem Durchschnitt begnügen. Dies war Catherine Fitzgeralds Leitspruch. Und Gott bewahre, die anderen Mädchen, welche ihre leichtsinnige Jüngste angeschleppt hatte, waren wirklich allesamt unbrauchbar gewesen. Nicht so Charlotte. Die zierliche Frau hatte Catherine von Anfang an irgendwo tief in ihrem sonst ziemlich steinernen Herzen berührt. Natürlich war ihr Herz ein verlässlich arbeitender Muskel, so wie bei anderen Menschen auch. Allerdings rankten sich jede Menge Gerüchte um den Wahrheitsgehalt dieser Tatsache und Catherine würde den Teufel tun, dieses Gerücht aus der Welt zu schaffen. Ein Familienimperium führte man schließlich nicht mit Liebe. Und dieses Imperium führte sie verdammt gut. Als Marty noch gelebt hatte, war er natürlich das offizielle Familienoberhaupt gewesen. Doch es ließ sich nicht bestreiten, dass Catherine selbst schon seit je-her die Fäden in ihren Händen gehalten hatte. Natürlich gab es in all ihren Firmen offiziell eingesetzte Geschäftsführer. Catherine würde ganz bestimmt nicht anfangen, in einem Büro zu arbeiten, aber sie hatte alles im Blick und lenkte die Geschicke hinter den Kulissen. Dies würde sie auch noch ei-nige Jahre lang tun. Es würde noch eine ganze Zeit lang, nicht möglich sein zurückzutreten. Immerhin war Veronica, ihr Sorgenkind, ihre Jüngste, noch nicht verheiratet. Und Jasper, ihr Zweitältester? Sobald sie nur an ihn dachte, muss-te sie ungehalten mit der Zunge schnalzen. Der verbohrte Junge hatte sich der Schauspielerei verschrieben!

Ihr Kummer rührte nicht allein daher, dass mit dieser brotlosen Kunst keinerlei Geld zu machen war. Geld war et-was, um das sich kein Fitzgerald jemals würde Sorgen ma-chen müssen. Nein, es war vielmehr der Umstand, dass es sich einfach nicht gehörte. Wie konnte er ihr das antun? Wäre der Junge wenigstens am Broadway, aber nein, es hatte ja unbedingt Hollywood sein müssen. Konnte Jasper nicht ahnen, wie sehr es sie quälte, zu wissen, dass er Werbefilme drehte? Natürlich hatte der dusselige Junge sich nicht davon abhalten lassen, ans andere Ende des Landes zu ziehen, nur weil sie ihm den Geldhahn zugedreht hatte. Über Veronica hatte sie erfahren, dass er sich mit diesen billigen Werbespots ganz passabel durchschlug und in keinerlei Weise vorhatte, reumütig in den Schoß der Familie zurückzukehren.

Catherine seufzte tief beim Gedanken an ihre abtrünnigen Schäfchen. Der Einzige, der nicht aus der Art schlug, war James, ihr Ältester. Auf ihm ruhten all ihre Hoffnungen. Ein

Abschluss als Jahrgangsbester in Harvard war erst der Anfang einer vielversprechenden Karriere gewesen und jetzt war er im Begriff, mit seinen gerade mal achtunddreißig Jahren jüngster Abgeordneter im Senat zu werden. Er hatte einen lukrativen Job und sich vor kurzem mit der bildhübschen Tochter des Bürgermeisters von New York verlobt. James war durch und durch perfekt. So perfekt, dass es ihr manchmal schon ein klein wenig Angst machte.

Dabei hatte es nicht immer so ausgesehen, als ob ihr geliebter Junge jemals wieder glücklich würde, nachdem seine erste Frau verstorben war. Johanna, die Tochter des Dekans der Harvard University, war James' erste große Liebe gewesen, und auch Catherine hatte sie vergöttert. Johanna war eine vielversprechende junge Debütantin gewesen und James hatte sich von seiner Mutter nur allzu leicht beeinflussen lassen, dass diese Verbindung seiner Karriere zuträglich wäre.

Wer hätte denn ahnen können, dass dieser Stern am gesellschaftlichen Himmel so schnell verglühen würde? Mit nur einunddreißig Jahren war Johanna Fitzgerald bei der Geburt der gemeinsamen Tochter gestorben. James war zusammengebrochen, und so war es an Catherine gewesen, sich um die kleine Estelle zu kümmern.

Mittlerweile saß James allerdings wieder im Sattel, hatte sich gefangen. Hatte seine rauschende Karriere weiter vorangetrieben und meistert den Alltag mit seiner kleinen Tochter äußerst souverän. Dass er nicht nur ein höchst attraktiver Witwer, sondern auch ein aufsteigender Stern am politischen Firmament war, hatte nun auch die attraktive junge Vivien DiLaurentes bemerkt. Dass ihr Sohn die bezaubernde Tochter des Bürgermeisters ehelichen würde, war mehr, als Catherine sich je hätte erträumen können. Diesen Sommer voller gesellschaftlicher Events würde sie nutzen, auch noch ihre etwas unstete Tochter Veronica unter die Haube zu bekommen.

Seit Charlotte in ihr Leben getreten war, hatte Catherine wieder neuen Lebensmut gefasst. Charlotte mit ihrer ruhigen, heiteren Art hatte es erreicht, dass sie wieder einen Sinn in ihrem Leben sah. Sie hatte ihr gezeigt, dass sie Marty nicht brauchte, um stark zu sein. Mittlerweile war Catherine Fitzgerald wieder ganz die Alte. Voller Lebensfreude und stets an allem interessiert, was um sie herum passierte.

Abschätzend musterte Catherine ihre hübsche Gesellschafterin, welche aufmerksam aus dem Fenster auf die schöne Landschaft der Hamptons blickte. Wie immer sah sie aus, als trüge sie die Last der ganzen Welt auf ihren schmalen Schultern. Catherine würde früher oder später noch herausfinden, welches Geheimnis es war, das ihre junge Gesellschafterin mit sich trug. Irgendetwas verbarg die junge Frau und Catherine würde ganz bestimmt nicht ruhen, bis sie herausfand, was es war. Niemand hatte Geheimnisse vor ihr.

Zufrieden schaute sie in die weite Landschaft. Ein ganzer langer Sommer lag vor ihr und ihrer jungen Begleiterin. Vielleicht würde sie auch für Charlotte einen geeigneten Mann ausfindig machen. Ein Mann aus dem Dorf oder den Chauffeur einer ihrer Freundinnen. Es würde sich bestimmt ein geeigneter Kandidat finden. Charlotte war bildhübsch, das musste die ältere Dame ihr neidlos zugestehen. Sie würde nicht lange ohne Mann bleiben, und eine Frau in ihren

Zwanzigern brauchte einen Mann, so viel stand fest. Auch wenn böse Zungen behaupteten, im 21. Jahrhundert wäre dies nicht zwangsläufig länger der Fall. Alles bourgeoises Geschwätz, wenn man sie fragte, und Gott sei Dank gab es noch genug Leute, die sie fragten.

Kapitel 2

Das sanfte Rauschen des Meeres war Balsam für Charlottes geschundene Seele. Weit ließ sie den Blick schweifen. Über die sanften Hügel der Dünen. Den glitzernden, hellen Sand, der sich einladend bis an die vor- und zurückweichende Kante der sprudelnden Gischt erstreckte. Die vereinzelt fröhlich in der Sonne glänzenden Strandkörbe schafften es, selbst die sonst so ernste Charlotte zu einem Lächeln zu bewegen. Sie hatte sehr lange nicht mehr gelächelt, fiel ihr auf, als sie hier im hellen Sonnenlicht stand. Wie leicht einem das Leben vorkam, hatte man erst einmal die erdrückenden Wolkenkratzer der Stadt hinter sich gelassen. Tief holte sie Luft und genoss den leicht salzigen Geschmack auf ihrer Zunge. Hier, an diesem paradiesischen Ort, hatte sie das erste Mal seit Monaten nicht mehr das Gefühl, unter der Last dessen, was sie getan hatte, zu ersticken. Veronica Fitzgerald, ihre Retterin, konnte ihr noch so oft sagen, dass ein Abend in einem Nachtclub noch lange keine Prostituierte aus ihr machte. Trotzdem hatte Charlotte das Gefühl, an diesem Abend ihre Unschuld und ihr Lebensglück verloren zu haben. Wenn man an so etwas wie eine Aura glaubte, so war ihre bestimmt mittlerweile pechschwarz. Was wäre passiert, hätte Veronica sie nicht gefunden? Hätte Charlotte den Abend in der dunklen Gasse überlebt, so wäre sie am nächsten Tag wieder zur Arbeit gegangen und ebenso am nächsten. Immer so weiter, bis sie eines Tages vielleicht so tief gesunken wäre, sich zu prostituieren. Charlotte wollte das Wort nicht einmal denken.

Was eine reiche Erbin wie Veronica in einer so dunklen Gasse zu suchen gehabt hatte, verriet sie ihrer Freundin mit keinem Sterbenswort. Allerdings war Charlotte, welche die umtriebige Veronica mittlerweile ganz gut kannte, sich nicht sicher, ob sie es überhaupt wissen wollte.

Veronica war ihr Schutzengel gewesen. Die junge Frau war ihr mittlerweile eine gute Freundin geworden. Sie hatte sie an diesem Abend nicht nur davor gerettet, vergewaltigt zu werden. So viel stand fest. Sie hatte sie aus ihrem elenden Leben geholt. Nun musste sie nicht weiter jede Minute darum bangen, ihr schäbiges Zimmer in einem der Elendsviertel der Stadt zu verlieren. Auch zu essen bekam sie nun regelmäßig. Dass sie kaum etwas zu sich nehmen konnte, daran traf die fabelhafte Köchin der Fitzgeralds, Fernanda, jedenfalls keine Schuld. Dies lag einzig und allein an ihrer übergroßen Scham, welche sie zu jeder Tages- und Nachtzeit überflutete wie ein heftiger Krampf.

Charlotte war ein pragmatisch denkender Mensch. Die meiste Zeit verbot sie sich die Gedanken an die Vergangenheit. Sie hatte alles aus ihrem Leben verbannt, was sie an ihre

Zeit beim Ballett erinnerte. Einzig ihr erstes Paar Spitzenschuhe lag in einen Seidenschal gewickelt zuunterst in ihrer Kommode. Den Schal hatte ihr der Ballettdirektor nach ihrem ersten Soloauftritt geschenkt. Damals, als sie noch als die Neuentdeckung des großen Igor Stanislaw gegolten hatte. Nun hatte Igor, der Direktor der Kompanie, sie genauso abgeschrieben wie alle anderen Ensemblemitglieder auch.

Trocken schluchzte Charlotte auf. Aus genau diesem Grund verbot sie sich das Schwelgen in Erinnerungen. Es brachte einfach nichts. Sie hatte ein wundervolles neues Leben begonnen und sie würde sich hüten, so leichtsinnig zu sein, in irgendeiner Weise ihre sichere Stelle als Gesellschafterin von Catherine Fitzgerald aufs Spiel zu setzten. Endlich hatte sie ihren Platz gefunden. Seit jeher hatte es alleinstehende Frauen gegeben, welche sich aufopferungsvoll um andere kümmerten, und genau so eine Jungfer beabsichtigte sie zu werden. Früher, als sie noch Strumpfhosen und Body für Alltagskleidung gehalten hatte, hatte Charlotte sich irgendwann einmal eine Familie und vielleicht sogar ein Kind gewünscht. Jetzt aber, da das Leben sie einmal verschlungen und vollkommen gebrochen wieder ausgespuckt hatte, waren diese Wünsche genauso Schnee von Vorgestern wie die Vorstellung, sie könne aus dem Stand eine Grand Jeté machen.

Charlotte kniff die Augen zusammen. Vor ihr auf dem weißen Sand näherte sich ein winziger roter Punkt. Sie schirmte die Augen gegen die Sonne mit der Hand ab. Der Punkt kam näher und formte sich langsam, aber sicher zu einem kleinen Mädchen in einem roten Badeanzug. Unruhig schaute sich Charlotte um. Weit und breit war niemand zu sehen. Sie hatte die vereinzelt hinter den Dünen liegenden Villen hinter sich gelassen. Dieser Abschnitt des Strandes war, soweit sie das erkennen konnte, vollkommen menschenleer. Leer bis auf sie und das kleine Mädchen. Das Kind konnte doch nicht allein unterwegs sein? Nun, wenn man es ganz genau nahm, war es eigentlich gar nicht allein. Es trug einen riesigen Teddy unter dem Arm und hielt einen kleinen blauen Sandeimer in der anderen Hand. Für eine winzige Sekunde zog sich bei diesem Anblick in Charlottes Brust etwas zusammen. Vielleicht war es der Umstand, dass das kleine Mädchen starke Ähnlichkeit mit Charlotte selbst aufwies? Auf den alten Fotos, welche in ihrem früheren Zuhause geblieben waren, sah Charlotte ganz genauso aus wie dieses kleine Mädchen da vor ihr am Strand. In diesem Moment bemerkte das Mädchen Charlotte. Statt zu erschrecken, wie die junge Frau es erwartet hätte, hob es die Hand mit dem Sandeimer und winkte ihr fröhlich zu. Charlotte stieß ein verblüfftes Lachen aus. Das kleine Mädchen mochte vielleicht so aussehen, wie sie es als Kind getan hatte, war aber dennoch wesentlich mutiger als die erwachsene Charlotte. Diese strich sich die langen blonden Haare aus der Stirn und machte sich daran, den Abstieg vom Kamm der Dünen herunter zu wagen. Während sie mehr nach unten rutschte als ging, ließ sie das kleine Mädchen nicht aus den Augen. Die Kleine stand abwartend im hellen Sand und strahlte sie fröhlich an.

»Hallo«, sagte Charlotte freundlich, als sie keine Minute später bei ihr und ihrem Teddy angekommen war.

»Guten Tag, freut mich, dich kennen zu lernen«, erwiderte das kleine Mädchen forsch und streckte ihr gleichzeitig ihren Teddy unter die Nase. »Das ist Piglet.«

»Guten Tag, Piglet«, sagte Charlotte höflich und schüttelte dem Teddy die Pfote. Dann flüsterte sie hinter vorgehaltener Hand, so dass der Teddy sie nicht hören konnte: »Aber das ist doch gar kein Ferkel.«

»Na und, mein Daddy nennt mich doch auch andauernd Honey und ich klebe kein bisschen.« Abschätzig schaute sie an sich hinunter. »Naja, zumindest meistens nicht«, setzte sie selbstkritisch hinzu.

»Wie alt bist du denn?«, rutschte es Charlotte vollkommen verblüfft raus. Sie kannte sich mit Kindern nicht besonders gut aus. Aber dieses hier sah viel zu jung aus, als dass es schon so selbstreflektiert und wortgewandt sein sollte.

»Ich bin vier.«

»Vier Jahre?« Charlotte schnappte hörbar nach Luft.

»Na, na, du musst dich nicht gleich so erschrecken. Ich werde irgendwann auch fünf, so wie andere Kinder auch.« Sie tätschelte Charlotte mit ihrer kleinen Hand beruhigend den Arm. »Es dauert aber noch schrecklich lang!«, setzte das Kind theatralisch seufzend hinzu. Charlotte nickte stumm. Dieser logischen Argumentation gab es nichts hinzuzusetzen.

»Möchtest du eine Sandburg bauen? Ich weiß, ich wirke schon ganz schrecklich alt. Das heißt aber nicht, dass ich nicht gerne Sandburgen baue. Ich bin…«

»Sehr gern!«, unterbrach Charlotte das Geplapper des kleinen Mädchens. Sie hatte das Gefühl, wenn sie nicht schnell anfing, im Sand zu graben, würde das Mädchen ihr noch ausführlich erklären, warum sie gerne Sandburgen baute. Ein Umstand, den keine Vierjährige erklären sollte. Zumindest nicht in Charlottes Vorstellung. Sie ließen sich auf dem Boden nieder. Charlotte konnte sich nicht erinnern, wann sie das letzte Mal im Sand gespielt hatte. Es kam ihr ewig lang vor. Fröhlich gruben sie nebeneinander im warmen Strand. Charlotte genoss das rieselnde Gefühl zwischen ihren Fingern. Das Kind neben ihr redete fröhlich weiter.

»Meine Grandma sagt immer, ich wäre zu reif für mein Alter. Aber ich finde das dumm. Ich bin ja kein Apfel.« Während sie erzählte, setzte sie Piglet so, dass er von seinem Sitzplatz aus eine gute Aussicht auf die dort entstehende Sandburg hatte. »Sie sagt, das liegt daran, dass ich zu viel allein bin. Aber was kann ich denn dafür, wenn alle meine Nannys mich so schnell wieder verlassen.« Vor Mitleid zog sich Charlottes Herz zusammen.

»Oh nein, wer würde denn so eine nette Gesprächspartnerin wie dich wieder verlassen wollen?« Munter schaute sie das Mädchen an, welches eifrig im Sand buddelte.

Das Kind zuckte lässig mit den Achseln.

»Nicki sagt, das liegt daran, dass sie alle mit meinem Daddy schlafen wollen.«

Charlotte konnte sich gerade noch zurückhalten, nicht vor Schreck laut loszuprusten. Die Kleine hatte ganz bestimmt keine Ahnung, was sie da sagte.

»Tja, ich weiß es nicht, ob die wirklich alle immer so müde sind«, sie schaute Charlotte ernst an, »aber da steckt man nicht drin.« Leichthin zuckte sie mit den Schultern. Mittlerweile musste Charlotte wirklich an sich halten, nicht lauthals zu lachen. Woher hatte die Kleine nur ihre altklugen Sprüche?

»Ich kann mir wirklich nicht vorstellen, was so toll daran sein soll, andauernd zu schlafen, das ist doch total langweilig. Es ist viel schöner, zusammen eine Burg oder sowas zu bauen! Findest du nicht auch?«

Charlotte pflichtet der Kleinen bei, obwohl ihr mittlerweile, vor unterdrücktem Lachen, die Tränen in den Augen standen. Die Nannys sahen das mit dem Burgen bauen wohl etwas anders.

Unauffällig wischte sie die Lachtränen beiseite. Dabei fiel ihr auf, dass sie schon seit Jahren nicht mehr so sehr gelacht hatte. Dieses Mädchen musste eine gute Fee sein. Eine Märchenfigur nicht von dieser Welt. Charlotte hatte nicht gedacht, dass sie überhaupt jemals wieder lachen würde, und nun reichten fünf Minuten mit diesem zauberhaften kleinen Ding und sie hatte mit einem handfesten Lachkrampf zu kämpfen. Vielleicht spielte ihr Verstand ihr Streiche? Das Mädchen konnte nicht real sein. Niemand ließ ein Kind einfach so unbeaufsichtigt am Strand spielen. Auch nicht, wenn es irgendwann fünf Jahre alt wurde. Gerade dann nicht!

»Estelle, Estelle? Honey, wo bist du?«, erklang in just diesem Moment eine tiefe Männerstimme aus den Dünen. Das kleine Mädchen zuckte zusammen.

»Ich fürchte, er meint mich.«

Charlotte lächelte.

»Das denke ich auch. Sonst kann ich hier nämlich weit und breit kein anderes kleines Mädchen sehen.«

Estelle stand auf und klopfte sich den Sand von den Händen.

»Kommst du?« Vertrauensvoll griff sie nach Charlottes Fingern. Diese verspürte erneut einen Schmerz tief in ihrem Innern.

»Klar«, murmelte sie und folgte, durch den Sand stolpernd, der zielstrebig zu den Dünen eilenden Estelle. Das Rufen wurde dringlicher. Sie mussten sich beeilen, bevor der arme Mann vor Sorge starb.

Warum zum Teufel mussten diese Dünen so steil sein? Charlottes Knie begann zu schmerzen. Eigentlich hätte sie jetzt anhalten müssen. Die nächsten Tage würde sie das Humpeln nicht verstecken können. Im Alltag fiel es an den meisten Tagen gar nicht mehr auf, dass die Zeiten, in denen sie sich leichtfüßig hatte bewegen können, endgültig vorbei waren. Sie atmete tief ein und aus. Eine Technik, die sie noch vom Training her kannte. Allerdings hatte sie damals nur gegen die Schmerzen des harten Alltags einer Ballerina anatmen müssen. Dieser war lange nicht so qualvoll gewesen wie die bohrenden Schmerzen in ihrem Knie, welche ihr immer wieder vor Augen führten, was sie alles verloren hatte. Ein letzter tiefer Atemzug. Sie hatte den Gipfel der Düne erreicht.

»Oh Gott im Himmel!« Sie zuckte so heftig zusammen, dass sie ins Schleudern geriet. Jetzt wusste sie, warum die Nannys alle mit Estelles Daddy hatte schlafen wollen. Und mit Schlafen war definitiv sicher nicht Schlafen im Sinne des Wortes gemeint. Charlotte konnte es den Nannys nicht verübeln. Jedes weibliche Wesen bei halbwegs klarem Verstand würde mit diesem Exemplar Mann anderes machen wollen als Sandburgen bauen, so viel stand fest. Fest stand allerdings auch, dass Charlotte selbst jeden Moment rücklings von der Kante der Düne stürzen würde.

In jenem Moment, in dem sich Charlotte schon mit verrenkten Gliedmaßen unterhalb der Dünen liegen sah, schoss eine braungebrannte Hand vor und legte sich schützend um ihre zarte Taille. Ein starker Arm zog sie nach vorne, weg von dem drohenden Abgrund, hin an die perfekteste Brust, die Charlotte in ihrem ganzen Leben je gesehen hatte. Und als Ballerina hatte sie wirklich schon viele perfekte Männerkörper gesehen. Aber noch keinen wie diesen hier. Für eine Sekunde standen sie und der Fremde fest umschlungen einfach nur da. Ihr Herz raste und das Blut pulsierte in ihren Adern. Sie fühlte alles und nichts zugleich. Die harten durchtrainierten Muskelstränge an ihrer Wange. Die glatte Kühle seiner Haut. Ihre Nase schnupperte seinen männlich herben Duft. Sie musste an sich halten, nicht mit den Lippen dem sanften Bogen seiner gut definierten Brustmuskulatur zu folgen. Ihre Zunge wollte erkunden, ob seine Haut von der Meeresluft salzig schmeckte. Ihre Hand, welche auf seinem straffen Bauch ruhte, wollte mehr fühlen, ertasten.

»Sie scheinen sich sehr für Brustmuskeln zu interessieren.« Sein Tonfall klang amüsiert. Charlotte hörte das Lachen in seiner dunklen Stimme. »Gilt das für Brustmuskeln im Allgemeinen oder nur für meine?« Auch wenn die Frage nicht ernst gemeint war, klang seine Stimme sehr interessiert.

Mit einem Ruck riss sie sich los. Charlotte war knallrot im Gesicht. Der Kerl machte sich definitiv lustig über sie. Was zum Teufel machte sie überhaupt so lange an seiner Brust? Hatte sie sich nicht vor wenigen Sekunden Enthaltsamkeit bis in den Tod geschworen? Keine fünf Minuten später war sie im Begriff, einen vollkommen Fremden fast abzulecken. Am liebsten hätte sie auf der Stelle die Flucht ergriffen. Allerdings hatte der Fremde ihr Leben gerettet. Naja, zumindest hatte er sie vor einem sehr schmerzhaften Sturz bewahrt. Einem Sturz, der ihre Knieverletzung bestimmt nicht besser gemacht hätte. Sie blinzelte in seine Richtung. Wieder traf sie sein attraktives Äußeres wie ein Schlag. Wie konnte ein einzelner Mensch derartig gut aussehen? Unauffällig ließ sie ihren Blick an seinem Körper entlang wandern. Passend zum heißen Sommertag trug der Fremde nichts außer einer lässigen Badeshorts. Sein Outfit ließ keinen Raum für Interpretationen. Ganz offensichtlich waren nicht nur seine Brustmuskeln äußerst definiert. Seine Haut war im Gegensatz zu Charlottes fast schon durchscheinend weißer Haut schon leicht gebräunt. Wenn sie nicht alles täuschte, konnte sie einen Anflug von Sommersprossen auf seiner ebenmäßigen Nase erkennen. Ein Gesicht wie gemeißelt. Seine blonden Haare waren verwuschelt und sahen aus, als habe er gerade mit einer dieser Nannys ein Nickerchen gehalten. Charlotte schluckte. Dieser Mann da vor ihr war ein Gott. Wahrscheinlich war sie im Garten auf der Liege eingedöst. Sie musste träumen, denn dieser Mann konnte schlichtweg nur ihrer Phantasie entsprungen sein.

»Vielen Dank.« So ganz ohne Spott darin klang seine Stimme warm und melodiös.

»Was?« Charlotte verstand die Welt nicht mehr. Der Fremde hatte sie vor einem Sturz bewahrt. Es war an ihr, sich zu bedanken.

»Sie haben mein kleines Mädchen gefunden.« Er lächelte sie an und seine Mundwinkel kräuselten sich. »Ich wüsste nicht, was ich ohne Sie getan hätte.«

Charlotte hob abwehrend die Hand.

»Ich habe zu danken. Ich wurde schon lange nicht mehr so gut unterhalten - also, von ihrer Tochter!« Sie grinste schwach. Nicht, dass der Kerl noch auf den Gedanken kam, dass seine Brustmuskeln irgendetwas zu ihrem Amüsement beitrugen. Oh verdammt, sie hatte schon wieder einen Blick auf seine definierte Brust geworfen. Langsam kam sie sich vor wie eine Brustmuskelfetischistin. »Und außerdem haben sie mich gerettet.« Sie deutet schnell auf den Rand der Dünen und biss sich schuldbewusst auf die Lippen, als ihr Blick schon wieder auf seiner gebräunten Brust haften blieb.

»Immer wieder gern.« Der Fremde zwinkerte ihr zu. Flirtete er etwa mit ihr? »Meine Brustmuskulatur steht ihnen zu Forschungszwecken jeder Zeit zur Verfügung«, setzte er grinsend hinzu.

Okay, das war jetzt wirklich ein handfester Flirt, oder? Charlotte war einfach aus der Übung. Wobei sie noch nie eine großartige Expertin auf diesem Gebiet gewesen war.

»Allerdings muss ich jetzt leider gehen.« Der Fremde sah tatsächlich enttäuscht aus.

Bewusst unbekümmert hob Charlotte die Schultern. Sie musste so schnell wie möglich hier weg, bevor sie noch vollkommen den Verstand verlor. Sie war außer Rand und

Band. Wenn sie nicht auf seine definierte Brust starrte wie eine Irre, dann flog ihr Blick hin zu seinen vollen Lippen. Wie es wohl sein mochte, sie zu küssen? Charlotte kniff die Augen zusammen.

»Alles okay?« Der Mann legte ihr die Hand auf die Schulter.

»Äh, ja«, stammelte sie heiser. Seine Gegenwart erregte sie derart, dass sie nicht länger Herr über ihren Körper war. Der Fremde grinste breit.

»Ich weiß, solche Muskeln können einen umhauen.« Er zwinkerte ihr lässig zu.

Sein Tonfall aber war derart ironisch, dass Charlotte sofort klar war, dass er nichts an diesem Gespräch wirklich ernst nahm. Bestimmt machte er sich insgeheim lustig über sie. Am liebsten hätte sie sich die Hand vor die Augen geschlagen, so peinlich war ihr die ganze Situation. Charlotte musste hier weg, bevor sie sich noch absolut lächerlich machte und anfing zu sabbern oder so etwas in der Art. Schnell machte sie einen Satz nach hinten. In diesem Moment schoss sein Arm erneut vor und zog sie nach vorne, weg von der steilen Böschung der Düne.

»Wenn sie allerdings weiterhin so selbstmordgefährdet sind, kann ich sie unmöglich hier allein lassen«, scherzte er.

Charlotte gab sich Mühe, zu grinsen. Sie machte sich hier gerade vollkommen lächerlich.

»Nun gut, wir wollen sie nicht länger aufhalten.« Er nahm die Kleine auf den Arm. »Wir müssen jetzt schnell zu deiner Grandma«, sagte er zu seiner Tochter. »Eigentlich ist es unverzeihlich, dass wir noch nicht längst da sind. Ein halbes

Jahr hat sie uns nicht gesehen und wir machen erst einmal einen Ausflug zum Strand.« Bedauernd hob er die Schultern. »Sagst du auf Wiedersehen, Honey?«

Estelle schaute Charlotte mit einem Siehst-du-was-habe-ich-gesagt-Blick an. Trotz aller Peinlichkeiten lächelte Charlotte herzlich. Dieses Kind hatte etwas an sich, das sie grundlos glücklich machte.

»Auf Wiedersehen, Estelle«, sagte sie feierlich.

Die Kleine winkte ihr zu.

»Auf Wiedersehen, Piglet.« Die Augenbraue des Mannes schnellte nach oben.

»Wie ich sehe, gehören sie bereits zur Familie.« Er kräuselte anerkennend die Mundwinkel.

Charlotte schaute ihn fragend an. Sie wurde aus seinen Worten nicht schlau.

»Sie müssen wissen, Piglet stellt sich nicht jedem vor. Dieses Privileg genießen nur ganz enge Freunde und Verwandte.«

»Ach so«, lachte Charlotte. »Ich fühle mich geehrt.« Sie tauschte einen tiefen Blick mit diesen unwiderstehlichen blauen Augen. Okay, jetzt flirtete sie definitiv. Hatte sie sich nicht für heute schon genug blamiert? Dieser Mann sah viel zu gut aus, um sich auch nur ein Fünkchen für sie zu interessieren, und außerdem wartete bestimmt irgendwo eine wunderhübsche Frau auf ihn. Charlotte musste so schnell wie möglich von hier fort, bevor sie sich noch auf der Stelle in einen vollkommen Fremden verliebte.

»Also dann.« Sie zwang sich, nicht noch einen Blick auf seine Lippen oder sonst ein Körperteil zu werfen.

»Vielleicht sieht man sich ja noch mal?« Die Stimme des Mannes klang fragend.

»Ich werde ganz bestimmt keine dieser Nannys werden«, murmelte Charlotte.

»Was haben sie gesagt?«

»Ach, nichts. Guten Tag noch«, beeilte sie sich, ihren Fauxpas auszubügeln. So schnell sie konnte, drehte sie sich um und marschierte würdevoll von dannen.

Ab jetzt würde sie sich vor einsamen romantischen Strandabschnitten in Acht nehmen, denn diese brachten nur Ärger. Das einzig Gute an diesem Tag war, dass sie diesen Mann ganz bestimmt niemals mehr wiedersehen würde, den Rest konnte man abschreiben. Allen guten Vorsätzen zum Trotz ging er ihr aber den ganzen Heimweg über doch nicht aus dem Kopf.

Kapitel 3

Einigermaßen verwirrt kehrte Charlotte zurück zur Villa der Fitzgeralds. Noch vollkommen in Gedanken hatte sie dieses Mal keinen Blick für die Schönheit der weitläufigen Gartenanlage übrig. Der großzügige Pool glitzerte einladend in der Sonne. Aber Charlotte hatte keine Muße, sich entspannt hinzulegen. Sie musste dringend unter eine eiskalte Dusche. Noch nie in ihrem ganzen Leben hatte sie sich derart durcheinander gefühlt. Sie konnte ihr Gefühlswirrwarr nicht einmal in Worte fassen. Natürlich hatte sie schon ein paar Mal tiefergehendes Interesse an einem Mann gehabt. Wie wohl die meisten Ballerinen hatte sie sich mehr als nur einmal in ihren Tanzpartner verliebt. Ein unstetes, flatterhaftes Gefühl, welches nicht länger als die Dauer eines romantischen Pax de Deux anhielt. In ihrem ganzen Leben hatte sie niemals erfahren, wie es sich anfühlte, einem Menschen ganz und gar zu vertrauen und welches brennende, alles verzehrende Verlangen man für einen Mann empfinden konnte. Ihre Mutter war ein schwaches Geschöpf gewesen. Vollkommen auf ihren neuen Partner fixiert, hatte sie kaum einen Blick für ihre Tochter gehabt. Und auch wenn die Dunkens in ihrer Gemeinde als vorbildliche Schäfchen Gottes galten, so waren die Blicke, welche Charlottes neuer Dad seiner Stieftochter zuwarf, alles andere als christlich gewesen. Kurzum, Charlotte hatte sich in ihrem ganzen Leben noch nie irgendwo sicher und zuhause gefühlt. An keinem Ort und schon gar nicht in der Nähe eines anderen Menschen.

Bis zum heutigen Tag. Der kurze Moment in den Armen des vollkommen Fremden war wie eine Offenbarung für Charlotte gewesen. Das erste Mal in ihrem Leben hatte sie sich für den Bruchteil einer Sekunde zuhause gefühlt. Zuhause und geborgen – in den Armen eines vollkommen Fremden. An das unwiderstehliche Verlangen, welches der Fremde am Strand in ihr ausgelöst hatte, traute sie sich gar nicht erst zu denken.

Unwirsch schleuderte Charlotte, in ihrem Zimmer angekommen, die Sandalen von den Füßen. Sie hatte definitiv zu viel Sonne abbekommen. Kurz überlegte sie, ob sie sich für das Abendessen entschuldigen sollte. Allerdings war dies alles andere als fair Catherine gegenüber. Die alte Dame hatte sich schon mehr als großzügig gezeigt, Charlotte in ihrem Urlaub so viel Freiraum zuzugestehen. Hier in den Hamptons wirkte es auf Charlotte, als wäre Catherine nicht länger so einsam wie in der Stadt. Die letzten Tage hatte ihre Chefin Charlotte öfter den Nachmittag freigegeben. Dann war sie für mehrere Stunden allein durch die Gegend gestreift. Vielleicht ging es Catherine ähnlich wie Charlotte? Vielleicht brauchte sie einfach Zeit für sich? Zeit, die Dinge, die geschehen waren, zu verarbeiten. Die beiden Damen genossen die Einsamkeit in vollen Zügen, solange sie konnten. Noch hatte die Sommersaison nicht begonnen. Die meisten New Yorker waren noch in der Stadt. Die Partys und Empfänge standen alle noch ins Haus. Auch würde Catherines Familie für einige Wochen ebenfalls den Sommer hier verbringen. Veronica hatte sich für die kommenden Tage angemeldet, und wenn Charlotte nicht alles täuschte, dann würde auch Catherines ältester Sohn irgendwann seine Mutter mit seiner Anwesenheit beehren.

Charlotte wusste nicht, was sie davon halten sollte. Auch wenn Catherine ihren Sohn James in höchsten Tönen pries, kam er Charlotte vor wie ein arroganter Schnösel. Ein Politiker. Das sagte doch schon alles. Als Farmerstochter hatte sie gelernt, dass von dieser Spezies selten etwas Gutes kam. Auch im Ballettcorps war dieser Menschenschlag nicht gerne gesehen gewesen. Wie oft kam es vor, dass es Kürzungen im Etat des Hauses gab oder eine Produktion nicht stattfand, weil die schwerreichen Geldgeber an Weihnachten lieber, zum tausendsten Mal, Dornröschen sehen wollten, als ein anderes, etwas moderneres Stück.

Den Bildern, welche zahlreich in Catherines großzügigem Townhouse verteilt hingen und standen, hatte Charlotte im letzten halben Jahr, welches sie nun bei Catherine war, nie groß Beachtung geschenkt. Sie war von Natur aus kein sehr neugieriger Mensch. Und Veronica war viel zu sehr mit ihrem eigenen verwirrenden Leben als reiche Erbin beschäftigt, um sonderlich viel von ihren Brüdern zu berichten. Charlotte wusste nur so viel, dass Jasper, Veronicas anderer

Bruder, nach Hollywood gegangen war, um dort sein Glück zu machen. Scheinbar schien ihm dies auch ganz gut zu gelingen. Sehr zum Leidwesen seiner Mutter.

Catherine gehörte schon seit Kindertagen zur Upper Class New Yorks. Sie konnte sich nicht damit abfinden, dass ihr jüngster Sohn sie, in ihren Augen, derart blamierte. Sie wollte ihn nicht in billigen Werbespots sehen, sondern in einem Job, der zu einem Sprössling der oberen Zehntausend passte.

Charlotte war normalerweise eine wirklich aufmerksame Gesprächspartnerin, aber wenn die alte Dame zum wiederholten Male anfing, über Jasper zu jammern und James in rosigem Licht zu zeichnen, dann stellte sie die Ohren auf Durchzug. James Fitzgerald war auch nicht das Gelbe vom Ei. Das musste mal gesagt werden. Was für ein Sohn besuchte seine Mutter so selten? Seit Charlotte im Hause Fitzgeralds wohnte, hatte sie den ältesten Sohn ihrer Arbeitgeberin nicht ein einziges Mal zu Gesicht bekommen. Hatte er nicht sogar eine kleine Tochter? Eine Tochter, welche er die ganze Zeit irgendwo parkte, da er viel zu beschäftigt war, sich um sie zu kümmern? Und wenn man Catherines aufgeregten Worten Glauben schenken durfte, hatte er sich erst vor Kurzem mit irgendeiner einflussreichen Politikertochter verlobt. Nun ja, Gleich und Gleich gesellte sich nun mal gerne. Solche Ehen waren doch mehr arrangiert, als wirklicher Liebe entsprungen. Aber Charlotte gönnte es ihm. Nur seine Tochter tat ihr schrecklich leid. Das arme Mädchen würde es nicht leicht haben mit diesen Eltern.

Andrerseits, was kümmerte sie sich um die Angelegenheiten anderer Leute? Sie gehörte so schnell wie möglich unter eine eiskalte Dusche. Was auch immer sich da eben am Strand ereignet hatte, war allenfalls der Hitze zuzuschreiben. Es gab ganz bestimmt keine Liebe auf den ersten Blick. Und wenn man es mal ganz genau betrachtete, war Charlotte sich absolut sicher, dass es so etwas wie richtige, echte Liebe sowieso gar nicht gab. Das, was die Menschen Liebe nannten, war gefährlich. Liebe brachte nichts weiter als Hass und Zerstörung, davon konnte ihr Knie ein Lied singen.

Eine Stunde später hatte sich Charlotte in Schale geworfen. Am Anfang hatte sie es höchst verwirrend gefunden, sich jeden Abend extra umzuziehen. Der ganze Aufwand, nur weil es etwas zu essen gab? Allerdings legte Catherine sehr viel Wert auf richtige Etikette, und wenn Charlotte ihre Chefin allein damit glücklich machen konnte, dass sie sich in eines von Veronicas abgelegten Kleidern warf, dann war sie gerne bereit, dieses Opfer zu bringen. Charlotte war Gott froh, dass die gertenschlanke Veronica so oft ihre Garderobe aussortierte. Sie selbst hätte trotz fester Anstellung einfach nicht das Geld aufbringen können, sich andauernd etwas Neues, so Kostspieliges zum Anziehen zu kaufen.

Mittlerweile hatte Charlotte wenigstens ein paar Kilo zugenommen. Trotzdem schlackerten Veronicas abgelegte Kleider noch immer ein wenig an ihrem ehemals gut trainierten Tänzerinnenkörper. Charlotte war schon lange nicht mehr so muskulös wie einst. Sie kam sich oft viel zu dünn vor. Allerdings schaffte sie es kaum, auch nur ein Gramm zuzunehmen. Sie war einfach viel zu unglücklich.

Wie sie es seit Jahren gewohnt war, trug sie auch heute Abend die Haare zu einem strengen Knoten gebunden. Situationen wie diese am Strand, in denen sie ihre lange Mähne unbändig umherfliegen ließ, waren selten. Zu sehr erinnerte es sie an fröhlichere Tage, an denen sie sich hübsch gemacht hatte und mit Freunden feiern gegangen war. Mit Freunden, die heute nichts mehr von ihr wissen wollten.

Rasch legte sie ein wenig Rouge auf. Für die ältere Dame musste sie sich nicht unbedingt mit Make-Up zukleistern. Außerdem hatte sie heute ein wenig Farbe im Gesicht bekommen. Alles in allem fand sie, dass sie ganz passabel aussah. Das dunkelblaue Kleid passte perfekt zu ihren blauen Augen. Schnell verbot die junge Frau sich den Gedanken an ein anderes Paar Augen, welches in ihrer Magengrube einige Verwirrung angerichtet hatte. Was der Fremde vom Strand wohl denken würde, wenn er sie so zurecht gemacht sehen könnte? Allerdings würde er sie niemals in diesem und auch in keinem anderen Kleid zu Gesicht bekommen. Sie wusste doch noch nicht einmal seinen Namen. Geschweige denn, wo er wohnte oder wer er war. Sie tat gut daran, wenn sie sich sein jungenhaftes Grinsen so schnell wie möglich aus dem Kopf schlug.

Langsam schritt sie die breite, geschwungene Treppe der ehrwürdigen Villa hinunter. Kurz stockte sie, als sie Stimmen vernahm.

»Wir essen heute draußen.« Fernanda, die Köchin der Fitzgeralds, zog gutmütig die Augenbraue hoch, als sie sah, wie sehr sie die junge Frau erschreckt hatte.

»Wirklich?« Erstaunt blickte Charlotte die dickliche Frau an.

»Zur Feier des Tages.« Fernanda kicherte. »James ist endlich da!« Die Köchin klang überglücklich. Scheinbar gehörte auch sie zu dem James-Fitzgerald-Fanclub. Charlotte schluckte. Der schnöselige James war also eher früher als später hier aufgetaucht. Na super, wer hätte gedacht, dass er sich überhaupt hier blicken ließe. Das letzte halbe Jahr hatte er es auch nicht für nötig empfunden, seine Mutter zu besuchen. Unauffällig musterte sie Fernanda. Hatte die Köchin etwa Lippenstift aufgetragen? Es war offensichtlich, dass nicht nur Catherine Fitzgerald überaus begeistert von ihrem Sohn war. Wahrscheinlich gehörte er zu jener Sorte Männer, deren Aura von Geld und Macht darüber hinwegtäuschte, dass sie schrecklich hässlich und zudem auch noch fürchterlich unsympathisch waren. Nun gut, sie würde schon noch herausfinden, was so besonders an diesem Fitzgeraldsprössling sein sollte. Mit entschlossenen Schritten machte sie sich auf den Weg zur Veranda.

Egal wie oft sie noch von drinnen auf die weitläufige Veranda treten würde, es würde immer gleichbleibend umwerfend sein. Der Blick über die hellen Dünen und das blaue Meer waren einfach unglaublich.

Catherine und ihr Sohn standen mit dem Rücken zu ihr und waren gerade dabei, den Ausblick zu genießen. Groß war er ja schon mal, dachte sich Charlotte, während sie sich langsam auf die beiden zubewegte. Ihr Herz begann leicht zu flattern. Was war nur heute mit ihr los? Sie wunderte sich über ihr seltsames Verhalten. Irgendetwas an seiner ganzen Erscheinung irritierte sie zutiefst.

In diesem Moment drehte James Fitzgerald sich zu Charlotte um. Ihr Herz blieb stehen. Schlagartig wurde ihr bewusst, was sie so irritiert hatte. Ihr ganzer Körper hatte lange vor ihrem Verstand gewusst, wer da so lässig an der Brüstung der Veranda lehnte. Vor ihr stand in einem leichten Sommeranzug – die rötlich-blonden Haare zwar immer noch verwuschelt, aber doch wesentlich mehr in Form gebracht – der Fremde vom Strand und lächelte sie mit seinem jungenhaften Grinsen herausfordernd an.

Kapitel 4

Wieder in der Villa in den Hamptons zu sein, war für James eine Qual. Johanna, seine verstorbene Frau, hatte diese Urlaube geliebt. Seit ihrem Tod hasste James alles, was mit Erholung zu tun hatte. Nur wenn er arbeitete, fühlte er sich nicht, als habe man ihm sein Herz herausgerissen. So sehr er es sich für seine kleine Tochter wünschte, er schaffte es nicht länger als höchstens mal eine Stunde, sich nicht in Arbeit zu vergraben. Und wenn er nicht arbeitete, joggte er wie ein Irrer durch die Gegend oder verausgabte sich im Fitnessstudio. Schlafen war mittlerweile ein Fremdwort für ihn. Er ertrug es einfach nicht länger, ein ums andere Mal Johannas dunkle Locken im Traum zwischen seinen Finger zu spüren, nur, um dann aufzuwachen und festzustellen, dass sie nicht an seiner Seite lag. Er vermisste sie mit jeder Faser seines Körpers. Johanna war seine erste große Liebe gewesen und würde auch die letzte Frau sein, die er je derart geliebt hatte. James hatte sich hoch und heilig geschworen, sich niemals wieder zu verlieben.

Er war kein gefühlsbetonter Mensch. Johanna war der einzige Mensch gewesen, bei dem er sich je hatte fallenlassen können. Bei ihr war er anders gewesen. Fröhlich. Verliebt. Glücklich. Doch diese Zeiten waren vorbei. Niemals mehr würde er so dumm sein, sich einem Menschen derart hinzugeben. Einen Menschen so zu lieben, machte schwach. Und James besaß bereits eine Schwachstelle. Er hatte Estelle. Seine Tochter liebte er über alles. Schließlich war sie das Einzige, was ihm von Johanna geblieben war. Jedenfalls würde James nicht so dumm sein, sich eine weitere Schwachstelle zuzulegen, indem er sein Herz noch einmal in die Hände einer Frau legte.

Seiner Verlobten Vivien hatte er dies natürlich nicht in der Form gesagt. Er mochte sie gerne. Sie war eine bildhübsche Frau und sie wusste als Tochter eines Politikers ganz genau, was sie an der Seite von James erwarten würde. Sie war es gewohnt, dass ihr Vater nie zuhause war. Sie würde auch damit umgehen können, dass ihr Mann es nicht war. Vivien war eine ehrgeizige Frau. Sie erinnerte ihn an seine Mutter. Und ganz genau wie seine Mutter würde sie ein weißer Hai in der Nahrungskette der New Yorker Upper Class werden. Sie besaß politisches Kalkül. Ganz im Gegensatz zu James. James war eher von friedliebender Natur. Wäre Johanna noch am Leben, wäre er vielleicht schon Professor in Harvard. Oder sonst etwas weniger Spektakuläres. Auf jeden Fall hätte er sich niemals so etwas Seelenloses wie die Politik ausgesucht.

Sie waren relativ jung gewesen, als sie geheiratet hatten. Ihr ganzes Leben hatte noch vor ihnen gelegen. Gerade mit dem Studium fertig, hatte ihnen die Welt offen gestanden, aber sie hatten einfach nur eine Familie gründen wollen. Was sie nach ein paar Jahren der Ehe schließlich auch getan hatten. Estelle war zur Welt gekommen. Und dann hatte Johanna ihn allein auf dieser elenden Welt zurückgelassen und ihm somit jede Chance auf ein glückliches Leben genommen. Jetzt war er wieder ganz der Sohn, den seine Mutter sich so sehr wünschte.

Jasper, James kleiner Bruder, hatte sich für seinen eigenen Weg entschieden. Veronica, seine kleine Schwester, berechnete immer noch die Route neu und konnte sich offensichtlich für keinen Weg entscheiden. So blieb es an ihm hängen, die Familienehre zu bewahren. Es würde seine Mutter umbringen, wenn sich alle drei ihrer Kinder gegen eine eindrucksvolle Karriere entschieden. Bis auf Weiteres lag die Bürde, ihre Mutter glücklich zu machen, also bei ihm. Seine Schwester würde, wenn sie sich die Hörner abgestoßen hatte, strategisch gut heiraten. Und wenn Jasper es noch schaffte, ein seriöser Schauspieler zu werden, dann würde vielleicht auch für James irgendwann einmal die Zeit kommen, in der er sich darauf besinnen konnte, was er wirklich wollte.

Bis dahin allerdings würde James nur eines tun: arbeiten, arbeiten, arbeiten. Keine Ablenkung, nur Erfolg. Geld statt Emotionen. Bis jetzt schlug er sich gut. In den letzten vier Jahren hatte er sich, auch nicht nur einmal, zu einer Frau mehr als nur körperlich hingezogen gefühlt. Gut, er war ein Mann und hatte schließlich auch Bedürfnisse. Dem aufdringlichen Charme der ein oder anderen von Estelles Nannys war er hin und wieder erlegen. Schließlich war er kein Mönch.

Gegen eine leidenschaftliche Affäre ohne jegliche Gefühle hatte er nichts einzuwenden. Es war wie ins Fitnessstudio zu gehen. Es sorgte für Ausgeglichenheit und überdies war es förderlich für die Gesundheit. Alles hatte so gut gepasst, aber dann war dieser blonde Engel wie aus dem Nichts aufgetaucht. Sie hatte nicht nur seine Brustmuskulatur berührt, sondern auch einen Teil in seinem Herzen, den er für tot gehalten hatte. Er hatte absolut keinen blassen Schimmer, was passiert war.

Vielleicht lag es daran, dass sie so schrecklich zerbrechlich gewirkt hatte. Am Rand der Dünen stehend, nur einen Schritt davon entfernt, nach unten zu stürzen. Er konnte sich nicht entscheiden, was ihn am meisten fasziniert hatte. Das hellblonde, vom Wind zerzauste Haar oder die riesigen dunkelblauen Augen, welche aussahen wie die eines winzigen Fohlens, welches gerade erst dem Mutterschoß entglitten war. Vielleicht lag es auch daran, dass sie so unglaublich dünn war, dass er das unbändige Verlangen verspürt hatte, sie zum Essen einzuladen. Was auch immer es gewesen war. Es war gut, dass er sie niemals wiedersehen würde. Denn wenn er eines vor dem anstehenden Wahlkampf nicht gebrauchen konnte, dann war es Ablenkung. Und diese Frau lenkte ihn ab, so viel stand fest. Statt sich ganz auf seine Mutter zu konzentrieren, welche er immerhin ein halbes Jahr nur auf irgendwelchen Veranstaltungen und in Eile gesehen hatte, hörte er ihr nur mit halbem Ohr zu. Während er über die Dünen blickte und tat, als interessierte ihn der neuste Klatsch der High Society, dachte er die ganze Zeit an nichts Anderes als die zarte Frau mit den unglaublich blauen Augen.

In diesem Moment spürte er, dass jemand hinaus auf die Terrasse trat. Es fühlte sich an, als ob sein ganzer Körper in Anspannung versetzt werde. Was war nur los mit ihm? Bestimmt war Fernanda mit dem Essen auf die Veranda getreten. Oder diese dusselige Gesellschafterin, von der seine Mutter erzählt hatte? Veronica musste dringend aufhören, irgendwelche seltsamen Gestalten von der Straße aufzulesen, welche dann die Gutmütigkeit seiner Mutter ausnutzten. Egal, wer es auch war, er hatte einfach Hunger und das war es, was seinen Körper in derartige Erregung versetzte. Langsam drehte er sich um. Sein Herz setzte einen Schlag lang aus. Wie lange war es her, dass er das letzte Mal etwas gegessen hatte? War er schon so übermüdet, dass er halluzinierte? Im weichen Licht des langsam hereinbrechenden Abends stand, wunderschön und zerbrechlich zart, die Frau, welche noch vor wenigen Stunden an seiner Brust liegend für eine Sekunde sein Herz aus dem Takt gebracht hatte.

***

Für Charlotte bleib die Zeit stehen. Alles um sie herum schien sich in Zeitlupe zu bewegen. Die leichte Brise, welche vom Meer herüberwehte, die letzten Strahlen der Sonne, alles wirkte so unwirklich. Wie in einem Traum. Und mitten darin dieser wundervolle Mann, dessen helle Bartstoppeln ihm ein leicht verruchtes Aussehen verliehen. Vielleicht lag es an diesem sexy Dreitagebart, dass sie James heute Mittag nicht gleich erkannt hatte? Auf den Wahlplakaten und den Fotos im Hause Fitzgerald hatte er ganz anders ausgesehen.

Glattrasiert und die Haare viel strenger frisiert, wesentlich seriöser, weniger jungenhaft und leicht zerzaust. So, wie er dastand, im letzten Licht des Tages, wirkte er etwas verloren. Er wirkte wie ein ganz anderer Mensch. Wie viele Seiten dieser Mann wohl besaß? Bis jetzt kannte sie den lockeren und gelösten James, welcher am Strand fremde Damen rettete und anschließend nichts gegen einen leichten Flirt einzuwenden hatte. Dann gab es diese jungenhafte Seite, welche so bezaubernd war, dass Charlotte inständig hoffte, dass er sie nicht allzu oft zeigen würde. Sonst würde sie nicht für ihr Herz garantieren können. Und dann musste es noch den Politiker in ihm geben. Die harte, kalte Seite, welche sie ihm bis jetzt einzig und allein zugestanden hatte.

Was Catherine über ihren Ältesten erzählt hatte, deckte sich nicht mit dem jungenhaft lächelnden, sympathisch wirkenden Mann vor ihr. Erschrocken zuckte Charlotte zusammen. Wie lange stand sie schon da und betrachtete vollkommen versunken jeden Zentimeter seiner umwerfenden Erscheinung? Bestimmt zu lange. Sie musste etwas sagen. Sie musste reagieren. Aber wie? Sollte sie so tun, als ob sie sich nicht kannten? Wie sollte sie ihn begrüßen?

»Wie wundervoll, du bist hier. Ich wusste, dass es unser Schicksal sein würde, uns wiederzusehen«, krähte es in diesem Moment hinter Charlotte. Die drei Erwachsenen blickten verblüfft auf die kleine Estelle, welche in freudiger Erregung nach draußen gestürmt kam. Übermütig umschlang sie Charlottes Beine, so dass diese ins Wanken geriet. Ohne zu überlegen, sprang James vor und fasste sie am Arm. Sofort schossen Charlotte Bilder seiner wirklich sehr definierten

Brust in den Kopf. Bilder, welche definitiv nicht jugendfrei waren. Sie blickte auf den eleganten Stoff seines Hemdes. Es war wirklich nicht gut, dass sie nur allzu genau wusste, wie braungebrannt und überaus wohlgeformt dieser Brustmuskel darunter wirklich war. Sie blinzelte heftig, um die Gedanken zu verscheuchen. Die Sachlage hatte sich geändert. Ab sofort waren solche Gedanken absolut tabu. Das hier vor ihr war nicht länger irgendein Fremder, den sie am Strand kennengelernt hatte und nie wiedersehen würde. Das hier war James Fitzgerald, der älteste Sohn ihrer Arbeitgeberin.

Die Frage der Begrüßung hatte sich jedenfalls erledigt. Jetzt blieb nur noch abzuwarten, was Catherine von der Sache hielt, dass ihr ältester Sohn und ihre Gesellschafterin sich bereits kannten. Vorsichtig blinzelte Charlotte in Richtung der älteren Dame. Diese schien sich aber nicht weiter an Estelles Aussage zu stören, denn sie behielt die Contenance, während sie lächelte und freundlich auf die Stühle um den Tisch wies. Anscheinend hatte sie vor, die Angelegenheit bei einem ersten Glas Wein zu erörtern. Charlotte war dies sehr recht. Noch nie hatte sie sich derartig nach einer Sitzgelegenheit gesehnt. Wie gewöhnlich trat sie auf Catherine zu, um ihr den Stuhl zurückzuziehen und beim Hinsetzten behilflich zu sein. Allerdings hatte James wohl denselben Gedanken gehabt und ihre Hände berührten sich, als sie nach der Lehne des Stuhls griffen. Ein Stromstoß durchzuckte ihren Körper. Wie von der Tarantel gestochen fuhr Charlotte zusammen. Wie konnte eine so winzige Berührung solche Gefühle in ihr freisetzen?

Catherine war diese Szene nicht entgangen. Ihr wachsamer Blick glitt zwischen den beiden jungen Menschen hin und her. Sie war vielleicht alt, aber nicht dumm. Außerdem hatte sie einem der beiden das Leben geschenkt. Sie kannte ihren Sohn lange genug, um sofort zu bemerken, dass seine ruhige und gefasste Art nur Fassade war. Innerlich war er gerade ebenso zusammengezuckt wie die schreckhafte Charlotte. Warum allerdings? Darauf hatte Catherine noch keine Antwort. Sie würde der Sache natürlich auf den Grund gehen.

***

James kämpfte gegen das Gefühl an, so schnell wie möglich die Flucht ergreifen zu müssen. Er musste hier weg. Weg von der jungen Frau mit den großen blauen Augen. Warum war es ihm vorgekommen wie eine Lüge, als er seiner Mutter erzählt hatte, dass Charlotte und Estelle sich heute Mittag am Strand kennengelernt hatten? Immerhin entsprach dies der Wahrheit. Natürlich hatte er verschwiegen, dass es keine drei Sekunden gedauert hatte, bis er die zierliche Charlotte schon fest in seinen Armen gehalten hatte. Das ging niemanden etwas an. Vor allem deswegen nicht, weil diese kurze Minute, in der sie sich an ihn geschmiegt hatte, Gefühle in ihm hervorgerufen hatte, welche er sich selbst nicht erklären konnte. Wie alt mochte sie wohl sein? Bestimmt nicht älter als Ende zwanzig. Sie wirkte so schrecklich jung. Allerdings konnte dies auch daher rühren, dass sie so zart und zerbrechlich aussah. Kein Wunder, so wenig, wie sie zu sich nahm. Am liebsten hätte er über den Tisch gelangt und ihr ein ordentliches Stück von dem Braten, den Fernanda gemacht hatte, auf den Teller gelegt. Dass Frauen auch immer damit beschäftigt sein mussten, auf ihre Figur zu achten. Diesem Exemplar hier konnte es nicht schaden, einmal eine vernünftige Mahlzeit zu sich zu nehmen. Hatte sie denn nicht gemerkt, dass sie gerade fast von einer Vierjährigen umgerannt worden war?

James hatte absolut keine Ahnung, was ihn gerade so wütend machte. Er wusste nur eines, je länger er mit dieser Charlotte Dunken an einem Tisch saß, desto seltsamer verhielt er sich. Er nahm einen tiefen Schluck Wein, während er die junge Gesellschafterin seiner Mutter weiterhin unauffällig musterte. Warum zum Teufel wurde eine so junge, bildhübsche Frau Gesellschafterin einer alten Dame? War so etwas nicht ein Job für alte Jungfern, die allergisch gegen Katzen waren und deswegen nicht mit sechzehn Stück davon zuhause sitzen konnten? Unwillig stocherte er in seinem Essen. Perfekt, jetzt war ihm auch schon der Appetit vergangen.

Estelle plapperte fröhlich vor sich hin und Charlotte hing an ihren Lippen. Was war nur mit dem Kind los? Normalerweise war Estelle sehr zurückhaltend, was Fremde betraf. Zugegeben, er selbst zog normalerweise fremde Frauen auch nicht in den ersten drei Sekunden der Begegnung an seine nackte Brust. Irgendetwas hatte Charlotte an sich, dass man sie einfach sofort liebhaben musste. Oder in seinem Fall eher direkt lieben wollte. Und damit meinte er die Sorte Liebe, die man im Bett vollzog, nicht eine, bei der das Herz involviert war. Zumindest versuchte er, sich das einzureden.

Er benahm sich vollkommen verrückt. Diese Frau ihm gegenüber in diesem verflucht unschuldigen Kleid machte ihn rasend, wütend und erregt zur selben Zeit. Aber wahrscheinlich lag es nicht an ihr. Es lag an den Hamptons. Es lag an dem dummen Haus und den vergangenen Ferien, die er hier verlebt hatte. Er nahm noch einen tiefen Schluck aus seinem Weinglas. Normalerweise trank er nicht viel. Nach Johannas Tod hatte er einige Monate lang viel zu viel Alkohol konsumiert. So viel, dass es für den Rest seines Lebens reichte. Er kompensierte seine Trauer mittlerweile mit Arbeit und das würde er jetzt einfach weiterhin tun. Er hatte noch einige wichtige Mails zu schreiben. Außerdem hatte er Vivien versprochen, sich bei ihr zu melden. Bis zum Wochenende des vierten Julis, wenn sie ebenfalls in die Hamptons kommen würde, war es noch ein paar Tage hin. Es war vielleicht keine schlechte Idee, wenn er sich ein bisschen um seine Verlobte bemühte. Und außerdem war es für Estelle langsam Zeit, zu schlafen. Wie gewohnt, reagierte diese nicht gerade begeistert.

»Kann mich nicht Charlotte ins Bett bringen?« Flehend sah ihn sein wunderhübscher Sprössling an.

»Okay, aber nur eine Geschichte. Nicht dass du ihr etwas anderes erzählst«, lenkte er in gespielt drohendem Tonfall schnell ein. Seine Mutter hatte sowieso schon die Ohren gespitzt, je abwehrender er sich Charlotte gegenüber verhielt, desto schneller würde seine Mutter vielleicht Verdacht schöpfen.

Charlotte blickte zu Catherine. Normalerweise half sie ihr, sich fürs Bett fertig zu machen. Auch wenn die ältere Dame noch sehr wohl im Stande war, dies allein zu tun.

»Für mich ist es in Ordnung.«, lächelte Catherine in Richtung ihrer Enkelin. »Ich möchte sowieso noch einen kleinen Abendspaziergang machen.« James nickte Charlotte dankbar zu, und sofort machte ihr Magen einen empfindlichen Satz.

»Hüten sie sich vor ihren Verhandlungstaktiken«, warnte er Charlotte. Estelle stand auf und stemmte energisch die Hände in die Seite.

»Die habe ich von meinem Vater gelernt. Er ist ein großer Politiker.« Sie breitete fragend die Arme aus. »Vielleicht kennen sie ihn?« Unschuldig blinzelte Estelle in die Runde. Während sie lächelte, fragte sich Charlotte zum wiederholten Male, wie es sein konnte, dass eine Vierjährige derart wortgewandt war. Sie selbst konnte sich nicht so eloquent ausdrücken, wie dieses kleine Mädchen. Und vor allem nicht in der Anwesenheit des Vaters des besagten Mädchens.

»Na, dann wollen wir mal.« Sie reichte Estelle ihre Hand.

Charlotte war erleichtert und froh, dass dieses Dinner ein schnelles Ende fand. Sie hatte keinen Bissen zu sich nehmen können. James brachte sie viel zu sehr aus dem Konzept. Es war ein Wunder, dass sie noch nicht schreiend nach oben gelaufen war. Dieser Mann zog sie derart magisch an, dass sie schon an ihrem Verstand zu zweifeln begann.

Vielleicht lag es daran, dass sie wirklich schon viel zu lange enthaltsam lebte? Andrerseits hatte sie gedacht, dass sie sich nach ihrem Erlebnis in der dunklen Gasse nie wieder derart zu einem Mann hingezogen fühlen würde.

Beim Essen hatte sie sich bewusst mit dem Wein zurückgehalten. Sie brauchte einen klaren Kopf, wenn sie jetzt nicht durchdrehen wollte. James kam aus ganz anderen Kreisen als sie. Er war überdies der Sohn ihrer Arbeitgeberin und war außerdem verlobt. Es gab also keinerlei Grund, auch nur einen einzigen, noch so winzigen Gedanken an ihn zu verschwenden.

Charlotte seufzte tief. Ihrem Kopf war dies alles klar. Nur ihr Körper, der hatte es scheinbar noch nicht verstanden. James brachte sie vollkommen aus dem Konzept. Egal wie oft sie sich die Tatsachen vor Augen hielt. Es brachte nichts. Immer und immer wieder musste sie an seine blauen Augen denken. Die kecken Sommersprossen auf seiner Nase und seinen unglaublichen Körper. Sobald sie nur blinzelte, tauchten diese Bilder vor ihrem geistigen Auge auf und ihr Herz begann, wie wild zu klopfen. So schnell wie möglich musste sie einen Weg finden, sich Jamesd aus dem Kopf zu schlagen, sonst hatte sie ein riesengroßes Problem.

Kapitel 5

In dieser Nacht fand Charlotte keine Ruhe. Ein Kind ins Bett zu bringen, war für sie eine gänzlich neue Erfahrung gewesen. Bislang hatte Charlotte nicht gewusst, dass dies so erfüllend sein konnte. In ihrem ganzen Leben hatte sie niemals solchen tiefen Frieden empfunden wie in dem Moment, als Estelle ihre Hand fest umklammernd tief und fest eingeschlafen war. Wieso fand sie selbst nun keine Ruhe? Nervös warf sie sich in ihrem Bett hin und her. Selbst das beruhigende Rauschen der Wellen, das durch das weit geöffnete Fenster drang, konnte ihren aufgewühlten Geist nicht besänftigen. Wie ein Mantra wiederholte sie im Kopf immer wieder die Worte: „Alles ist gut. Mir kann nichts passieren."

Insgeheim war ihr klar, dass ihre innere Unruhe heute ausnahmsweise einmal nicht von ihrer turbulenten Vergangenheit oder ihren Zukunftsängsten herrührte. Ihr ging die schicksalhafte Begegnung mit James nicht aus dem Kopf. Warum zum Teufel übten diese blauen Augen so eine magische Anziehung auf sie aus? Und warum konnte sie immer noch fühlen, wie fest und stark sich seine Brust unter ihrer Hand angefühlt hatte? Noch immer spürte sie die sanfte Kühle seiner Haut auf ihrer Wange. Sie war ihm so nahe gewesen. Viel zu nah in Anbetracht der Tatsachen, dass er der älteste Sohn ihrer Arbeitgeberin und überdies mit einer anderen Frau verlobt war.

Seufzend drehte sich Charlotte zum millionsten Mal auf die andere Seite. Sie musste etwas tun. Sie konnte keine Minute länger liegenbleiben. Warum war es auch so warm in ihrem Zimmer? Sie würde eine Runde an die frische Luft gehen. Es war ihr egal, dass es mitten in der Nacht war. Hier in den Hamptons konnte man, anders als in New York, zu jeder Tages- und Nachtzeit spazieren gehen. Sie zog sich eine Strickjacke über das dünne Nachthemd. Sich noch einmal komplett anzuziehen, dazu hatte sie keine Lust. Das Gute an Spaziergängen um ein Uhr nachts war, dass es niemanden interessierte, wie man aussah.

***

Müde strich sich James über die Augen. Ein kurzer Blick auf die Uhr sagte ihm, dass es schon wieder ein Uhr nachts geworden war. Ein praktisches Merkmal seiner Arbeit war, dass sie sich quasi selbst reproduzierte. Egal wie viele Nächte er sich um die Ohren schlug, egal, was er alles ausfallen ließ, um Meetings zu besuchen oder wichtige Mails zu schreiben – es wurde niemals weniger Arbeit. Manchmal fragte er sich, wie sein Leben hätte aussehen können, wenn er nicht beschlossen hätte, den Wünschen seiner Mutter zu entsprechen. Aber eigentlich war es überflüssig, sich den Kopf darüber zu zerbrechen. Er hatte sich sein Leben nun mal so eingerichtet, und eigentlich war es gut so. Bis heute jedenfalls.

Der Nachmittag am Strand hatte ihn aus seinem Gleichgewicht gebracht. Natürlich hatte es nichts mit der Begegnung mit Charlotte zu tun. Es lag einzig und allein daran, dass er wieder in diesem Haus war. Sein ganzes Leben lang hatte er die Sommermonate hier verbracht. Hier hatte er davon geträumt, ein Superheld zu sein, Feuerwehrmann zu werden oder Bücher zu schreiben. Ein bekannter Politiker zu werden, hatte niemals auf seiner Wunschliste gestanden. Natürlich konnte man ein wenig ins Grübeln kommen, wenn man merkte, dass es für eine Umschulung zum Superhelden mittlerweile zu spät war. Dass das Leben viel versprochen und sehr wenig davon eingehalten hatte.

Seufzend klappte er den Laptop zu und trank den letzten Schluck aus seinem Glas. Am besten war es, wenn er noch kurz in die Küche ging und sich eine Flasche Wasser für die Nacht holte. Dann würde er nach Estelle schauen und sich schlafen legen.

***

Charlotte schlich die Treppe nach unten. Eigentlich musste sie nicht unbedingt befürchten, entdeckt zu werden. Catherine schlief dank ihrer Tabletten nachts wie ein Stein und Fernandas Zimmer lag in einer ganz anderen Ecke des Hauses. Allerdings wusste Charlotte nicht, wie leicht Estelles Schlaf war. Auf Zehenspitzen schlich sie den Flur entlang. Jeder Zentimeter ihres Körpers war in Anspannung. Sie lauschte auf jedes Geräusch. Fast hätte Charlotte vor Schreck laut losgeschrien, als sie ein leises Wimmern vernahm. Erschrocken schlug die junge Frau sich die Hand vor den Mund. Nachdem die erste Schrecksekunde vorbei war, versuchte Charlotte, das Geräusch zu lokalisieren. Sie schlich den Flur entlang. Das Wimmern ging über in ein grauenhaftes Schreien. Estelle! Sofort zog sich Charlottes Herz zusammen. Was war mit dem Kind? So schnell sie konnte, rannte sie den Flur nach unten und stürmte in das Zimmer, in welchem Estelle untergebracht war. Im dämmrigen Schein des Nachtlichts konnte sie erkennen, dass die Kleine in ihrem Bett lag. Sie zuckte und schrie wie am Spieß.

Charlotte eilte auf das Mädchen zu. Dieses hatte die Augen fest verschlossen. Sie weinte bitterlich im Schlaf. Instinktiv ließ Charlotte sich auf das weiche Bett sinken und nahm die schluchzende Estelle in den Arm. Fast hätte sie selbst angefangen zu weinen, so sehr rührten sie die markerschütternden Laute des Kindes. Sanft wiegte sie den kleinen Körper hin und her. Die beruhigenden Worte flossen nur so aus ihr heraus. War dies der viel gerühmte weibliche Instinkt?

In diesem Moment ging die Tür auf und James kam ins Zimmer. Er sah müde und besorgt aus. Seine Haare waren zerzaust. Es wirkte nicht, als habe er schon geschlafen. Vielmehr sah er aus, als lägen die Sorgen der ganzen Welt auf seinen Schultern. Charlotte ging beim Anblick seines derangierten Äußeren das Herz auf. Am liebsten hätte sie ihn ebenfalls in ihre Arme geschlossen und mit sanften Worten aufgeheitert. Aber dies konnte sie ihm ja schlecht anbieten.

So konnte sie nichts weiter tun, als ihn anzulächeln und seine Tochter sanft zu beruhigen.

***

James konnte gar nicht sagen, wie verblüfft er war, Charlotte am Bett seiner Tochter anzutreffen. Er hatte Estelles Schreie bis in die Küche hinein gehört. Wenigstens wusste er, dass seine Mutter schon seit jeher der festen Überzeugung war, ohne eine Xanax am Abend kein Auge zumachen zu können. Sie würde also nicht gleich panisch in der Tür stehen. Ihre Gesellschafterin hingegen wirkte ziemlich gefasst, dafür, dass sie das erste Mal einem von Estelles nächtlichen Anfällen beiwohnte. Anders als James hatte sie sich sofort richtig verhalten. Er war damals fast durchgedreht, als er seine Tochter das erste Mal so hatte schreien hören. Dass sie dabei tief und fest schlief, hatte ihn regelrecht in Panik versetzt. Anscheinend war Charlotte nicht so leicht aus der Ruhe zu bringen.

Im sanften Schein des Nachtlichts sah sie aus wie ein Engel. Ihre langen, blonden Haare umrahmten in weichen Wellen ihr Gesicht. Das dünne Nachthemd war ein wenig nach oben gerutscht und gab den Blick frei auf ein Paar sehr lange, schlanke Beine. James musste sich anstrengen, den Blick davon abzuwenden. Er schüttelte unwillig den Kopf. Was war er nur für ein Mensch? Seine Tochter weinte im Schlaf bittere Tränen und er konnte nicht aufhören, auf die Beine der Gesellschafterin seiner Mutter zu schauen. Was war nur mit ihm los?

In diesem Moment lächelte Charlotte ihn schüchtern an. Wie sie da saß, sein Kind in den Armen, sah sie einfach nur wunderschön aus. Am liebsten hätte er sich neben sie gesetzt, die beiden fest an sich gezogen und nie wieder losgelassen. Diese Szene, welche er gerade vor sich sah, hatte er sich die letzten Jahre immer wieder inständig herbeigesehnt. Nicht dass seine Tochter so schrecklich weinte, aber dass es einen weiteren Menschen in seinem Leben gab, der die Sorgen um diesen kleinen Menschen teilte. Nicht immer allein dafür verantwortlich zu sein, dass diesem wunderbaren kleinen Geschöpf nichts zustieß. Er musste etwas sagen. Schon viel zu lange starrte er einfach nur Charlotte an. Was sollte die junge Frau von ihm denken? Bestimmt hielt sie ihn für einen unmöglichen Vater.

James war so schnell wie möglich gekommen, als er das erste Schreien vernommen hatte. Was konnte er denn dafür, wenn Charlotte schneller gewesen war? Was machte sie eigentlich um halb zwei Uhr nachts außerhalb ihres Bettes? Dass sie in diesem schon gelegen hatte, machte ihr weißes Nachthemd deutlich. Ob sie wusste, wie durchscheinend der dünne Stoff war? Schon wieder war er nur damit beschäftigt, die Vollkommenheit ihres schlanken Köpers zu bewundern, statt endlich einmal etwas Sinnvolles zu tun. Estelles Schluchzen wurde weniger.

James trat neben Charlotte und flüsterte:

»Der Anfall ist vorbei. Wir können sie wieder hinlegen.« Vorsichtig nahm er Charlotte den kleinen Körper seiner Tochter aus dem Arm und legte sie zurück in ihr weiches

Bett. Er drückte ihr einen Kuss auf die Stirn und murmelte: »Schlaf gut, Honey.«

Dann drehte er sich zu Charlotte um. Dankbar nahm er ihre Hand und drückte sie fest.

»Ich danke ihnen von ganzem Herzen. Sie haben sich wundervoll geschlagen.« Unsicher lächelnd fügte er hinzu: »Ich drehe jedes Mal fast durch, wenn Estelle so einen Anfall hat, aber sie sind ganz ruhig geblieben. Ich danke ihnen, dass sie so gut für mein kleines Mädchen gesorgt haben.«

Charlotte atmete tief ein. Ruhig zu bleiben, als sie die kleine Estelle im Arm gehalten hatte, war ein Kinderspiel gewesen im Vergleich dazu, nicht lichterloh in Flammen zu stehen, nur weil James ihre Hand hielt.

»Hat sie so etwas öfter?«, erkundigte sie sich und stand auf. Sie musste Abstand zwischen ihren und James′ Körper bringen. Seine Gegenwart machte etwas mit ihr, dass ihr Gehirn beschloss, nicht länger einwandfrei zu funktionieren. War sie wirklich so oberflächlich, dass sie sich so leicht von seinem guten Aussehen beeindrucken ließ? Wäre sie romantisch veranlagt gewesen, hätte sie vielleicht gesagt, dass es sich anfühlte, als wenn ihre Seelen zueinander sprachen. Aber die Zeiten, in denen sie an die große Liebe geglaubt hatte, waren lange vorbei. Spätestens, nachdem der Mann, von dem sie gedacht hatte, er würde sie lieben, ihre Kniescheibe und damit ihre Karriere aus Eifersucht hatte zertrümmern lassen.

»Leider ja. Die Ärzte sind sich nicht einig, warum sie nachts immer wieder solche Anfälle hat«, erklärte James bekümmert. Wusste sie eigentlich, wie schön sie war? Sein Körper vermisste schon jetzt die Wärme, welche ihre schmale Hand in seiner ausgelöst hatte. Im warmen Licht der kleinen Lampe auf Estelles Nachttisch schimmerte Charlottes schmaler Körper durch den luftigen Stoff des Nachthemdes. Es war lange her, dass James solch unschuldige Nachtwäsche gesehen hatte. Die Frauen, mit denen er in den letzten vier Jahren das Bett geteilt hatte, waren stets bemüht gewesen, so erotisch wie möglich zu wirken. Wenn sie gewusst hätten, wie atemberaubend es sein konnte, nicht alles wie auf einem Silbertablett serviert zu bekommen. Es juckte ihn in den Fingern, aufzustehen, auf Charlotte zuzugehen und sie nach allen Regeln der Kunst zu verführen. Erst würde er mit den Fingern die feine Linie ihres Halses hinuntergleiten, sanft ihre Schultern küssen, die Finger langsam weiter gleiten lassen bis hin zu ihren….

Herr im Himmel, er musste sofort aufhören, so zu denken. Sein Körper machte ihm ziemlich deutlich, dass allein der Gedanke an Charlotte ausreichte, ihn wahnsinnig zu erregen. Malte er sich gerade aus, die Gesellschafterin seiner Mutter zu verführen? Der Ausflug hierher hatte ihm definitiv nicht gutgetan. So ein Mensch war er nicht. Nicht mehr. Sex bedeutete nichts Romantisches mehr für ihn. Woher kam der dringende Wunsch, dieses liebreizende, unschuldige Wesen da vor ihm in seine starken Arme zu nehmen, auf Händen zu tragen und nie wieder loszulassen? Das passte nicht zu ihm. Es war ein vollkommen neues Gefühl. Seine Liebe zu Johanna war ungestüm und wild gewesen. Leidenschaftlich und, wenn er ganz ehrlich zu sich war, oft auch anstrengend. So eine alles verzehrende Liebe wollte er niemals wieder. Des-

57

wegen hatte er sich Vivien gesucht. Sie war genauso pragmatisch wie er. Sie waren beide hübsch und erfolgreich. Zusammen gaben sie ein gutes Team ab. Dass sie außerdem noch ganz gut im Bett harmonierten, machte die ganze Angelegenheit weniger zweckmäßig. James war sich sicher, dass Vivien die Sache ganz genauso sah wie er. Zumindest hoffte er das, denn die große Liebe würde er ihr niemals bieten können.

Und nun stand er hier mitten in der Nacht und hatte sentimentale, lächerlich romantische Gefühle von Ritterlichkeit und immerwährender Liebe. Er musste gehen, wenn das hier kein böses Ende nehmen sollte.

»Es ist spät, wir sollten ins Bett gehen«, murmelte er rau in Richtung Charlotte. Innerlich hätte er sich am liebsten mit der flachen Hand an die Stirn geschlagen. Wieso hatte er ausgerechnet das Wort Bett wählen müssen?

***

Charlotte gab sich alle Mühe, nicht rot anzulaufen, als er sagte, sie müssten ins Bett gehen. Wenn James wüsste, welche Gedanken ihr dabei durch den Kopf geschossen waren, er würde bestimmt schreiend die Flucht ergreifen. Hoffentlich war sie nicht allzu rot im Gesicht.

»Ich werde noch einen Spaziergang machen.« Charlotte lächelte hilflos. Als er sie einfach nur weiterhin stumm anschaute, setzte sie hinzu: »Ich kann sowieso nicht schlafen. Gute Nacht.« Flink drehte sie sich um. Sie musste so schnell wie möglich aus diesem Zimmer raus. Das weiche Nachtlicht machte James zu einem Traummann. Vielleicht war er dies sogar, aber eben nicht ihrer.

»Haben sie Lust auf etwas Verrücktes?« Sie zuckte zusammen, als sie seine raue Stimme direkt hinter ihr hörte.

»Was denn?«, hauchte sie. Oh Gott, eigentlich hätte sie einfach nein sagen sollen. Dieser Mann konnte sie scheinbar dazu bringen, sich vollkommen irrational aufzuführen. Sie war in seiner Gegenwart weder Herr über ihre Sinne noch über ihren Verstand. James zog mit einem letzten Blick auf Estelle die Tür hinter ihnen zu. Sie standen im Flur. Der Sohn ihrer Arbeitgeberin kam ihr gefährlich nahe. Sie hatte absolut keine Ahnung, was sie da machte. Charlotte wusste nur, dass sie sich noch nie in ihrem Leben so lebendig gefühlt hatte. Nicht einmal beim Tanzen. Ihr Herz klopfte bis zum Hals, während das Blut in ihren Adern pulsierte. Sie stand mit dem Rücken zur Wand. Sie fühlte die harte Kühle der Holzvertäfelung auf ihrer Haut. Diese stand im krassen Gegensatz zu dem, was James naher, starker Körper in ihr auslöste. Charlotte sah zu ihm auf. Das Funkeln in seinen blauen Augen machte ihr deutlich, dass er sie in diesem Augenblick genauso begehrte wie sie ihn. Er war ihr so nah, dass sie die leichten Sommersprossen auf seiner Nase sehen konnte. Am liebsten hätte sie jede einzelne geküsst. Sein jungenhaftes Lächeln zeigte ihr, dass auch er die Situation genoss. Unbewusst bog sie ihren schlanken Körper in seine Richtung. James entfuhr ein leises Stöhnen. Sein Blick wanderte zu ihren Lippen. Sie wussten beide, worauf dies hinauslaufen würde. Sein Mund kam dem ihrem immer näher.

»Was halten Sie von einem nächtlichen Bad in den Wellen?«, murmelte er verführerisch an ihrem Ohr. Charlotte lief ein Schauer den Rücken hinunter. Mit einem Mal fühlte sie sich wie ein verliebter Teenager. Sie lächelte kokett.

»Woher wussten Sie, dass ich es liebe, nachts baden zu gehen?« Oh Gott, so kühn war sie nicht einmal in ihren wildesten Zeiten gewesen. Was machte sie nur? Ihr war klar, dass sie gerade mit dem Feuer spielte. Das, was sie hier machten, war mehr als ein harmloser Flirt. Dieser Mann war immerhin verlobt-

Der verlobte und überdies viel zu attraktive Mann vor ihr lächelte sie verschwörerisch an. Sanft spielte er mit einer Locke ihres Haars.

»Ich hätte gedacht, dass Sie sich vielleicht nicht trauen«, murmelte er provozierend. Mit einem Schlag warf sie all ihre guten Vorsätze über Bord. Sie schob ihn beiseite und ging ein paar Schritte. Dann drehte sie sich neckisch zu ihm um und flüsterte mit einem verschmitzten Lächeln:

»Wer zuerst unten am Wasser ist.«

Kapitel 6

Was hatte er sich nur dabei gedacht? Vielleicht hatte er gehofft, dass sie so vernünftig sein würde, seinen Vorschlag abzulehnen? Gerade noch hatte er den festen Entschluss gefasst, nie wieder einen Gedanken an Charlotte zu verschwenden, und dann hatte er aus heiterem Himmel angefangen, mit ihr zu flirten.

Mit einer Frau mitten in der Nacht allein baden zu gehen, war seit jeher die beste Strategie, sie ins Bett zu kriegen. Vorausgesetzt, sie mochte Wasser. Die Taktik hatte in seinen Teenagerjahren immer einwandfrei funktioniert und anscheinend klappte sie auch heute noch. Dass er mit sechzehn Jahren beim Anblick einer schönen Frau nicht Herr seiner Sinne gewesen war, war die eine Sache. Jetzt aber hatte er bereits die Fünfunddreißig überschritten. Sollte er es nicht langsam besser wissen?

Schnell schnappte er sich eine Flasche Wein. Er hatte keine Ahnung, was passieren würde, aber er hatte fest vor, dem Alkohol allein alle Schuld zu geben. Während er hinter

Charlotte her zum Strand eilte, merkte er, dass er zum ersten Mal seit Jahren ein breites, vollkommen ehrliches Lächeln auf den Lippen hatte. Und mit einem Mal fiel ihm auf, dass er sich das letzte Mal mit sechzehn Jahren so frei und unbeschwert gefühlt hatte.

***

Im Laufen fragte sich Charlotte, wo die guten Geister hingegangen waren, die sie verlassen hatten. Das, was sie machte, war unverantwortlich und skrupellos. Sie konnte nicht wie ein wildgewordener Teenager durch die Gegend rennen und nachts baden gehen. Mit einem Ruck blieb sie mitten in den Dünen stehen. Wenn nicht alles so schrecklich verwirrend gewesen wäre, hätte sie den Anblick, der sich ihr bot, vielleicht genießen können. Es war fast Vollmond. Die Wellen waren im Begriff, sich langsam zurückzuziehen. Es war der perfekte Moment für überaus romantische Liebe. Eine Liebe, die niemals sein durfte. Selbst wenn es nicht um Liebe, sondern um nichts weiter als Sex ging. Der Mann hinter ihr war mit einer anderen Frau verlobt. Außerdem hatte sie sich Enthaltsamkeit bis in den Tod geschworen. Allerdings mehr aus dem Grund, weil ihr nicht viel anderes übrig blieb. Was sie getan hatte, war unverzeihlich. Kein anständiger Mann würde sie je lieben können.

Vielleicht würde sie eines Tages nach langen Jahren der Buße einen Mann finden, der nett genug war, sie mit all ihrer Schande zu akzeptieren. Aber dies würde kein Mann wie James Fitzgerald sein. Dieser attraktive Mann stand mit beiden Beinen auf der Karriereleiter. Er konnte sich keine Frau leisten, die halb New York nackt gesehen hatte. Noch vor ein paar Jahren wäre die Sachlage anders gewesen. Als Primaballerina hätte sie sich gut an der Seite eines erfolgreichen Mannes wie James gemacht. Jetzt allerdings waren ihre Chancen auf eine glückliche Zukunft wohl oder übel vorbei.

Charlotte drehte sich zu James um, der ihr immer näherkam.

»Wir können das nicht machen«, sagte sie mit einem traurigen Lächeln. Im Licht des Mondes sah sein Gesicht ernst aus. Statt zu widersprechen, sah es aus, als habe er die letzten Minuten mit denselben Gedanken verbracht.

»Nein, wohl eher nicht.« Sein Lachen klang tonlos. »Es wäre schön gewesen.«

Sie rang die Hände.

»Das wäre es.«

James umklammerte den Wein mit beiden Händen.

»Zu einer anderen Zeit«, flüsterte er traurig.

»In einem anderen Leben«, setzte Charlotte tonlos hinzu.

James rang die Hände. »Dann werde ich wohl mehr als ein Leben lang auf ein nächtliches Bad warten.« Er lachte trocken.

Verzweifelt schaute Charlotte sich um. Auch wenn sie beide gerade beschlossen hatten, das Richtige zu tun, knisterte es immer noch gewaltig zwischen ihnen. Charlotte musste etwas tun, um die Spannung zu lösen, sonst würde sie sich vielleicht noch vergessen und doch über James herfallen. Ob es nun Sinn machte oder nicht. Sie wollte ihn und das in diesem Leben. Allerdings war es Zeit, die Reißleine zu ziehen und klarzumachen, dass sie nie mehr als gute Freunde sein würden.Auch wenn Charlotte nicht ganz klar war, wie eine Freundschaft zwischen zwei Menschen, die sich derart begehrten, aussehen sollte.

»Sie wussten, dass die Einladung zu einem Bad funktionieren würde!«, sie stupste ihn lächelnd in die Seite. Ein Scherz als Friedensangebot. Immerhin hatte sie gerade eine wundervolle Nacht zerstört. Allerdings sah es ganz und gar nicht so aus, als wäre James sauer. Wahrscheinlich hatte er es sich auf dem Weg zu ihr ebenfalls anders überlegt. Vielleicht hatte er an seine Verlobte gedacht.

»Zu einem nächtlichen Bad mit mir hat noch keine Frau je nein gesagt«, erwiderte James grinsend.

»Dann werde ich in die Legende eingehen, als die Frau, die nicht mit James Fitzgerald baden gegangen ist?« Charlotte hob theatralisch die Hand.

***

»Es sieht ganz so aus«, lachte James. »Alkohol?« James hielt die Flasche in die Höhe. Er hatte absolut keine Ahnung, was er da machte. Er hätte die Klappe halten und so schnell wie möglich in seinem Bett verschwinden sollen. Aber aus irgendeinem Grund wollte er bei Charlotte bleiben. Auch wenn sie nicht miteinander schlafen würden. Ihre Nähe fühlte sich so gut an. Mit einem Mal hatte er das Bedürfnis, einfach nur mit ihr zu reden, mehr über sie zu erfahren.

Er konnte sich nicht erinnern, wann ihm dies das letzte Mal mit einer Frau so gegangen war. In diesem Moment fiel ihm auf, dass seine Aussage den Wein betreffend natürlich auch ganz anders aufzufassen war, deswegen setzte er schnell hinzu:

»Natürlich nur als Freunde, versteht sich.«

***

Charlotte nickte. Es würde schwer sein, das, was heute Abend zwischen ihnen geschehen war, zu vergessen. Andrerseits gab es keine andere Möglichkeit, oder? Sie und James waren weiter voneinander entfernt als die Sonne vom Mond.

Sie suchten sich eine geschützte Stelle am Fuß der Dünen und ließen sich im kühlen Sand nieder. James nahm die Flasche und präsentierte stolz einen Flaschenöffner.

»Allerdings müssen wir aus der Flasche trinken«, setzte er kleinlaut hinzu.

Charlotte schlug sich die Hand vor die Augen und grinste.

»Ich weiß nicht, wann ich das das letzte Mal gemacht habe«, kicherte sie.

»Ich auch nicht«, antwortete James in gespielt entrüstetem Tonfall. »Aber zu zweit ist es wesentlich weniger erbärmlich.« Keck schaute er sie an. Charlotte brach in haltloses Lachen aus. Wahrscheinlich war es die ganze Anspannung, die sich gerade Bahn brach. Sie hatte keine Ahnung, wohin das hier führen sollte. Aber sie hatte die Notbremse ziehen müssen. Sie hatte richtig gehandelt. Diese verwirrenden Gefühle führten doch zu nichts. Bestimmt war alles dem Vollmond geschuldet. Ihre Grandma hatte immer gesagt, dass bei Vollmond die Menschen nicht sie selbst waren. Bei

Vollmond konnte alles passieren. Nun ja, Charlotte wusste es besser. Hier würde ganz und gar nichts passieren. Märchen gab es eben nur in Büchern und ganz bestimmt nicht im echten Leben, da konnte sich der dumme Vollmond so viel Mühe geben, wie er wollte.

***

Versunken betrachtete James die tief schlafende Charlotte. In den ersten Strahlen der Sonne wirkte der Tag jungfräulich und frisch. Nach der Achterbahnfahrt der letzten Stunden hoffte er, mit dem gerade erwachenden Morgen endlich wieder in der Realität angekommen zu sein. Alles war so unwirklich. Hatte er tatsächlich versucht, Charlotte letzte Nacht zu verführen? Er war ein Idiot. Fast hätte er alles kaputt gemacht. Alles aufs Spiel gesetzt. Seine Karriere und auch seine Beziehung. Beides hing in hohem Maße voneinander ab. Charlotte war so klug gewesen, die Notbremse zu ziehen, bevor sie einen großen Fehler machten. Sie war wirklich unglaublich. Statt sich heiß und innig zu lieben, hatten sie die ganze Nacht geredet. Etwas, das er noch nie zuvor in seinem Leben mit einer Frau getan hatte. Selbst mit Johanna hatte er sich nicht so offen und frei unterhalten können. Charlotte und er hatten über Gott und die Welt geredet. Wie zwei alte Freunde hatten sie sich über alles Mögliche ausgetauscht. Nur, dass er bei seinen anderen Freunden niemals das heftige Verlangen spürte, sie zu küssen oder mit den Fingern durch ihr seidiges Haar zu streichen. Nun, Charlotte musste nicht unbedingt seine beste Freundin werden. Aber es war gut zu wissen, dass sie ein anständiger Kerl war. Das würde es ihm leichter machen, sie um das zu bitten, was er sich gerade überlegt hatte. Estelle tat im Gegensatz zu ihm der Aufenthalt hier sehr gut. Er würde Charlotte fragen, ob sie sich um Estelle kümmern wollte. Er selbst musste so schnell wie möglich zurück in die Stadt. Es tat ihm einfach nicht gut, frei zu haben. Das hatte er letzte Nacht deutlich zu spüren bekommen. Es wurde Zeit, zurück in die Realität zu kommen. Fast hätte er alles aufs Spiel gesetzt. Seine Mutter würde zwar traurig sein, dass er so schnell wieder abreiste, aber die Anwesenheit von Estelle würde die seine sicher ersetzen. Außerdem würde er am vierten Juli ja bereits wiederkommen. Sanft legte er Charlotte die Hand auf die Schulter. Sie räkelte sich und schlug die blauen Augen auf. Obwohl es so früh am Morgen war und sie die Nacht unter freiem Himmel verbracht hatten, sah die junge Frau unglaublich hinreißend aus.

Das Verlangen, sie zu küssen, war so übermächtig, dass er meinte, den Verstand zu verlieren. So viel zu ihrer Freundschaft. Es war gut, wenn er abreiste. Auch wenn sie sich gestern Nacht geschworen hatten, gute Freunde zu werden, er konnte nicht mit jemandem mit derart wohlgeformten Brüsten befreundet sein. Auch wenn er in seinem ganzen Leben noch niemals so gut mit einem anderen Menschen hatte reden können wie mit Charlotte. Sie übte einfach eine zu hohe Anziehungskraft auf ihn aus. Er wollte nicht zurück ins Haus. Er wollte nicht in die Stadt fliehen. Er wollte den ganzen Tag lang weiterhin mit ihr hier sitzen und reden und zwischendurch ihre weichen Lippen mit federleichten Küssen bedecken. Und wenn er ehrlich zu sich war, würde es dabei auch ganz bestimmt nicht bleiben. Ihre Brüste zogen ihn so stark an wie der Mond die Gezeiten. Es wurde Zeit, dass er ging, bevor er sich noch vergaß und doch noch alles ruinierte.

»Wir müssen los«, sagte er wesentlich unfreundlicher, als er beabsichtigt hatte. Dann stand er auf und marschierte los in Richtung Villa, ohne Charlotte eines weiteren Blickes zu würdigen.

***

Verschlafen tapste Charlotte hinter James her. Was war passiert? War sie so betrunken gewesen, dass sie sich das angenehme Gespräch mit James nur eingebildet hatte? Hatten sie sich nicht tausendmal versichert, wie gute Freunde sie doch werden konnten? Nicht, dass sie nicht leise Zweifel daran hatte, wie lange sie es aushalten würde, ihn heimlich anzuschmachten, während er dachte, sie wären nur gute Freunde. Aber solange er sie nicht fragte, ob sie seine Trauzeugin werden würde, sollte sie die ganze Sache doch aushalten. Oder nicht?

Letzte Nacht war ihr bewusst geworden, wie wenig Aussichten sie auf eine glückliche, gesunde Beziehung hatte. Es war besser, wenn sie sich so schnell wie möglich damit abfand. Nur weil sie sich mit James so gut unterhalten hatte, wie noch nie zuvor mit einem anderen Menschen, musste das ja nicht gleich bedeuten, dass sie sich ständig trafen.

»Ich muss zurück in die Stadt. Es wäre nett, wenn Sie so lange auf Estelle aufpassen könnten?« Irrte sie sich, oder konnte ihr James nicht in die Augen schauen? »Ich denke, meine Mutter hat nichts dagegen«, fuhr er in knappem Tonfall fort.

»Nein, ganz bestimmt nicht«, antwortete Charlotte verwirrt. James Ablehnung traf sie ziemlich unvorbereitet »Sie vergöttert die Kleine.« So wie ich dich, wäre ihr fast herausgerutscht. Gott sei Dank hatte sie sich gerade noch im Griff, bevor sie sich zu guter Letzt doch noch blamierte. James war die ganze Sache peinlich. Wahrscheinlich bereute er den ganzen Abend von Anfang bis Ende. Etwas, das sie übrigens auch tun sollte.

Erleichtert atmete sie auf. Es war gut, dass James abreiste. Charlotte war überaus froh, dass er eine Weile weg sein würde. Das Wochenende des vierten Juli würde sie schon überstehen. Außerdem brachte er dann Vivien mit. Die beiden miteinander zu sehen, würde ihren Gefühlen hoffentlich einen Dämpfer versetzen.

»Dann bis bald.« Zögerlich hob sie die Hand zum Abschied. Sie würde den Teufel tun, sich ihm auch nur einen Zentimeter zu nähern. Zu wenig hatte sie sich und ihren Körper unter Kontrolle. James nickte. Ohne sich noch einmal umzudrehen, marschierte sie ins Haus und schnurstracks unter die warme Dusche. Erstmal musste sie sich aufwärmen, und dann würde sie so schnell wie möglich alles daran setzen, diese verwirrende Nacht zu vergessen.

Kapitel 7

Gedankenverloren betrachtete Catherine Charlotte, wie diese mit ihrer Enkelin im Garten herumtollte. Die Kleine liebte Charlotte abgöttisch, soviel war klar zu erkennen. Die Liebe, welche aus beiden Augenpaaren strahlte, war nicht zu übersehen. Die beiden sahen zusammen aus wie Mutter und Tochter. Estelle kam wirklich sehr nach ihrem Vater. Sie hatte weder die dunklen Haare noch die braunen Augen ihrer Mutter geerbt. Catherine wusste nicht, was sie davon halten sollte, dass ihr Sohn die Flucht ergriffen hatte. Anders konnte man seine überstürzte Abreise wirklich nicht nennen. Sie hatten sich ein halbes Jahr kaum gesehen und dann hielt er es nur einen Tag in den Hamptons aus. Bestimmt war es wegen der Arbeit. Catherine wollte nicht wahrhaben, dass es zwischen der jungen Charlotte und ihrem Ältesten ganz schön geknistert hatte. Sie war viel zu sehr Dame der Upper Class. Solche Verbindungen hatten keinen Bestand. Jeder fühlte sich mal zum Personal hingezogen. Gegen eine kurze Affäre hier und da war man vielleicht machtlos, aber mehr durfte aus solchen Verbindungen ganz bestimmt nicht werden. Catherine wusste nur zu gut, wie schmerzhaft solche Beziehungen enden konnten.

Sie hatte es niemals einer Menschenseele gebeichtet, aber in den Hamptons zu sein, war auch für sie nicht leicht. Nie in ihrem ganzen Leben war sie je so glücklich gewesen wie hier. Nie zuvor war sie je so unsterblich verliebt gewesen wie in Phillip McMillan, den Gärtner der Fitzgeralds. Aber sie hatte immer gewusst, wo ihr Platz war. Sie hatte die Affäre beendet, bevor sie überhaupt richtig begonnen hatte. Eine einzige Nacht war es gewesen. Eine Nacht, die sie niemals hatte vergessen können. Mittlerweile arbeitete Phillip nicht mehr für die Familie. Er hatte eine kleine, sehr gut laufende Gärtnerei unten im Dorf eröffnet.

Catherine wusste, dass sie sich lächerlich verhielt mit ihren stundenlangen Spaziergängen, welche irgendwo im Dorf endeten. Stets in der Hoffnung, Phillip zu treffen. Der gutaussehende Mann war noch immer unverheiratet. In schwachen Stunden malte sich Catherine aus, dass er dies aus Liebe zu ihr getan hatte. Andrerseits war es egal. Sie würde sich niemals offen zu ihm bekennen können, genau wie sie ihm niemals würde sagen können, dass Jasper Phillips Sohn war.

Sie schluckte. Diese ganzen Gedanken brachten doch nichts. Es gab jetzt wichtigere Dinge, um die sie sich kümmern musste. Die Sommersaison hatte begonnen. Eine Party jagte die nächste. Das gesellschaftliche Leben der oberen Zehntausend von New York fand nun in eleganten Gartenanlagen statt. Dieses Wochenende würde ihre Familie eintreffen. Nun ja, alle bis auf Jasper. Sie vermisste ihren Sohn schrecklich. Aber natürlich würde sie den Teufel tun, dies zuzugeben. Früher oder später würde der Junge schon wieder den Weg zurück in den Schoß seiner Familie finden. Zumindest hoffte sie dies inständig. Catherine war viel zu weich in letzter Zeit. Charlotte und Estelle zusammen zu sehen, löste in ihr den inständigen Wunsch aus, endlich einmal alle Etikette über Bord zu werfen und Gefühle zuzulassen. Aber sie war nun schon zu lange eine Fitzgerald. Sie wusste, wie sie sich zu verhalten hatte.

Es wurde Zeit, die beiden Wildfänge da draußen zurückzupfeifen. Sie mussten sich langsam fürs Essen umziehen. Heute Abend würden ein paar der angesehensten Leute zum Dinner erscheinen und sie hatte noch einiges vorzubereiten.

***

Charlotte war nervös. Catherine hatte sie gefragt, ob sie zum Dinner herunterkommen wollte, wenn sie Estelle ins Bett gebracht hatte. Normalerweise speiste Charlotte allein, wenn eine Gesellschaft stattfand. Immerhin war sie einzig und allein dafür da, Catherine zu unterhalten, wenn diese sich einsam fühlte. Charlotte wurde das Gefühl nicht los, dass Veronica ihre Finger mit im Spiel gehabt hatte. Catherines Jüngste hasste es, wenn ihre Freundin behandelt wurde, als würde sie zum Personal gehören. Allerdings war dies genau das, was Charlotte war. Ein Umstand, mit dem sie sich würde abfinden müssen. Stolz war etwas, das sich Charlotte nicht mehr leisten konnte.

In den letzten zwei Wochen hatte sie viel Zeit gehabt, nachzudenken. Sie liebte es, mit Estelle zusammen zu sein. Vielleicht würde sie sich eine Stelle als Kindermädchen suchen, wenn Catherine sie irgendwann nicht mehr brauchte. Auf jeden Fall würde sie ihr Leben der Arbeit widmen. In der Nacht am Strand, während ihres Gespräches mit James, war ihr klar geworden, dass sie niemals einem Mann würde erzählen können, was sie getan hatte.

Dieser unverzeihliche Fehler würde ihr Leben maßgeblich bestimmen. Sie würde lernen müssen, mit dem, was sie getan hatte, zu leben und die Konsequenzen dafür zu tragen. Sie würde ihre Liebe ganz den Menschen schenken, für die sie arbeitete. Sie würde Veronika als Freundin zur Seite stehen und vielleicht könnte sie Patentante werden, wenn diese einmal Kinder bekam.

»Du siehst umwerfend schön aus«, seufzte Estelle. »Wie gut, dass ich genauso aussehe wie du. Denn das bedeutet, dass ich auch umwerfend schön aussehe.« Kritisch musterte das kleine Mädchen sein Spiegelbild.

»Nein, du bist noch viel umwerfender«, sagte Charlotte zu Estelle und gab ihr einen Kuss auf den Kopf. Sie wusste, wie unprofessionell dieses Verhalten war. Aber sie konnte einfach nicht anders. Das Band zwischen ihr und dem Kind war in den letzten zwei Wochen unglaublich eng geworden. Estelle hatte sich sogar schon ein paar Mal nachts in ihr Zimmer geschlichen. Als Charlotte mitten in der Nacht wach geworden war, hatte sie das Mädchen friedlich auf dem Teppich vor ihrem Bett schlafend gefunden. Natürlich hatte sie sie zurück in ihr eigenes Bett getragen. Auch wenn sie das Kind am liebsten in ihrem Bett hätte schlafen lassen. Sie war nicht Estelles Mutter und würde es niemals sein.

»Kann ich mitkommen?«, flehend blickte die Kleine aus ihren großen blauen Augen Charlotte an.

»Das geht leider nicht. Es ist schon viel zu spät. Du musst jetzt ins Bett.« Schon seit einer halben Stunde hielten im Minutentakt die Autos draußen vor dem Haus auf der Kiesauffahrt. Am liebsten wäre Charlotte bei Estelle geblieben. Sie hasste es, sich unter Menschen zu mischen. Schon früher beim Ballett hatte sie die Events gehasst, bei denen es darum gegangen war, mit ihrem guten Aussehen Geld einzutreiben. Damals hatte sie wenigstens einen guten Grund gehabt, es durchzustehen.

Ein letzter Blick in den Spiegel sagte ihr, dass sie ganz anders aussah als sonst. Ausnahmsweise hatte sie die Haare nicht zu dem obligatorischen Knoten aufgesteckt, sondern sich für eine lockere Hochsteckfrisur entschieden. Sie hatte sich stärker als sonst geschminkt und ihre Augen wirkten dunkel und groß in ihrem mittlerweile gebräunten Gesicht. Charlotte sah jedenfalls wesentlich besser aus, als sie sich fühlte. Langsam schlenderte sie mit Estelle zu deren Zimmer. Heute würde sie sich gern dazu überreden lassen, noch eine dritte Geschichte vorzulesen. Sie liebte diese Zeit des Tages, wenn das sanfte Licht der Nachttischlampe alles in weiches Licht tauchte und sie zusammen mit Estelle einen Ausflug ins Märchenland unternahm. Einmal war sie sogar an der Seite der Kleinen eingeschlafen. Das erste Mal seit Jahren, dass sie einfach so hatte schlafen können. Estelle gab ihr ein Gefühl vollkommenen Friedens.

»Na, dann wollen wir mal.« Ungeachtet ihres schicken Kleids kuschelte sie sich zu dem Mädchen ins Bett. Dieses schmiegte sich wie immer an sie. In aller Ruhe begann Charlotte, die Geschichte von Schneewittchen vorzulesen.

***

Leise öffnete James die Tür zum Zimmer seiner Tochter. Der Anblick von Charlotte und Estelle traf ihn wie ein Schlag in die Magengrube. Er war nicht vorbereitet gewesen auf das, was er sah. Friedlich schlafend kuschelte seine Tochter sich an den zierlichen Körper Charlottes. Eine Welle der Eifersucht überflutete ihn. Am liebsten hätte er sich geohrfeigt. Es konnte doch nicht wahr sein, dass er auf seine kleine Tochter eifersüchtig war, nur weil sie sich im Gegensatz zu ihm an Charlottes Brust kuscheln durfte. Er wäre wahrscheinlich lange nicht so brav wie seine Tochter, wenn er dort ruhen würde. Verflixt. Hatten die zwei Wochen fern von der Villa in den Hamptons denn gar nichts geholfen? Er war sich doch mittlerweile sicher gewesen, keine anderen als rein freundschaftliche Gefühle Charlotte gegenüber zu hegen. Da hatte er sich wohl ziemlich getäuscht.

Die beiden hatten ihn nicht bemerkt. Das Beste wäre, wenn er so schnell wie möglich zurück nach unten zu Vivien ginge, bevor er dem Bedürfnis nachgab, Charlotte ganz ohne gläsernen Sarg zu küssen. Sie sah viel zu gut aus, als dass es gesund war, wenn er auch nur eine Sekunde mit ihr allein blieb. Das schummrige Licht des Kinderzimmers hatte ihn schon einmal dazu gebracht, sich unvernünftig zu verhalten. Nicht noch einmal würde er eine solche Situation riskieren.

***

Mit zitternden Knien ging Charlotte die Treppe nach unten. Estelle war für ihren Geschmack viel zu schnell eingeschlafen. Jetzt musste sie lächeln und fröhlich sein, wobei ihr der Sinn so gar nicht danach stand. In den vergangenen zwei Wochen hatte sie James viel zu sehr vermisst. Ihn jetzt mit Vivien sehen zu müssen, würde ihr das Herz brechen. Und das war gut so. Sie durfte nicht länger von ihm träumen. Je schneller sie der Anblick der beiden zurück in die Realität holte, desto besser.

An der Tür zum Salon angekommen, holte Charlotte noch einmal tief Luft. Sich zu drücken, kam wohl nicht mehr in Frage, denn ihre Freundin hatte sie bereits bemerkt und kam freudestrahlend auf sie zu.

»Da bist du ja, meine Liebe.« Veronica stürmte auf sie zu und umarmte sie freudig. Erleichtert begrüßte Charlotte die Freundin. Es war gut, einen vertrauten Menschen um sich zu haben. Auch wenn sie diesem natürlich nicht verraten durfte, warum es sie so schmerzte an der Gesellschaft teilzunehmen. Allerdings war es gleichgültig. Früher oder später würde sie James und Vivien sowieso zusammen sehen. Immerhin hatten die zwei vor, zu heiraten.

Veronica begann sofort, Charlotte auf den neusten Stand ihrer Affären zu bringen. Anscheinend waren wechselnde Liebhaber okay, solange diese ebenfalls zu den oberen Zehntausend gehörten. Zurzeit bändelte ihre Freundin mit einem europäischen Prinzen an. Charlotte freute sich für sie. Vielleicht war dieser Rouven von und zu irgendwas – Charlotte konnte sich beileibe nicht alle Titel merken – endlich einmal der Richtige für die junge Frau.

Unauffällig ließ Charlotte ihren Blick über die Menge der eleganten Menschen schweifen. Sie hatte nicht gewusst, dass Catherine so viele Leute eingeladen hatte. Wenigstens war James nirgends zu sehen. An Veronikas Seite begab Charlotte sich ins Getümmel.

***

James hatte Charlotte sofort entdeckt. Wie ein Magnet zog sie die Blicke aller anwesenden Männer auf sich. Natürlich fiel dies sofort der neben ihm stehenden Vivien auf. Frauen wie sie konnten es nicht ausstehen, wenn sie nicht länger im Mittelpunkt standen.

»Und wer ist das?«, wandte sie sich zuckersüß an Catherine, welche gerade mit einem Botschafter redete.

»Wen meinst du, Liebes?« Suchend wanderte der Blick der Älteren in die Richtung, in welche Vivien genickt hatte.

»Ach, das ist Charlotte Dunken«, erklärte sie freudestrahlend ihrer zukünftigen Schwiegertochter, als sie ihrer Gesellschafterin gewahr wurde. »Meine neueste gute Seele. Veronica hat sie gefunden. Eine wirklich sehr patente junge Frau«, setzte sie fröhlich hinzu.

Vivien nickte gönnerhaft.

»Wie nett, dass in diesem Hause auch das Personal mit am Tisch sitzen darf«, rief sie laut. »Sagen Sie, Catherine, wer von den ganzen Leuten hier ist ihre Köchin?« Zusammen mit Catherine lachte sie über ihren vermeintlichen Witz.

James wäre seiner Verlobten am liebsten über den Mund gefahren. Er fand ihr Benehmen absolut unter ihrer Würde und schämte sich für sie. Es war ganz und gar nicht unnormal, dass es Angestellte gab, die hin und wieder an gesellschaftlichen Feierlichkeiten teilnahmen. Außerdem fand er, dass Charlotte für seine Mutter wesentlich mehr war als nur irgendeine Bedienstete. Andrerseits wollte er seiner zukünftigen Frau nicht zu offensichtlich in den Rücken fallen. Also zwang er sich zu einem Lächeln. Er würde Vivien später darauf ansprechen. Seit wann war seine Verlobte so eine Zicke? Sie hatte Charlotte absichtlich beleidigt und es so laut gesagt, dass die Chance bestand, dass diese es gehört hatte. Ungehalten fasste er Vivien am Arm.

»Musste das sein?« Er zog sie schnell beiseite.

»Was denn? Ich finde es sehr nett, was deine Mutter für das arme Mädchen tut. Sicherlich hat sie so etwas noch nie erlebt.« Mit einer ausschweifenden Bewegung zeigte Vivien auf die mondäne Gesellschaft, die ihrer Meinung nach in Charlottes Augen sehr imposant wirken musste. Frustriert hätte James am liebsten seiner schlechten Laune Luft gemacht. Mit dieser arroganten Frau hatte er vor, sein Leben zu verbringen?

»Hallo Bruderherz«, vernahm er eine Stimme hinter sich. Freudig drehte er sich um und nahm seine Schwester liebevoll in den Arm. Wie immer freute er sich unglaublich, sie zu sehen. Neben ihr stand Charlotte. Ein Blick in ihre großen, blauen Augen genügte und ihm wurde klar, dass sie Vivien gehört hatte. Sein Herz erfuhr einen schmerzhaften Stich. Die junge Frau war verletzt, das konnte er sehen. Aus der Nacht, in der sie geredet hatten, wusste er, dass sie einmal andere Träume gehabt hatte. Er wusste nur nicht viel darüber, wie es dazu hatte kommen können, dass sie statt auf den Bühnen der Welt bei seiner Mutter gelandet war. Nur dass es irgendetwas mit ihrem Knie zu tun hatte und einem Mann. Er hatte sie nicht drängen wollen, mehr über sich preiszugeben. Aber James konnte sich vorstellen, wie erniedrigend es für sie sein musste, so gedemütigt zu werden.

In diesem Moment kam eines der Mädchen, welches für den Abend zum Helfen engagiert worden war, zu Catherine gelaufen. Aufgeregt setzte sie an, zu erzählen. Anscheinend waren einige der anderen Mädchen nicht erschienen und nun kamen sie mit dem Bedienen nicht hinterher.

»Ich kann helfen.« Gutmütig bot James seine Hilfe an. Das Mädchen tat ihm leid. Offensichtlich hatte es schreckliche Angst, Ärger zu bekommen. Warum war James allerdings schleierhaft. Das Mädchen konnte schließlich nichts dafür. Ein paar Getränke durch die Gegend zu tragen, würde bestimmt spannender sein, als hier herumzustehen. James hatte so viel Zeit auf langweiligen Empfängen verbracht, dass er manchmal das Gefühl hatte, wertvolle Lebenszeit einfach so vergeudet zu haben. Außerdem war er froh, wenn er einen guten Grund hatte, Charlottes Gegenwart für ein paar Minuten zu entfliehen. Er hatte sich in der kurzen Zeit, die sie nun im Raum war, schon mehrmals bei dem Gedanken ertappt, einfach zu ihr hinüber zu gehen und sie vor allen Anwesenden zu küssen.

»Mach dich nicht lächerlich«, zischte Vivien ihren Verlobten zwischen den Zähnen an.

»Wieso? Ich kann das. In meiner Zeit in Harvard haben wir oft…« Ein schmerzhafter Stoß in die Rippen brachte ihn zum Schweigen.

»Haben wir nicht genug Personal da?« Freundlich blickte Vivien in die Runde. Ihr Blick blieb demonstrativ an Charlotte hängen.

»Sie ist keine Kellnerin.« Empört quietschte Veronica auf.

»Ist schon gut«, setzte Charlotte schlicht hinzu. »Ich gehe mal schauen, was ich für Fernanda tun kann.« James sah, wie seine Mutter mit sich rang. Sie spürte, wie sehr Charlotte gerade gedemütigt worden war. Gleichzeitig wollte sie vor ihren Gästen das Gesicht nicht verlieren. Catherine hielt viel von Vivien. Sie wusste, dass seine politische Karriere von dieser Frau mitbestimmt wurde. James konnte sich gut vorstellen, in welchem Zwiespalt sich seine Mutter gerade befand. Trotzdem nahm er es ihr übel, dass sie anscheinend nicht vorhatte, sich auf Charlottes Seite zu stellen.

»Das wäre ganz wundervoll von dir, Darling«, liebevoll tätschelte Catherine entschuldigend Charlottes Hand.

»Und vielleicht fragen sie in der Küche nach einem etwas angemessenerem Outfit. Ich könnte mir vorstellen, dass es einige der Gäste verstören könnte, wenn die Kellner Abendgarderobe tragen«, flötete Vivien. Kam es nur James so vor oder war das Lächeln seiner Verlobten teuflisch? Am liebsten hätte er sie vor allen Anwesenden heruntergeputzt. Aber er hatte sich vorgenommen, seine Frau niemals öffentlich zu demütigen. Zu oft hatte er dies bei anderen Paaren gesehen. Er wollte niemandem dieses Gefühl antun, welches ihn überkam, wenn er solchen Szenen in der Öffentlichkeit beiwohnen musste.

Beruhigend legte Charlotte seiner wutschnaubenden Schwester die Hand auf den Arm.

»Ist schon gut. Ich helfe gern. Bis gleich.« Sie lächelte, obwohl James schwören konnte, hinter ihren Augen Tränen brennen zu sehen. So sehr wie in diesem Moment, hatte er sich noch nie gehasst. Nach weiteren fünf Minuten entschuldigte er sich ebenfalls. Charlotte war noch nicht wieder aufgetaucht. Er musste nach ihr sehen. Sich bei ihr für das Verhalten seiner Verlobten entschuldigen.

James stieß die Tür zur Küche auf. Fernanda stand mitten in der Küche, die Hände in die Seiten gestemmt, und schimpfte wie ein Rohrspatz. James konnte sie nur zu gut verstehen. Immerhin sprach sie aus, was er gedacht hatte. Charlotte stand mit dem Rücken zu ihm. Sie hatte tatsächlich ihr Kleid gewechselt. Sie trug jetzt ebenso wie die anderen Kellnerinnen ein schwarzes Kleid mit weißer Schürze. Der noch offenstehende Reißverschluss gab den Blick auf ihren zarten Rücken frei. Ein Anblick, der James zutiefst rührte. Er wollte sie in den Arm nehmen. Ihr Gesicht mit Küssen bedecken und nicht aufhören, sich für das widerliche Verhalten von Vivien zu entschuldigen. Fernanda verstummte, als sie ihn sah. Charlotte drehte sich um und zuckte zusammen, als sie seiner gewahr wurde. Schnell verrenkte sie den Arm und versuchte, den Reißverschluss zu schließen.

»Es tut mir so leid«, hob er an. Er sah den Schmerz in ihren Augen. Als sie nach dem Häubchen griff, welches neben einem Tablett mit Sektgläsern stand. Sie setzte es auf und schaute ihm fest in die Augen.

»Wenn Sie noch weitere Fragen haben, wenden Sie sich bitte an meine Chefin. Ich muss jetzt arbeiten«, erwiderte sie kühl, griff gekonnt nach dem Tablett und verschwand aus der Küche. Schmerzerfüllt schaute er ihr nach. Charlotte hatte vollkommen recht mit ihrem Verhalten. Sie hatten beschlossen, Freunde zu sein, und er ließ sie direkt bei der ersten Gelegenheit im Stich. Keine sehr nette Art von ihm, sich für ihr liebevolles Verhalten Estelle gegenüber zu bedanken.

Am liebsten hätte er sich für den Rest des Abends in der Küche verkrochen. Schon als Kind war bei der resoluten Fernanda sein Zufluchtsort in Krisenzeiten gewesen. Charlotte kellnern zu sehen, beschämte ihn. Hilflos stand er da und wusste nicht, was er tun sollte. Natürlich musste er wieder zu den anderen Gästen gehen. Sein Verschwinden würde schnell auffallen. Er würde Charlottes Lage nicht verbessern, wenn er sich mit seiner Verlobten anlegte. Vivien schien Charlotte nicht leiden zu können. Das sah nicht gut aus für die junge Frau. Am besten war es, wenn er vor Ort war, dann würde er eingreifen können, wenn Vivien es zu weit trieb mit ihren Gemeinheiten. James konnte Fernandas mitleidigen Blick nur allzu genau auf seinem Rücken fühlen, als er unverrichteter Dinge ebenfalls die Küche verließ.

Kapitel 8

An sich fand Charlotte es nicht schlimm, als Kellnerin einzuspringen. Unangenehm war nur, dass sie so viele Menschen hier kannte. In der Zeit nach ihrem Unfall hatte sie versucht, in der Gastronomie zu arbeiten, aber der Stundenlohn war auf Dauer einfach zu niedrig gewesen. Da ihr Knie es ihr nicht erlaubte, lange Schichten zu machen, hatte das Geld hinten und vorne nicht gereicht. Nicht einmal für das armselige Zimmer mit Bad auf dem Gang.

Das Schlimmste an diesem Abend und der Grund, warum ihr die Tränen hinter den Augen brannten, aber war James' Verhalten. Charlotte war es egal, was Vivien von ihr hielt. Die Frau konnte sie absolut nicht leiden, das hatte sie deutlich zum Ausdruck gebracht. Aber James. Was er von ihr hielt, war ihr wichtig. Sie wollte nicht, dass er sie für eine einfache Bedienstete hielt. Und zwar nicht, weil sie in ihn verliebt war. Das war sie ganz bestimmt nicht. Sondern weil sie sich Freundschaft geschworen hatten. Auch wenn er direkt danach in die Stadt verschwunden war. Sie hatte trotzdem gedacht, dass sie einander mochten und vor allem achteten. Sie hatten sich Nachrichten geschrieben in der Zeit, in der er nicht da gewesen war. Hauptsächlich natürlich um zu berichten, wie es Estelle ging. Aber irgendwie hatten sich diese abendlichen Kurznachrichten eingebürgert. Es fühlte sich komisch an, wenn er sich einen Tag lang gar nicht meldete. Wie schnell man sich doch an solche Kleinigkeiten gewöhnen konnte. Natürlich würde Charlotte James niemals die Wahrheit über sich erzählen, egal was für gute Freunde sie werden würden - oder auch nicht, wie der heutige Abend deutlich zeigte - trotzdem hatte sie gedacht, dass sie ehrlich zu einander waren. Scheinbar hatte sie sich in diesem Punkt getäuscht. James hielt sie für nicht mehr als eine der Angestellten seiner Mutter. Wie nett, dass er ihr wenigstens zutraute, sich um seine Tochter zu kümmern. Charlotte hatte gesehen, wie er über Viviens Witz gelacht hatte. Scheinbar fand er es ebenfalls urkomisch, dass im Hause Fitzgerald nun das Personal an den Tisch gelassen wurde. Nun, jetzt hatte ja alles wieder seine Ordnung. Sie stand, wie alle anderen Angestellten auch, hinter den Stühlen der Gäste, jederzeit bereit, loszustürmen, sollte einer der Anwesenden einen Wunsch äußern.

Wenigstens war sie es gewohnt, auf Nahrung zu verzichten. Immerhin hatte sie den ganzen Tag über noch nichts zu sich genommen. Und nun rannte sie durch die Gegend, anstatt sich etwas zu essen zu gönnen. Hätte sie gewusst, dass sie den ganzen Abend auf den Beinen sein würde, hätte sie mit Estelle nicht so viel herumgetollt. Ihr Knie machte ihr schrecklich zu schaffen. Bald würde sie das Humpeln nicht länger unterdrücken können.

84

***

Mit jeder Sekunde, die Charlotte länger herumlief und Kellnerin spielte, blutete James' Herz mehr. Sie musste sofort damit aufhören. Sah denn niemand außer ihm, dass sie angefangen hatte, zu humpeln? Jeder Schritt, den sie machte, schmerzte ihn. Am liebsten wäre er aufgestanden und hätte Charlotte gezwungen, sich hinzusetzten. So dünn wie sie war, hatte sie bestimmt schon wieder den ganzen Tag über nichts gegessen. Lange würde ihr zarter Körper nicht mehr durchhalten.

Vivien würde ihn allerdings köpfen, wenn er hier vor allen Leuten insistierte. Die Mädchen kamen seiner Meinung nach auch ohne Charlotte spielend zurecht. Es war nicht fair, sie weiter durch die Gegend rennen zu lassen. Er würde der Show jetzt endlich ein Ende setzen. Fernanda war ganz bestimmt seiner Meinung. Sie würde Charlotte überreden können, aufzuhören oder wenigstens eine Pause zu machen. Er entschuldigte sich bei Vivien und stand auf, um anstatt zur Toilette, wie er es vorgegeben hatte, in die Küche zu verschwinden.

Ganz wie er es vorausgesehen hatte, war die gute Seele des Hauses absolut seiner Meinung. Sie versprach ihm hoch und heilig, Charlotte keinen weiteren Schritt tun zu lassen. Dankbar drückte er Fernanda die Hand. Er hatte wirklich keine Lust, zurück an den Tisch zu gehen, aber ihm blieb nichts anderes übrig.

Im Flur ließ er sich entnervt gegen eine Wand fallen und vergrub das Gesicht in seinen Händen. Warum zum Henker strengte ihn seit neuestem dies alles so an? Das ganze Lächeln und Händeschütteln. Die ewig gleichen Gespräche bei Tisch. Warum war der einzige Lichtblick seit Tagen die all abendlichen Kurznachrichten von Charlotte? Wie konnte es sein, dass selbst eine Textmessage von ihr mehr Tiefgang hatte, als alle Unterhaltungen, die er über den Tag verteilt führte. Wenn er nicht aufpasste, war er bald nicht mehr in der Lage, sein Leben zu führen. Das musste aufhören. Er konnte nicht noch einmal alles verlieren. Er wollte seine Mutter nicht enttäuschen. Das politische Amt, Vivien, das alles hatte er sich nach Johannas Tod hart erarbeitet. Gerade wieder war er in die Spur gekommen. Er musste aufhören, an Charlotte zu denken.

Als wenn man vom Teufel sprach, kam diese gerade aus dem Salon hinaus auf den Flur. Jetzt, da sie es nicht länger verstecken musste, hinkte sie stark. Der Anblick ihrer Schmerzen brachte ihn fast um. Warum hatte er nicht früher etwas unternommen? Am liebsten hätte sich James für seine Feigheit geohrfeigt. Erschöpft ließ die zierliche Frau sich ebenfalls an die gegenüberliegende Wand fallen und schloss die Augen. Anscheinend sah Charlotte ihn gar nicht. Vorsichtig machte er ein paar Schritte auf sie zu. Vielleicht würde sie seine Entschuldigung jetzt akzeptieren? Sie lehnte mit geschlossenen Augen an der Wand. Irrte er sich oder schwankte sie leicht? Als er sich langsam näherte, sah er wie kreidebleich sie war. Sofort warf er alle Vorsicht über Bord. Es war ihm egal, wie sauer sie auf ihn war. Charlotte sah aus, als würde sie jeden Moment umkippen. Sie hatte sich überanstrengt. Er hatte es gewusst. Beherzt sprang er vor und umfasste ihre schmale Taille genau in dem Moment, als ihre Beine unter ihr nachgaben.

***

Charlotte wusste nicht, wie ihr geschah. Sie hatte den Salon unauffällig verlassen, weil ihr schwummrig geworden war. Sie wollte schnell einen Schluck Wasser trinken und dann weiter machen. Aber dann war ihr irgendwie schwarz vor Augen geworden. Wie durch einen Schleier nahm sie wahr, dass aus dem Nichts James aufgetaucht war und sie mal wieder davor bewahrt hatte, zu stürzen. Was sollte das? Hielt er sich etwa für ihren Schutzengel? Ein mieser Schutzengel, der sie nicht davor beschützt hatte, in aller Öffentlichkeit gedemütigt zu werden.

Wieso zur Hölle musste dieser Mann so unglaublich gut riechen? Und warum in drei Teufels Namen war dies der einzige klare Gedanke in ihrem wabernden Gehirn? Ihr Kopf war so schwer. Sie würde sich nur ganz kurz an seine Schulter lehnen.

James trug sie auf seinen starken Armen durchs Haus, als wäre sie leicht wie eine Feder. Warum nur musste sie sich in seinen Armen so geborgen fühlen?

»Es tut mir alles so schrecklich leid«, murmelte er in ihr Haar. Sie hasste es, dass sie ihn nicht einfach hassen konnte. Dass er nicht abstoßend oder arrogant war. Wieso musste er so nett sein? Und witzig. Warum fühlte sich das Zusammensein mit ihm so einfach an? Vorsichtig öffnete er die Tür zu ihrem Zimmer. Er schaltete das Licht ein und trug sie langsam zum Bett. Ein Kribbeln breitete sich in ihrem Magen aus. Wenn das hier unter anderen Umständen passieren würde..

Hätte sie in der Nacht am Strand nicht kalte Füße bekommen, vielleicht hätte James sie bereits viel früher in Richtung ihres Bettes getragen. Oder auch nicht. Immerhin hatte er eine Freundin. Langsam ging James in die Knie und setzte sie vorsichtig auf die Bettkante. Sanft strich er ihr übers Haar.

»Ich hole dir etwas zu trinken.«, murmelte er rau. Charlotte nickte nur. Sie bekam keinen Ton heraus. Ihr ganzer Organismus schrie danach, ihn nicht gehen zu lassen. Sie wollte nicht, dass er sie losließ. Und anscheinend wollte James dies auch nicht, denn obwohl er es versprochen hatte, machte er keine Anstalten, in Richtung Wasserflasche zu gehen, welche auf dem Tisch stand. Vielmehr war seine Hand immer noch damit beschäftigt, mit ihren Haaren zu spielen. Ein Schauer lief ihr den Rücken hinunter, als sie ihn ansah und die Glut in seinen Augen bemerkte.

***

Ein Blick in ihre großen, dunkelblauen Augen und er konnte sich nicht mehr rühren. Sie sah aus wie Bambi, dessen Mutter, Großmutter sowie alle Verwandten und Bekannten erschossen worden waren. Diese blonde Grazie löste in ihm das Gefühl aus, sie niemals mehr loslassen zu wollen.

Selbst die paar Meter Entfernung zum Tisch kamen ihm viel zu weit weg vor. So sehr er es versuchte, er konnte sich nicht von dieser Frau lösen.

In den vergangenen zwei Wochen war sie noch dünner geworden, wenn so etwas überhaupt möglich war. Er hatte das Gefühl, Charlotte würde sich jeden Moment in Luft auflösen, wenn er sie auch nur eine Sekunde aus den Augen ließ. Seine Hand konnte nicht aufhören, mit ihren seidigen Haaren zu spielen. Es erforderte jede Menge Selbstbeherrschung, die Gesellschafterin seiner Mutter nicht einfach an sich zu ziehen und zu küssen, wie er noch nie zuvor einen anderen Menschen geküsst hatte. Selbstbeherrschung, welche er nicht hatte. Charlotte stieß einen leisen Seufzer aus. Dieser winzige Ton gab ihm den Rest. Er würde umkommen, wenn er sie nicht auf der Stelle küsste.

***

Charlotte war es, als würde sie Zeuge eines Kampfes werden. Eines Kampfes, der sich einzig und allein in James' Augen abspielte. In dem tiefen Blau konnte sie die Sorge sehen, gepaart mit heftigem Verlangen. Dachte er wirklich dasselbe wie sie? Vor lauter Sehnsucht entfuhr ihr ein Seufzer. Sie konnte keine Sekunde länger in seinen Armen liegen, ohne ihn zu küssen. Sie musste aufstehen, einen Schluck trinken und wieder zu Verstand kommen. Doch aus irgendeinem unerfindlichen Grund konnte sie sich nicht dazu bewegen, aufzustehen.

In diesem Moment fuhr James mit seiner Hand ihren Rücken hinunter. Das Kribbeln in ihrem Bauch wurde so stark, dass es sich anfühlte, als wenn tausend Schmetterlinge in einen Orkan gekommen wären. Ohne es zu wollen, beugte sie den Kopf, so dass ihre Lippen genau unterhalb derer von James waren. Sie sah das Funkeln in seinen Augen, als er seinen Kopf vorbeugte und ihre Lippen nur noch wenige Millimeter voneinander entfernt waren. Ihr Herz raste, als würde es jeden Moment zerspringen. Gleich würden seine Lippen die ihren berühren.

In diesem Moment ging mit einem Quietschen die Tür auf. James fuhr zurück und auch sie selbst zuckte erschrocken zusammen.

»Kann ich bei dir schlafen? Ich fühle mich so schrecklich allein«, erklang eine dünne Stimme von der Tür her. Estelle. Wie jede Nacht in den vergangenen Tagen hatte sie sich zu ihr ins Zimmer geschlichen.

»Komm rein, mein Schatz.« Charlotte hörte selbst, wie atemlos ihre Stimme klang.

»Daddy!« Erst jetzt hatte Estelle die Tür ganz aufgemacht und ihren Vater bemerkt. Ohne sich zu wundern, was er in Charlottes Zimmer machte, sprang sie auf den Schoß ihres Vaters. »Kann ich bei Charlotte schlafen? Bitte, Bitte, Bitte!« Flehend sah sie ihren Vater an. »Charlotte hat mich bis jetzt immer wieder zurück in mein Bett getragen, aber wenn du ihr sagst, dass sie das lassen soll, dann hört sie bestimmt endlich damit auf.« Verwirrt schaute James Charlotte an.

»Es stimmt. Estelle kommt jede Nacht her.« Unsicher hob sie die Schultern. »Ich wusste nicht, ob es in Ordnung ist, wenn sie hier schläft.« James stand auf und reichte Charlotte die Wasserflasche.

»Natürlich ist es das.« Er räusperte sich. Seine Stimme klang belegt. »Ich komme dann später nach euch schauen.« Ohne sich noch einmal umzudrehen, ging er zur Tür.

***

Er war ein riesengroßer Idiot, dass er eifersüchtig auf seine eigene Tochter war. In den Anblick versunken stand er in der Tür und beobachtete seine Tochter und Charlotte beim Schlafen. Er war nicht nur ein Idiot, sondern außerdem ein Psychopath. Da stand er und beobachtete eine Frau, welche nicht die seine war, wie sie an sein Kind gekuschelt dalag und friedlich schlief. Alles in ihm drängte ihn, sich einfach dazuzulegen. Natürlich vollkommen bekleidet. Er war vielleicht ein Idiot, aber ganz bestimmt nicht pervers. So stellte er sich »Nach-Hause-Kommen« vor. Nach einem langen Tag die Tür aufschließen und Frau und Kind friedlich schlafend vorfinden. Nur leider war das hier vor ihm nicht seine Frau. Auch wenn er vor einer Stunde noch kurz davor gewesen war, sie leidenschaftlich zu küssen.

Gott sei Dank hatte Vivien ihm den Vorwand mit dem wichtigen Telefonat abgenommen. Und noch besser war, dass sie kein Interesse daran hatte, nach der schlafenden Estelle zu schauen. Es wäre schwierig geworden, seiner Verlobten zu erklären, warum Estelle nicht in ihrem Bett lag und außerdem noch eine weitere weibliche Person bei ihr schlief. Eine Person, die er gar nicht aufhören konnte, anzuschauen.

Es war gut, wenn das Wochenende vorbei war und es Zeit wurde, in die Stadt zurückzukehren. Vielleicht sollte er Estelle dieses Mal mitnehmen? Es war nicht gut, wenn sie sich allzu sehr an Charlotte gewöhnte. Es würde sie umso mehr schmerzen, wenn Charlotte sie wieder verließ. Dass ihn der Gedanke, Charlotte irgendwann nicht mehr zu sehen, belastete, wollte er sich gar nicht erst eingestehen.

Kapitel 9

Wie immer war Estelle in aller Herrgottsfrühe wach und wollte zum Strand. Charlotte war es recht. Sie schlief sowieso nie mehr als ein paar Stunden. Seit jeher war sie es gewohnt gewesen, früh aufzustehen und zum Training zu gehen. Nur dass diese Zeiten mittlerweile schon lange hinter ihr lagen.

Gedankenverloren zog sie Estelle ihren kleinen, roten Badeanzug an. So gut wie in der vergangenen Nacht hatte die junge Frau schon lange nicht mehr geschlafen. Das Mädchen hatte etwas an sich, das Charlotte unglaublich beruhigte. Ganz im Gegensatz zu Estelles Vater. Dieser machte sie fast wahnsinnig. In ihrem ganzen Leben hatte sie noch nie solches Verlangen gespürt. Charlotte hatte gar nicht gewusst, dass sie so große Lust überhaupt empfinden konnte. Sie hatte Sex nie als abstoßend empfunden oder von sich gedacht, dass sie frigide wäre. Aber dass sie zu solchen Empfindungen imstande war, hatte sie nicht geahnt. Diese Leidenschaft zwischen ihr und James übertraf alles, was sie bisher gelesen oder in Filmen gesehen hatte. Leider würde diese Leidenschaft bereits im Keim erstickt werden müssen. James befand sich außerhalb ihrer Liga. Er war reich und hatte einen guten Ruf. Außerdem war er verlobt. Unwillig schüttelte Charlotte ihre blonden Haare in dem Versuch, die lästigen Gedanken zu verdrängen. Obwohl es noch so früh am Morgen war, hatte die Sonne jetzt schon eine enorme Kraft. Ein frühmorgendliches Bad in den Wellen war jetzt genau das, was sie brauchte.

Estelle war eisigen Temperaturen gegenüber immun. Meistens war es Charlotte, die sich weigerte, ins Wasser zu gehen. Heute würde sie das ändern müssen. Vielleicht würde das kalte Wasser ihr helfen, sie wieder zu klarem Verstand zu bringen? Und den brauchte sie, wenn sie den heutigen und alle folgenden Tage durchstehen wollte. Heute Abend fand bei den Van Hollands, Freunden von Catherine, ein Ball statt. Zu ihrer großen Überraschung war Charlotte tatsächlich eingeladen worden. Ein Umstand, den sie definitiv Veronica zu verdanken hatte. Charlotte seufzte tief. Hoffentlich würde sie nicht wieder kellnern müssen. Ihr drehte sich der Magen um, wenn sie an die Blamage des gestrigen Abends dachte.

»Gehen wir?«, ungeduldig riss Estelle Charlotte aus ihren Gedanken. Diese nahm ihre Tasche und die Handtücher.

»Na, dann los, du Wildfang.« Sie lächelte, während sie hinter Estelle nach unten schlich. So früh am Morgen war wenigstens noch kein anderer im Hause wach. Charlotte liebte diese Stunden des Tages, die ihr und Estelle ganz allein gehörten.

Vollkommen menschenleer glitzerte der Strand in der Sonne. Wie an jedem Morgen nahm Charlotte die Stimmung vollkommen in sich auf. Dieser Ort war so paradiesisch schön. Sie ließ die Handtücher fallen und schälte sich aus ihrem Kleid. Früher war sie es gewohnt gewesen so spärlich bekleidet zu sein. Beim Ballett kam es oft vor, dass sie nur mit einem Body bekleidet trainiert hatte. Seit dem Abend in der Bar kam sie sich allerdings im Bikini schrecklich nackt vor. Es rief Erinnerungen in ihr hervor, an die sie lieber nicht denken wollte. Auch wenn es nur ein paar Stunden im miefigen Dunst der Bar gewesen waren. Charlotte wollte am liebsten alles, was damit zu tun hatte, vergessen.

»Stell dich nicht so an«, schimpfte sie sich selbst. Die einzige Person, welche sie in diesem Outfit zu sehen bekam, war vier Jahre alt.

Schnell rannte Charlotte auf die Wellen zu. Wenn sie sich nicht beeilte, würde sie ihr Mut, das kühle Wasser betreffend, wieder verlassen. Sie eilte hinter Estelle her, bevor die Kleine schon wieder ohne Schwimmflügel ins Wasser rannte. Auch wenn es schrecklich kalt war, so tat das Wasser Charlotte außerordentlich gut. Außerdem kühlte es ihr vom gestrigen Abend noch ziemlich geschundenes Knie. Sie jauchzten und kreischten beide um die Wette, als die erste höhere Welle ihre Bäuche berührte. Charlotte hielt Estelle im Arm, damit die Kleine nicht von den Wellen überrollt wurde und gemeinsam plantschten sie ausgelassen im Wasser umher.

***

Seit Johannas Tod stand James jeden Tag früh auf, um joggen zu gehen. Er liebte diese ersten frühen Stunden des Tages, wenn niemand außer ihm wach war. Zumindest war er davon ausgegangen, bis er vom Strand her Lachen und Kreischen vernahm. Irgendwie kamen ihm die Stimmen bekannt vor. Er joggte weiter und hielt sich dabei die Hand über die Augen. Irrte er sich, oder waren da schon Leute im Wasser?

Lange bevor seine Augen realisierten, was er sah, fühlte sein Herz bereits, wer da so früh am Planschen war. Unschlüssig überlegte James, ob er einfach weiter rennen sollte. In Charlottes Nähe zu sein, war gefährlich für ihn, das hatte der gestrige Abend deutlich gezeigt. Allerdings konnte ihm ein kühles Bad alles andere als schaden.

James machte auf dem Absatz kehrt und rannte die Dünen hinunter. Langsam schlenderte er den Strand entlang und genoss das Bild, welches sich ihm da bot. Noch hatte Charlotte ihn nicht gesehen, sie war voll und ganz damit beschäftigt, mit seiner Tochter durch die Wellen zu toben. Ihm sollte es recht sein, so konnte er ungestört ihren perfekt geformten Körper in dem sexy Bikini bewundern. Oh man, er war wirklich nicht Herr seiner Sinne, wenn er in ihre Nähe kam. Jedenfalls brauchte er die kühle Dusche jetzt ziemlich dringend, und zwar bevor Charlotte sah, wie sehr ihn ihr halbnackter Anblick erregte. Schnell zog er sich sein T-Shirt über den Kopf und sprintete los ins kalte Blau der Wellen. Begeistert quietschte Estelle auf, als sie seiner gewahr wurde.

»Daddy!« Unbeholfen schwamm sie auf ihn zu. Er nahm sie hoch, bevor sie von einer Welle überrollt wurde. Breit grinste er Charlotte an, welche überrumpelt im Wasser stand und verschämt die Arme vor der Brust verschränkt hielt. Anscheinend fühlte sie sich genauso nackt, wie James sie gerne gesehen hätte.

***

Was machte James hier? Charlotte wäre am liebsten untergetaucht. Allerdings konnte sie sich auch unter Wasser nicht ewig verstecken. Hatte sie nicht den Plan gehabt, ihre Lust im kühlen Nass zu ertränken? Nun, dies ging leider schlecht, wenn James weiterhin seine unglaublichen Brustmuskeln vor ihr spielen ließ. Wusste er denn nicht, wie absolut umwerfend er aussah, wenn das Wasser seine gebräunte Brust zum Glänzen brachte? Verdammt, jetzt war sie schon wieder damit beschäftigt, ihn anzuschmachten.

***

»Geben Sie es zu, sie haben meine starke Brust vermisst.« James grinste spöttisch, als er ihren Blick auffing. Es war so süß, wie sie sich Mühe gab, ihn nicht unverhohlen anzustarren. Eigentlich war er normalerweise nicht ganz so von sich überzeugt, aber er neckte sie einfach zu gern. Dabei war sie es, die ihm gefehlt hatte. Die ganze Nacht über hatte er nur von ihr geträumt. Und das waren Träume gewesen, die definitiv keine Jugendfreigabe bekommen würden. Charlotte wurde über und über rot. Ein klein wenig tat sie James leid.

Aber nur ein bisschen. Es machte viel zu viel Spaß, sie aufzuziehen.

In diesem Moment sah er den Schelm in ihren Augen aufblitzen. Ohne dass er noch die Chance hatte, sich umzudrehen, spritze sie ihn gehörig nass. Er hustete und spuckte.

»Na warte.« Er sah sie an, wie sie dastand und lachte. Sie sah so wunderschön aus. James drehte durch bei dem Gedanken, dass er sie eigentlich nicht berühren durfte. Er beneidete selbst die winzigen Wassertropfen, welche ihren perfekt gerundeten Busen hinunter perlten. Noch nie in seinem ganzen Leben hatte er eine Frau derart begehrt. »Das werden Sie bereuen.« Charlotte kicherte immer noch, als er ihren schlanken Körper mit einem Arm umfasste und sie hochhob.

»Lassen sie mich runter«, lachte Charlotte, obwohl ihr nicht länger nach Lachen zumute war. Allzu genau spürte sie James' Haut auf der ihren. Die Stellen an ihrem Körper, welche er berührte, prickelten vor Erregung.

»Na gut, wie Sie wollen.« James' Tonfall war verdächtig liebenswürdig. Er umfing Charlotte mit beiden Armen und zog ihre beiden Körper unter die Wasseroberfläche. Charlotte stockte der Atem, aber weniger, weil sie unter Wasser nicht atmen konnte, als viel mehr, weil James' Hände plötzlich überall auf ihrem Körper waren. Allerdings benahmen ihre Finger sich nicht besser. Gierig versuchten sie, jeden Zentimeter des anderen zu spüren, bevor der Moment vorbei war und sie zurück in die Realität und über Wasser kehren mussten.

Estelle! Der Gedanke brachte Charlotte auf den Boden der Tatsachen zurück. Sie musste auftauchen, so schön es war, in James' Armen zu verweilen und zu spüren, wie er sanft ihren gesamten Körper berührte. Die Kleine konnte noch nicht schwimmen und außerdem brauchten ihre eigenen Lungen langsam Luft. Sie tauchte auf. Nur wenige Zentimeter entfernt tat James dasselbe. Panisch schaute sie nach dem Kind. Dem Mädchen ging es gut. Fröhlich planschte es am Ufer.

»Wir sollten zurück zum Haus gehen.« Charlottes Stimme klang hart. Zu wenig hatte sie sich im Griff. Wenn James in der Nähe war, verhielt sie sich viel zu unvernünftig.

»Ja, das sollten wir.« Irrte sie sich, oder klang James ziemlich zerknirscht? Ohne sich noch einmal umzudrehen, stapfte Charlotte ans Ufer. Schnell trocknete sie Estelle und sich selbst notdürftig ab. Dann reichte sie James verlegen ihr Handtuch. Die Geste kam ihr sehr unangebracht vor. Irgendwie fühlte es sich intim an, dass sie das gleiche Handtuch benutzten.

Auf dem Rückweg wechselten sie kaum ein Wort miteinander. Beiden war klar, dass das, was gestern Abend und gerade eben geschehen war, nicht mehr sehr viel mit Freundschaft zu tun hatte. Sie würden einen Weg finden müssen, damit umzugehen, denn eines stand unumstößlich fest: Eine Beziehung zwischen ihnen würde niemals möglich sein. Auf beiden Seiten gab es zu viele Hindernisse. Und trotzdem begegneten sie sich ständig. Wie zwei Magnete zogen sie einander magisch an.

Charlotte zuckte zusammen, als James, keine Dreiviertel-stunde später, genau zur selben Zeit vor der Tür des Früh-stückszimmers stand wie sie und Estelle. Ihr war klar, wie es aussehen mochte, wenn sie jetzt gemeinsam eintraten. Und auch wenn es nicht sein durfte und absolut keine Zukunft hatte... In diesem Moment wurde es Charlotte mit aller Deutlichkeit bewusst, sie wünschte sich nichts sehnlicher auf der Welt, als eine Familie zusammen mit James. Ihre Gefühle waren nicht allein erotischer Natur. Das, was sie für diesen Mann empfand, war nicht mehr und nicht weniger als tiefe Liebe.

Kapitel 10

Heute Abend war die Nacht des großen Balls anlässlich des vierten Julis. Veronica hatte inständig darauf bestanden, dass Charlotte mitkam. Erstens sah sie es gar nicht ein, die Freundin wie eine Dienstbotin zu behandeln, und zweites wollte sie ihr unbedingt Rouven vorstellen. Ihr Freund war gestern wieder in New York gelandet und mittlerweile wahrscheinlich schon mit dem Helikopter auf dem Weg zu ihr.

Aufmerksam betrachtete sie ihre Freundin im Spiegel. Diese war damit beschäftigt, Veronicas Haare mit Engelsgeduld in weiche Wasserwellen zu legen. Von ihrer Zeit beim Ballett her hatte Charlotte ein unglaubliches Talent, was Haare und Make-Up anging. Veronica wusste nicht, wie oder ob sie Charlotte auf ihren Bruder James ansprechen sollte. Instinktiv spürte sie, dass sich etwas zwischen den beiden anbahnte. Ein Umstand, den sie nur allzu sehr begrüßte. Sie liebte ihren großen Bruder abgöttisch, und mit einem berechnenden Weibsbild wie Vivien zu enden, hatte er ihrer Meinung nach nicht verdient. Genau wie ihre Brüder war

Veronica im Dunstkreis der New Yorker Upper Class groß geworden. Sie kannte Vivien noch von Schulzeiten her. Vivien DiLaurentes war gemein, fies und berechnend. Eigentlich hatte sie mehr von ihrem großen Bruder erwartete, als dass er sich auf so eine Frau einließ. Andererseits war sie nicht dumm. Sie wusste genauso gut wie James, dass dieser im Moment der einzige Fitzgerald-Sprössling war, der die Familienehre hochhielt. Ihr ganzes Leben lang hatte Veronica versucht, so zu werden, wie ihre strenge Mutter sie haben wollte. Ein Unterfangen, dem kein Mensch wirklich gerecht werden konnte. Niemand bis auf James. Allerdings sah Veronica nur allzu deutlich, welchen Tribut er dafür bezahlte. James sah in letzter Zeit alles andere als glücklich aus. Eigentlich hatte er die ganzen letzten vier Jahre über nicht einen Tag froh oder auch nur ansatzweise zufrieden gewirkt. Bis zu dem Moment, als sie ihn gesehen hatte, wie er mit Charlotte redete.

Heute früh waren Charlotte, Estelle und James zeitgleich zum Frühstück erschienen. In ihrem ganzen Leben hatte Veronica noch nie ein Bild gesehen, das derart nach glücklicher Familie ausgesehen hatte, wie diese drei Gestalten. Estelle wirkte das erste Mal in ihrem Leben nicht wie eine Erwachsene gefangen im Körper einer Vierjährigen, sondern wie ein ganz normales kleines Kind. Glücklich hatte sie die beide Erwachsenen an den Händen gehalten. Vivien hatte dies alles gar nicht richtig registriert. Sie kümmerte sich niemals um Estelle. Kein Wunder, immerhin konnte sie Kinder nicht besonders gut leiden und machte auch keinen Hehl daraus. Estelle würde jedenfalls mit dieser Frau als Stiefmutter nicht viel zu lachen haben. Vielleicht wurde es Zeit, dass Veronica ihre Künste als Kupplerin wieder aus der Versenkung hervorholte und ihrer Freundin einen Gefallen tat.

Mit den Kämmen im Haar trat sie zu ihrem riesigen Kleiderschrank.

»Ich finde, heute solltest du einmal von deinem gewohnten Farbspektrum abweichen«, rief sie Charlotte fröhlich zu. »Du hast lange genug Schwarz getragen«

»Ich trage nicht nur Schwarz«, widersprach ihre Freundin energisch.

»Oh nein, meine Liebe, Blau gilt nicht«, erwiderte Veronica mit schelmischem Lachen. »Halt dir die Augen zu. Nun mach schon«, drängte sie energisch, als Charlotte sich zierte. »Eins, zwei, drei − Überraschung!«, rief sie begeistert und zerrte ein tiefrotes Kleid aus dem Schrank. »Heute Abend wirst du einfach umwerfend aussehen.« Und außerdem ist Rot James' Lieblingsfarbe, setzte sie in Gedanken hinzu.

***

Charlotte war sich alles andere als sicher, was die Wahl ihres Outfits anging. Fernanda, die gute Seele, hatte sich abgehetzt, das Kleid in wenigen Stunden enger zu nähen. Veronica war zwar wirklich gertenschlank, aber Charlotte war in den letzten Tagen fast schon mager geworden. Die Köchin hatte so viel Zeit und Mühe investiert, da konnte Charlotte sich wirklich nicht spontan für ein unauffälligeres Kleid entscheiden. Seit jenem verhängnisvollen Abend in der Bar hatte sie nicht mehr ihre nackten Schultern präsentiert. Der herzförmige Ausschnitt der Korsage gab für ihren Geschmack viel zu viel preis. Unglücklich drehte und wendete sie sich vor dem Spiegel. Sie würde sich maßlos blamieren. Gestern war sie noch Kellnerin gewesen – heute Cinderella. Leider keine flachen Schuhe aus Glas. Die Zeiten, in denen sie hohe Schuhe hatte tragen können, lagen weit hinter ihr. Ihr Knie würde ihr nicht eine Sekunde auf diesen Dingern verzeihen. Vorsichtig drehte sie die Haare zu einem eleganten Knoten. Beim Blick in den Spiegel traten ihr die Tränen in die Augen. Die Frisur und der bauschige Tüllrock ihres Kleides erinnerten sie an alte Ballettzeiten. Sie konnte ihren Anblick im Spiegel nicht länger ertragen. Schnell drehte sie sich um und verschwand aus dem Zimmer. Sie wollte noch einmal nach Estelle sehen. Charlotte hatte sich so daran gewöhnt, jede Minute des Tages mit ihr zu verbringen, dass es ihr schwer fiel, sie allein zu lassen.

Fernanda saß am Rand des Bettes. Die Köchin würde heute Abend auf das kleine Mädchen aufpassen.

»Du siehst aus wie eine Prinzessin«, jubelte Estelle und bewunderte fasziniert ihr Kleid.

»Du aber auch«, lächelte Charlotte und gab der Kleinen einen Kuss auf den Haaransatz.

***

Seine Tochter hatte absolut recht, fand James. Charlotte sah aus wie aus einem märchenhaften Traum entstiegen. Ein Teil seines Herzens wünschte sich inständig, dass dieses Wunderwesen am Bett seiner Tochter zu ihm gehörte. Zusammen mit Charlotte, Veronica und seiner Mutter würde er zu dem Anwesen der Van Hollands fahren. Dort fand der alljährliche Ball anlässlich des vierten Julis statt.

Vivien war zeitgleich auf einer anderen Party eingeladen. James hatte ihr versprochen, später nachzukommen. Auf keiner der Feiern würde er wirklich viel Zeit verbringen können. Einmal alle Hände schütteln und kurzen Small Talk halten. Alles in allem kein Vergnügen. Aber es musste sein. Nur so konnte er den Anforderungen beider Frauen gerecht werden. Sowohl seine Mutter als auch seine Verlobte hatten ganz genaue Vorstellungen davon, wie er sich zu verhalten hatte. Und er musste jonglieren, um keine der beiden Damen zu enttäuschen.

Draußen auf der Auffahrt wartete schon die dunkle Limousine, um sie zur Party zu fahren.

»Gute Nacht, Honey.« Er ging zu seiner Tochter und nahm sie ebenfalls in den Arm.

»Du siehst auch ganz passabel aus, aber lange nicht so hübsch wie Charlotte«, sagte diese ihm breit grinsend ins Gesicht. James lächelte sie liebevoll an.

»Oh, vielen Dank«, fuhr er gespielt empört auf. Dann beugte er sich vor und flüsterte seiner Tochter ins Ohr. »Aber du hast recht.« In normal lautem Ton fuhr er fort: »Schlaf gut, Honey, und gehe der armen Fernanda nicht ganz so doll auf den Geist.« Am liebsten hätte er Charlottes Hand genommen, konnte sich aber gerade noch in allerletzter Sekunde zurückhalten. Sie gehörte nicht zu ihm und würde es auch niemals tun. Das musste er sich immer vor Augen halten. Als er die Tür hinter sich schloss, beugte er sich zu

Charlotte hinunter und raunte ihr ins Ohr: »Meine Tochter hat recht.«

Charlotte schaute ihn aus unschuldigen Augen groß an und raunte zurück:

»Dass Sie nur ganz passabel aussehen? Machen Sie sich nichts draus.« Er musste schmunzeln. Touché.

»Nein, nicht das. Sie sehen einfach umwerfend aus.«

***

Catherine wartete bereits im hinteren Teil der Limousine. Starr blickte sie auf die Tür, durch welche in just diesem Moment Charlotte, Veronica und James kamen. Es freute Catherine, ihre Kinder wieder einmal vereint zu sehen. Das einzige, was sie störte, war das offensichtliche Band, welches sich zwischen James und Charlotte geknüpft hatte. Mit Unbehagen beobachtete sie, wie James nicht eine Sekunde seinen Blick von der absolut liebreizend aussehenden Charlotte abwenden konnte. Diese brannte unter seinen Blicken lichterloh. Catherine vertraute ihrem Sohn. Er war klug genug, keine Dummheit zu begehen. Zumindest hoffte sie dies inständig. Wenn die Vertrautheit zwischen den beiden weiterhin zunahm, würde sie entscheidende Schritte in die Wege leiten müssen. Lieber verzichtete sie noch einmal monatelang auf die Anwesenheit ihres Sohnes, als zuzulassen, dass er seine Karriere zerstörte. Es reichte, wenn eines ihrer Kinder sein Leben wegwarf.

Sie vermisste Jasper so sehr, sie konnte es kaum in Worte fassen. Heute war sie schon wieder ins Dorf geeilt in der

Hoffnung, Phillip zu begegnen. Catherine war kurz davor gewesen, seinen Laden zu betreten, aber dann hatte sie wieder der Mut verlassen. Zu viele Jahre waren inzwischen vergangen, seit er sie angefleht hatte, mit ihm durchzubrennen. Ihren Mann und ihren Sohn zurückzulassen und mit Phillip irgendwo glücklich zu werden? Sie hatte es damals nicht geschafft, alle Konventionen über Bord zu werfen. Sie war dazu erzogen worden, stets das Richtige zu tun. Und den gut situierten, erfolgreichen Marty Fitzgerald zu verlassen, um mit einem Gärtner durchzubrennen, gehörte nicht zu den Dingen, die als »richtig« angesehen wurden. Nun, es war die einzig mögliche Entscheidung gewesen. Sie hatte ihr Leben behalten und gelernt, mit gebrochenem Herzen zu existieren. Immerhin hatte ihr das Schicksal neun Monate später Jasper geschenkt. Außerdem war es eine Lüge, wenn die Menschen sagten, dass Geld nicht wichtig war. Ein gebrochenes Herz heilte sich wesentlich leichter, wenn man es mit erlesenem Champagner begießen konnte. Sie hoffte inständig, dass James dies genauso sehen würde wie sie.

***

Ritterlich öffnete James Charlotte die Tür. Mit ihr zusammen fühlte er sich plötzlich so lebendig. Wie zu Teenagerzeiten legte er seine Hand lässig neben sein Bein, auf das elegante Polster des Limousinensitzes, in der Hoffnung, sie würde aus Versehen diese mit der ihren berühren. Er benahm sich einfach lächerlich. Immerhin war seine Mutter anwesend. Er musste anfangen, logisch zu denken. Er und Charlotte konnten nicht zusammen sein. Es war einfach nicht richtig. Aber Estelle konnte es. Seiner Tochter ging es wesentlich besser, seit sie den ganzen Tag mit der jungen Frau zusammen war. Sie benahm sich viel mehr wie ein Kind. Auch hatte sie keinen weiteren nächtlichen Anfall gehabt. Vielleicht sollte er mit seiner Mutter ein ernsthaftes Gespräch darüber führen, dass er vorhatte, ihre Gesellschafterin als Nanny für seine Tochter abzuwerben. Vielleicht konnte er Charlotte eine kleine Wohnung mieten, so dass sie sich tags und ab und an auch nachts um Estelle kümmern konnte.

In der Stadt, wenn er wieder im gewohnten Alltagstrott gefangen war, würden seine amourösen Gedanken Charlotte betreffend ganz schnell der Vergangenheit angehören. Vielleicht stieg ihm einfach die Seeluft zu Kopf? Charlotte würde eine wundervolle Nanny für Estelle abgeben, und er würde den Teufel tun, seiner Tochter zu schaden. Genau das aber würde er, wenn er mit Charlotte schlief. Er musste sich Charlotte aus dem Kopf schlagen und damit würde er jetzt anfangen.

Er nahm sein Handy aus der Jacketttasche. Es wurde Zeit, dass seine Hände sich wieder mit dem Schreiben von Mails beschäftigten. Wenn er arbeitete, kam er nicht auf dumme Gedanken. Vielleicht konnte er noch mehr arbeiten, dann würden diese dummen Schmetterlinge in seinem Bauch endlich von ganz allein aussterben.

Kapitel 11

Charlotte fragte sich zum wiederholten Male an diesem Tag, was sie eigentlich auf einem Ball zu suchen hatte. Sie würde sowieso nicht tanzen. An jenem Abend in der dunklen Gasse hatte sie sich geschworen, nie wieder in ihrem ganzen Leben zu tanzen. Sie ertrug es einfach nicht mehr. Zu wissen, dass sie niemals wieder so gut sein würde, wie sie es einst gewesen war, fühlte sich an wie die Hölle auf Erden. Ihre Karriere war dahin. Sie hatte nie etwas anderes gewollt als zu tanzen. Es war wie Atmen für sie gewesen. Selbstverständlich und lebensnotwendig.

Charlotte war froh, nicht alle Gesichter des vergangenen Abends wiederzusehen. Wie seltsam musste es den Leuten erscheinen, dass sie an einem Abend in der Kluft einer Kellnerin herumlief und am anderen Tag aussah wie aus einem Disneyfilm entsprungen.

Charlotte stand am Rande der Tanzfläche und beobachtete Rouven und Veronica, welche sichtlich bis über beide Ohren in einander verliebt ihre Runden drehten. Vielleicht bedeutete Rouven ja wirklich das Ende von Veronicas wilden Zeiten? Flackernd verwischte das Bild vor ihren Augen und mischte sich mit einer anderen Szene. Es war eine ebenso elegante Abendgesellschaft gewesen.

Charlotte hatte getanzt. Und wie sie getanzt hatte. Jung und voll-kommen berauscht vor Glück und Erfolg. Der Mann, welcher sie so ele-gant über die Tanzfläche führte, war niemand anders als Jake Keller-man, der Star der New Yorker Ballettkompanie. Sie bildete sich ein, ver-liebt in ihn zu sein. Und er liebte sie. Dies hatte er ihr vor wenigen Mi-nuten in der Solistengardarobe der Met gestanden. Ihr ganzes Leben lag noch vor ihr. Mit gerade mal einundzwanzig Jahren stand sie am An-fang einer großen Karriere.

Wer hätte damals ahnen können, dass dieser Mann, der sie gerade noch so liebevoll im Arm hielt, vor Eifersucht durchdrehen würde. Und das alles nur, weil er glaubte, sie würde ihn verlassen, um nach Europa zu gehen. Charlotte blinzelte die Tränen weg, welche sich in ihren Augen sam-melten. Sie hatte sich doch geschworen, die Vergangenheit ruhen zu lassen. Nun rissen sie die sanften Klänge der Gei-gen mit aller Gewalt zurück in eine Zeit, die sie hinter sich hatte lassen müssen. Es gab kein Zurück mehr für sie. Das Leben, welches sie sich erträumt hatte, war unwiderruflich vorbei. Sie hatte zu viele Fehler in ihrem Leben gemacht. James sollte kein weiterer davon werden. Sehnsuchtsvoll blickte sie in seine Richtung. Dieser tanzte gerade Walzer mit irgendeiner Komiteelady. So nannte Charlotte heimlich die Damen, welche nichts weiter zu tun hatten, als irgendwel-chen Komitees vorzustehen, Spenden für Dinge zu sammeln, die niemand wirklich brauchte, und wichtig zu sein. Oh

Gott, sie wünschte sich so sehr, erneut in seinen starken Armen zu liegen; mit ihm über die Tanzfläche zu schweben.

Sie hatte sich Hals über Kopf in James verliebt. Das wusste sie jetzt. Es schmerzte sie viel zu sehr, eine Andere in seinen Armen zu sehen. Sie musste verrückt geworden sein. Das Leben schenkte ihr, obwohl sie es nicht verdient hatte, eine zweite Chance, und was machte sie? Sie riskierte alles.

Hier drinnen hielt sie es nicht länger aus. Blind vor Tränen floh sie hinaus in den Garten. Sie bekam einfach keine Luft mehr. Charlotte hatte gewusst, dass es nicht einfach werden würde, sich James aus dem Kopf zu schlagen. Dass es aber derart schmerzhaft sein würde, hatte sie nicht erwartet.

***

James war mit seinen Gedanken nicht bei der Sache. Immer wieder wanderte sein Blick hinüber zu Charlotte, welche am Rande der Tanzfläche stand und verkrampft lächelte. Die anderen Leute mochten vielleicht nicht bemerken, wie sehr sie litt, aber ihm brach es fast das Herz. Am liebsten hätte er die junge Frau zum Tanzen aufgefordert und sie in seinen Armen durch den Raum gewirbelt. Allerdings hätte dies ganz und gar nicht dem Vorsatz entsprochen, nicht länger auch nur einen Gedanken an Charlotte zu verschwenden.

Unwirsch schüttelte er den Kopf. Er musste seine seltsamen Gedanken loswerden. Allerdings brachte das Schütteln nichts weiter, als dass seine Tanzpartnerin ihn verwirrt ansah. Entschuldigend murmelte er etwas von einer Fliege. Oh man, er machte sich doch einfach nur zum Narren mit seinen sinnlosen Bemühungen, Charlotte zu vergessen. In diesem Moment sah er, wie sie fluchtartig den Saal verließ. Ach verdammt, er konnte nicht einfach weiter tanzen, ohne nach Charlotte zu sehen. Das war seiner Tanzpartnerin gegenüber nicht fair. Gerade hatten sie fast einen Zusammenstoß mit einem anderen Paar gehabt. So unkonzentriert gab er keinen sehr guten Tanzpartner ab. Außerdem war es doch so etwas wie seine Pflicht, nach der Angestellten seiner Mutter zu schauen. James entschuldigte sich vielmals bei der Dame, mit welcher er getanzt hatte. Er kannte sie nur, weil sie irgendeinem lächerlichen Komitee vorsaß, welches niemand wirklich brauchte. Leider waren es aber genau diese Ladies, welche im Hintergrund die politischen Strippen zogen. Ihre Stimmen musste er sich für seinen Wahlkampf sichern. Mit einem letzten entschuldigenden Blick verließ er unauffällig den Saal, um endlich nach Charlotte zu sehen.

Das Anwesen der Van Hollands war groß. Hoffentlich würde er Charlotte überhaupt finden. James eilte durch den weitläufigen Garten. Die Van Hollands hatten sich nicht lumpen lassen. Sie hatten alles daran gesetzt, den Garten in ein Meer aus Lichterketten zu verwandeln. Allerdings hatte er im Moment keinen Blick für die Schönheit des weitläufigen Grundstücks. Er machte sich schreckliche Sorgen um Charlotte. Was war, wenn die junge Frau mit der Tatsache, nicht mehr tanzen zu können, nicht zurechtkam? Was, wenn sie völlig verzweifelt war?In der Nacht ihres langen Gesprächs, hatte Charlotte James erzählt, dass sie nie wieder würde tanzen können. Ein Umstand, der sie schrecklich quälen musste.

In diesem Moment entdeckte er Charlottes feenhafte Gestalt zwischen den Bäumen. Er war kein besonders großer Fan von Romantik. Aber der Anblick ihrer zarten Silhouette inmitten der funkelnden Bäume zeigte ihm, dass auch er eine romantische Ader besaß. Die Augen geschlossen, bewegte die junge Frau sich gedankenverloren zu den sanften Klängen der Musik, welche vom Haus herüberwehten. Ihre Bewegungen waren wundervoll. Zart und elegant. Es sah so leicht aus, als würde sie schweben. Ihr Gesicht drückte wahnsinnige Leidenschaft aus. In diesem Moment wurde James schlagartig bewusst, was für eine exzellente Tänzerin sie gewesen sein musste, bevor der Unfall alles zerstört hatte. Es brach ihm fast das Herz bei dem Gedanken daran, was sie alles hatte aufgeben müssen. Eigentlich hatte er nicht vorgehabt, Charlotte anzusprechen, aber alles in ihm drängte zu ihr. Er trat zwischen den Büschen hindurch und schritt langsam auf sie zu.

***

Charlotte war durch den Garten geeilt in der Absicht, ihr aufgewühltes Herz irgendwie beruhigen zu können. Aber es war hoffnungslos. Das Einzige, was ihr je geholfen hatte, wieder zu sich zu kommen, war zu tanzen. Verzweifelt hielt sie inne. Was konnte sie nur tun? Der Garten sah wunderschön aus. Die unzähligen Lichterketten verliehen ihm etwas Magisches. Sie liebte den Walzer, welchen die Musiker im Haus gerade spielten. Mit aller Macht kämpfte sie gegen den Drang, zu tanzen. Aber ihr Körper hatte anderes im Sinn.

Ohne dass sie sich dagegen wehren konnte, begannen sich ihre Arme zu bewegen. Der Körper schloss sich den gewohnten Bewegungsabläufen an. Viel zu lange hatte sie ihn darauf trainiert, wie eine Maschine zu gehorchen. Nun übernahm er die Führung. Es fühlte sich so unglaublich gut an. Sie konnte spüren, wie der Schmerz in ihrem Herzen augenblicklich weniger wurde.

Instinktiv merkte sie plötzlich, dass sie nicht länger allein war. Sie erschrak sich nur deswegen nicht, weil ihr ganzer Organismus bereits wusste, wer es war, der da in der Dunkelheit hinter ihr stand. Noch nie in ihrem ganzen Leben hatte sie sich mit einem Menschen derart verbunden gefühlt. Selbst mit geschlossenen Augen konnte sie James´ Anwesenheit spüren. Langsam öffnete sie die Augen. Im Schein der funkelnden Lichter sah James aus, als wäre er geradewegs einem Märchen entstiegen. Langsam schritt der Sohn ihrer Arbeitgeberin lächelnd auf sie zu. Sein tiefer Blick ruhte auf ihr. So, wie er sie anschaute, fühlte Charlotte sich mit einem Mal begehrenswert und schön. Sie wusste, was passieren würde. Die unerklärliche Verbindung zwischen ihnen sagte es ihr. Sie stand einfach nur da mit hängenden Armen und wartete auf ihn. Jeden Moment würde er sie festhalten und sie würden sich küssen, wie sie noch nie zuvor einen anderen Menschen geküsst hatte.

***

James fand, dass Charlotte einfach unglaublich begehrenswert aussah. Wie sie da stand in diesem zauberhaften Licht.

Die ganze Szene hatte etwas Unwirkliches an sich. Gerade so, als wäre der Garten nicht von dieser Welt. Sie wussten beide, was nun geschehen würde. Zu stark war die Verbindung zwischen ihnen. Noch nie in seinem Leben hatte er sich gefühlt wie in diesem Moment. So glücklich wie jetzt war er das letzte Mal kurz nach Estelles Geburt gewesen. Kurz bevor die Ärzte ihm gesagt hatten, dass seine Frau….

Mit einem Mal wurde ihm schlecht. Er konnte das nicht tun. Wenn er Charlotte jetzt küsste, dann würde er sie lieben. Er würde sie so absolut und unumstößlich lieben, dass sein Herz sich niemals mehr davon erholen würde, wenn ihr etwas zustieß. Es war ihm egal, dass er sein Leben davon warf, wenn er seine Liebe zu Charlotte gestand. Womit er aber nicht würde leben können, wäre die permanente Angst, noch einmal alles zu verlieren. Angst, dass sie ihn verlassen würde. Angst, dass sein Herz brechen und sich niemals mehr erholen würde.

✳✳✳

Charlotte spürte, wie James´ Gefühle sich wandelten. Wie er ins Schwanken geriet. Genau wie sie hatte er erkannt, dass diese seltsame Sache zwischen ihnen nichts mit der Realität zu tun hatte. Sie gingen aufeinander zu. James streckte seine Hand aus und sie legte ihre in die seine.

»Es wäre einfach nicht richtig«, flüsterte sie traurig.

»Nein«, murmelte er rau. Für eine Sekunde standen sie einfach nur da und dachten an alles, was zwischen ihnen hätte sein können. Dann räusperte sich James.

115

»Ich habe überlegt.« Unsicher druckste er herum. War es unpassend, wenn er Charlotte jetzt fragte, ob sie Estelles Nanny werden wollte? »Also Estelle liebt.« Schnell unterbrach er, um sich zu korrigieren. Es war im Moment etwas heikel für ihn, von Liebe zu reden. »*Mag* Sie sehr gerne«, vollendete er den Satz.

Charlotte legte den Kopf zu Seite. Sie mochte das Mädchen auch wahnsinnig gern. Worauf wollte James hinaus?

»Hätten sie Lust, vorausgesetzt meine Mutter hat nichts dagegen, ihre Nanny zu werden?« Überrascht blickte Charlotte zu James. Damit hatte sie absolut nicht gerechnet. Himmel Herrgott, sie hatten sich gerade fast geküsst! Wie sollte das gut gehen? Natürlich wollte sie nur allzu gern für immer bei Estelle bleiben. Ob es allerdings so eine gute Idee war, wenn sie dies als Nanny tat, das stand auf einem anderen Blatt. Leider setzte in diesem Moment ihr Verstand endgültig aus.

»Warum nicht?«, sagte sie lächelnd. Am liebsten hätte sie die Worte sofort wieder zurückgenommen. Was zum Henker machte sie da? Allerdings musste sie ja nicht unbedingt direkt heute Nacht eine endgültige Entscheidung fällen.

Das letzte bisschen Verstand schien sich durch den Nebel in ihrem Hirn zurückzukämpfen. Sie sah das Leuchten in James´ Augen. Hatte James ihr das vorgeschlagen, weil alle bisherigen Nannys früher oder später in seinem Bett gelandet waren?

»Ich werde aber ganz bestimmt nicht mit ihnen schlafen, so wie meine Vorgängerinnen«, setzte sie nüchtern hinzu. Ihr waren Estelles Worte wieder in den Sinn gekommen. Wenn sie sich schon auf ein solches Unterfangen einließ, sollten besser vorher die Fronten geklärt sein. Sie würde dies einzig und allein für Estelle tun. James zog fragend eine Augenbraue nach oben.

»Estelle hat so etwas erwähnt«, murmelte Charlotte kleinlaut. Was machte sie eigentlich so sicher, dass er sie überhaupt wollte? James lachte verlegen. Anscheinend wusste er ganz genau, wovon seine Tochter gesprochen hatte.

»Oh nein, so habe ich das nicht gemeint!« Anscheinend wurde James erst jetzt das ganze Ausmaß seines Vorschlags bewusst. Unschlüssig fuhr er sich durch die Haare. Dann sah James Charlotte mit offenem Blick an. »Ich verspreche hoch und heilig, dass ich nie wieder Estelles Nanny küssen oder sonst etwas derart Unangebrachtes tun werde.« Er hob die Hände zum Schwur. In diesem Moment wurde Charlotte bewusst, wie nah sie einander waren. Viel zu nah, dafür, dass er ihr gerade versprach, ihr niemals wieder nahezukommen.

»Okay.« Sie lächelte schwach. »Ich kümmere mich gern um Estelle, wenn Catherine einverstanden ist.« Innerlich hätte sie sich am liebsten eine Ohrfeige verpasst. Das war die dümmste Idee, auf die sie sich je eingelassen hatte. Andrerseits, sie würde James ständig zusammen mit Vivien sehen. Wenn das keine gute Medizin gegen ihre durcheinandergeratenen Hormone war, dann wusste sie auch nicht, was noch helfen sollte.

»Gut, dann wäre das geklärt.« Er hob die Hände und grinste sie mit seinem verschmitzten Lächeln an. »Keine Affären mehr mit Nannys!« Jetzt war Charlotte an der Reihe, zweifelnd die Augenbraue hochzuziehen. »Versprochen!«, sagte er feierlich, während seine blauen Augen sie anblitzen. Anscheinend meinte er es tatsächlich ernst. In Charlottes Magengrube breitet sich Enttäuschung aus. Was hatte sie denn bitteschön gehofft? Dass er ihr nicht versprechen konnte, die Finger von ihr zu lassen? Wie naiv war sie eigentlich? James war ein viel zu gerissener Geschäftsmann, als dass er eine gute Nanny für seine Tochter verscheuchen würde, indem er mit ihr schlief. Vielleicht war sie auch einfach nicht so attraktiv wie ihre Vorgängerinnen, so dass ihm dieses Versprechen sehr leicht fiel? Was auch immer. James würde nicht mehr und nicht weniger sein als ihr Arbeitgeber. Und damit Schluss.

***

James musste sich lösen. Je länger sie darüber redeten, dass er sie niemals küssen würde, desto größer wurde sein Verlangen, genau das zu tun. Keine Sekunde konnte er länger in Charlottes Gegenwart bleiben. Sonst würde er über sie herfallen. Es war gut, dass sie diese Lösung gefunden hatten. Wenn er schon nicht glücklich werden konnte, dann wenigstens seine Tochter.

»Ich werde dann mal zurückgehen.«, sagte er rasch und fuhr sich verlegen mit der Hand durch die Haare.

»Ich bleibe noch ein wenig draußen«, flüsterte Charlotte. Sie mussten diese Situation unterbrechen. Er machte sich lächerlich, wenn er noch länger so nah bei ihr stehen blieb. Immerhin hatte er gerade versprochen, sie niemals wieder anzurühren.

118

»Ich wünsche Ihnen noch einen angenehmen Abend.« James räusperte sich und drehte sich, so schnell es der Anstand zuließ, um. Er wollte nicht erscheinen, als ob er die Flucht antrat, aber genau das war es. James musste so schnell wie möglich fort von Charlottes magischer Anziehungskraft. Langsam schlenderte er los. Sein Atem ging schwer. Je länger er darüber nachdachte, desto dümmer kam ihm seine Idee vor. Er hielt es nicht aus, Charlotte nicht zu küssen. Alles in ihm drängte danach, sie im Arm zu halten. Sie zu berühren. Seine Hände in ihren blonden Haaren zu vergraben. Sie nie wieder loszulassen.

»Ach, Scheiß drauf!«, entfuhr es ihm. Er machte auf dem Absatz kehrt und ging mit entschlossenen Schritten auf Charlotte zu. »Es tut mir leid, aber ich habe es mir anders überlegt. Sie können nicht Estelles Nanny werden!« Überrascht blickte ihn Charlotte aus großen Augen an.

»Aber warum nicht?« Ihre Stimme war nicht mehr als ein Flüstern. Sie sah zutiefst verletzt aus. Wahrscheinlich dachte sie, dass er ihr diese Aufgabe nicht zutraute. Lächelnd beugte er sich zu ihr herunter.

»Deswegen«, murmelte er heiser. Zart nahm er ihren Kopf in seine Hände und küsste sie so leidenschaftlich und sehnsuchtsvoll, wie er nie zuvor eine Frau geküsst hatte.

Kapitel 12

Charlotte hatte das Gefühl, in Flammen aufzugehen. Ihr ganzer Körper bestand einzig und allein aus diesem unglaublichen Gefühl, welches James' leidenschaftliche Küsse in ihr auslösten. Wie durch einen Nebel drangen der Klang der Musik und das Stimmengewirr vom Haus her an ihr Ohr. Alles um sie herum drehte sich. Die unzähligen Lichter, der Duft der Rosen, alles vermischte sich zu einem bunten Schleier der Lust, durch James´ Küsse entfacht. Sanft strich dieser unglaublich attraktive Mann mit dem Daumen über ihre Wange, während er ihre Lippen mit seinen Küssen benetzte. Charlotte erschauerte unter dieser zärtlichen Berührung. Zu gerne hätte sie seine Lippen überall auf ihrem Körper gespürt.

Charlotte konnte sich nur über sich selbst wundern. Noch nie ihn ihrem ganzen Leben hatte ein Kuss solche Gefühlsstürme in ihr ausgelöst. Sie erkannte sich selbst nicht wieder. Derart hemmungsloses Verlangen hatte sie bislang nie empfunden. Sie war nicht länger Herr ihrer Sinne, geschweige denn über ihren Körper. Es war, als hätten ihre Hände von selbst die Führung übernommen. Langsam fuhr sie mit den Fingerspitzen über James' feste Brust. Jeder Millimeter ihrer Haut konnte sich ganz genau dran erinnern, wie es sich angefühlt hatte, James ohne das störende Hemd zwischen ihren Händen und seiner Haut zu berühren. Am liebsten hätte sie ihm, ohne nachzudenken, alle Kleider vom Leib gerissen. Dieser teure Maßanzug stand zwischen ihr und dem wundervollen Körper dieses Mannes. Ihre Finger wanderten weiter hinunter zu seinem steinharten Waschbrettbauch. Auch wie dieser sich ohne den kühlen Stoff des Hemdes anfühlte, wusste sie nur noch allzu gut. So derart unersättlich kannte sie sich gar nicht. Sie wollte mehr. Viel mehr. Sie wollte seine Haut auf ihrer spüren.

Kühn tastete sie nach einer Lücke in der Knopfleiste seines Hemdes. Langsam und vorsichtig öffnete sie einen der untersten Knöpfe. Zart fuhr sie über das kleine bisschen Haut, welches ihr kühner Vorstoß freigelegt hatte. James entfuhr ein leises Stöhnen. Anscheinend schien ihm dies genauso gut zu gefallen wie ihr. Langsam hob sie die Lider und sah direkt in seine tiefblauen Augen. Sein Blick war voller Liebe und etwas anderem, das Charlotte nicht benennen konnte. War es Leidenschaft? Sanft löste er seine Lippen von den ihren. Ihrer beider Atem ging stoßweise.

»Ich hoffe, ich konnte Ihnen hinreichend deutlich machen, weswegen Sie leider nicht für mich arbeiten können«, murmelte er rau.

Charlotte spürte noch immer das heiße Brennen des innigen Kusses auf ihrem Mund und doch fehlten ihr seine Lippen nach nur wenigen Sekunden ohne Vereinigung schon jetzt wahnsinnig. Stumm schüttelte sie den Kopf. Mit einem neckischen Augenaufschlag schaute sie ihm tief in die Augen und setzte hinzu:»Ich kann mich nicht richtig erinnern. Vielleicht sollten Sie es mir noch einmal ganz genau erklären.«

James lächelte sie an und zog sie noch tiefer in die Büsche des Gartens. Charlotte wusste selbst nicht, was in sie gefahren war. Noch nie zuvor in ihrem Leben hatte sie sich für verführerisch gehalten. Geschweige denn, dass sie einen Mann derart dazu aufgefordert hatte, sie zu küssen und gerne noch weiter zu gehen. Sie hatte definitiv ihren Verstand verloren. Wahrscheinlich an dem Tag, als sie das allererste Mal in James´ Armen gelegen hatte. Spätestens aber, als er sie vorhin an sich gezogen hatte und mit seinem Kuss diese Sturmflut der Lust in ihr ausgelöst hatte.

***

James wusste nicht, wie ihm geschah. Das einzige, was er wusste, war, dass er wie berauscht davon war, Charlotte zu küssen, und dass er niemals wieder damit aufhören wollte. Noch nie in seinem Leben hatte er solch reine Gefühle gegenüber einer Frau empfunden. Nun ja, vielleicht waren sie nicht ganz so reiner Natur, wie er sich ehrlicherweise eingestehen musste. Am liebsten hätte er sie gleich hier an Ort und Stelle gegen einen Baum gedrückt und die vielen Lagen Stoff ihres Kleides beiseitegeschoben.

Sein Gehirn konnte sich nur allzu gut an die zierliche Gestalt unter diesem ihre Vorzüge definitiv ins richtige Licht setzenden Kleid erinnern. Und seine Hände hatten nicht vergessen, wie zart sich ihre glatte Haut anfühlte. Bislang hatte er sie zärtlich geküsst. Ganz wie der Gentleman, der er ihr gegenüber versuchte, zu sein. Doch lange würde er sich nicht mehr im Griff haben. Ihr Mund schmeckte zu süß. Er konnte einfach nicht genug bekommen von ihr. Zu ihrer beider Sicherheit zog er sie tiefer in den Garten hinein, weg von den Lichtern und den Klängen der Musik, während er nicht aufhören konnte, sie zu küssen. Sein Mund wurde fordernder, während ihre Finger plötzlich überall auf seinem Oberkörper waren. Ihm entfuhr ein Seufzer. Umständlich entledigte er sich seines Jacketts, ohne dass ihre Lippen sich trennten. Wenn ihre Finger so weiter machten, konnte er nicht länger für sein vorbildliches Verhalten garantieren. Ihm war es langsam egal, dass die Reihenfolge nicht ganz stimmte. Natürlich sollte er, bevor er mit Charlotte schlief, seine Beziehung mit Vivien beenden. Etwas anderes war beiden Frauen gegenüber nicht fair. Andrerseits machte Charlottes schlanker Körper in seinen Armen etwas mit ihm, so dass er vollkommen den Verstand verlor. Er wollte jeden Zentimeter Haut mit seinen Lippen erkunden. Wollte sie unter ihm stöhnen hören. Er wollte sie mit jeder Faser seines Körpers und er wollte, dass sie ihn wollte.

Diese Frau zu küssen, fühlte sich nicht an, wie das Vorspiel zu einem stürmischen Liebesakt. Es war magisch. Und er hatte selbst niemals gedacht, ein Wort wie »magisch« jemals auch nur zu denken. Das hier war die Erfüllung eines Wunsches, von dem er bis heute nichts gewusst hatte. Das, was er hier gerade erlebte, hatte er bislang für eine Utopie gehalten.

***

Charlotte hatte das Gefühl, jeden Moment vom Boden abzuheben und ganz einfach davonzufliegen. James' starke Arme um ihren Körper, seine Finger, welche sanft die Wölbung ihres Dekolletés umkreisen. Das alles fühlte sich an wie ein Rausch. Sie wollte mehr von dieser Droge, die James hieß. Sie wollte ihn jetzt und für immer. Sie wollte ihn in diesem Garten lieben, egal wie unangebracht das war. Langsam ließ sie ihre Finger hinunter wandern zum Bund seiner Hose. Unter dem leichten Stoff der Anzughose konnte sie nur allzu deutlich spüren, wie sehr er sie begehrte.Sanft strich sie mit den Fingern an dem kühlen Metall seiner Gürtelschnalle entlang.

»Charlotte«, flüsterte James heiser ihren Namen an ihrem Ohr. Niemals hätte sie gedacht, dass es sie erregen würde, ihren Namen zu hören. Doch wie James ihn sagte, so voller Begehren in der Stimme, löste es ein Kribbeln in ihr aus, welches sie zu verbrennen drohte. Sie wollte nicht länger warten. Sie musste ihn in sich spüren. Mit zittrigen Fingern öffnete sie den Verschluss seines Gürtels, während James ihren Hals mit Küssen übersäte.

Langsam arbeitete er sich vor zu ihren Brüsten, welche nur noch dürftig mit Stoff bedeckt waren. Nun war es an ihr, zu stöhnen. Sie konnte es nicht zurückhalten. Konnte man vor Lust sterben? Charlotte war sich sicher, dass sie es tun würde, wenn sie sich nicht bald liebten. Sie begehrte ihn so sehr. Und wenn diese Nacht das Einzige sein würde, was sie hatten, sie würde es niemals bereuen. Das hier war jetzt schon die lustvollste und erregendste Erfahrung ihres ganzen Lebens. Noch nie hatte sie sich so lebendig gefühlt. Langsam begann James, ihre Brüste von dem Stoff ihres Kleides zu befreien. Charlotte merkte selbst, dass sie vor Lust begonnen hatte, zu zittern.

In diesem Moment zerriss ein Blitz den Himmel. Dicht gefolgt von einem ohrenbetäubenden Donnergrollen.

***

James zuckte zusammen. Dann zog er Charlotte intuitiv näher an sich. Ihr schlanker Körper bebte. Bestimmt hatte sie sich erschreckt. Ein weiterer Blitz folgte. Am liebsten hätte er seine Faust theatralisch gen Himmel gereckt und das Wetter verflucht. Wie konnte es sein, dass die dringend benötigte Abkühlung genau in dem Moment kam, in dem er die Hitze, welche in seinen Lenden brannte, anders lindern wollte? Er hatte beschlossen, alle Konventionen in den Wind zu schlagen und seinem Herzen zu folgen. Nun, es würde nicht nur unkonventionell, sondern auch lebensgefährlich sein, wenn sie weitermachten. Auch wenn es schmerzte, sich von ihrem Anblick zu verabschieden, es war das Beste, wenn er den seidigen Stoff Charlottes Kleides wieder über ihre Brüste streifte und sein Hemd anzog. Es überkam ihn ein Schauer, als ihm klar wurde, dass er die junge Gesellschafterin seiner Mutter soeben fast im Garten der Van Hollands verführt hätte.

So lebendig hatte er sich schon lange nicht mehr gefühlt – vielleicht noch nie. Aus großen Augen blickte ihn Charlotte an. Ihr Blick war noch immer von Lust verschleiert. Sanft küsste er sie auf die Nasenspitze.

»Ich sollte gehen und mit Vivien sprechen.« Er räusperte sich und lachte trocken. »Ich denke, dass ich nicht länger mit ihr zusammen sein kann.« Schüchtern lächelte Charlotte ihn an. Jetzt, da ihre Leidenschaft gezügelt war, wirkte sie auf einmal unsicher. James durchzuckten Schuldgefühle. Wozu hatte er die junge Frau gebracht? Bislang hatte sie nicht gerade zügellos auf ihn gewirkt. Sie war ganz bestimmt keine Femme fatale. Aber das, was ihre unschuldige Leidenschaft in ihm auslöste, war mehr als verhängnisvoll. Er war ihr verfallen, ein für alle Mal. Nie wieder würde er eine Frau auf diese Weise begehren wie Charlotte. Das war eine unumstößliche Tatsache. Sanft zog er sie an sich.

»Treffen wir uns danach in dem kleinen Schuppen am Strand? Es gibt sehr vieles, das ich Ihnen sagen möchte«, Charlotte nickte an seiner Schulter. »Keine Sorge, ich mache Ihnen nicht wieder ein Jobangebot.« Jetzt grinste auch Charlotte. »Wobei.« Anzüglich hob James eine Augenbraue an. »Wenn wir danach genau dasselbe tun wie geradeeben habe ich noch sehr, sehr viele Stellen zu vergeben.«

In diesem Moment setzte der Regen ein. Ein frischer, warmer Sommerregen. Charlotte jauchzte auf, und James konnte nicht anders, er nahm sie bei der Hand und zog sie durch den Garten in Richtung ihrer gemeinsamen Zukunft. Während sie durch den warmen Regen liefen, das sanfte Prickeln auf ihrer Haut spürten und den angenehmen Geruch wahrnahmen, der nur Sommerregen zu eigen war, wurde James klar, dass er in seinem ganzen Leben noch nie so glücklich gewesen war.

Kapitel 13

Immer noch vollkommen fassungslos blickte Charlotte in den großen Spiegel in ihrem Zimmer. Was hatte sie getan? Wer war diese zügellose Frau, welche sich im weitläufigen Garten der Van Hollands James praktisch an den Hals geworfen hatte? Auch wenn Charlotte nicht das Gefühl gehabt hatte, James oder sein Hals wären auch nur im Entferntesten dagegen gewesen.

Sie erkannte sich selbst nicht wieder. Und doch musste es sich bei dieser vor Leidenschaft bebenden Frau um sie selbst gehandelt haben, denn noch immer spürte sie den Nachhall von James´ Händen auf ihrem Busen. Ihre Haut kribbelte weiterhin von seinen Küssen und ihre großen Augen glühten dunkel vor Lust in ihrem schmalen Gesicht. Außerdem waren ihre Wangen von einem Hauch Röte überzogen, welche ganz bestimmt nicht von einem Spaziergang an der frischen Luft oder der Sonne herrührte. Langsam cremte sie ihre Hände ein. Ihre Fingerspitzen hatten noch immer nicht vergessen, wie sich die glatte, kühle Haut über seinem muskulösen Bauch angefühlt hatte. Bei dem Gedanken an etwas noch viel Härteres konnte sie sich ein verliebtes Grinsen nicht länger verkneifen. Stöhnend schlug sie sich die Hände vors Gesicht. Sie konnte nicht eine Sekunde aufhören, an James zu denken. Und diese Sorte Gedanke war ihr vollkommen neu. Sie führte dazu, dass sie fast eine halbe Stunde unter der warmen Dusche verbracht hatte. Vollkommen in Gedanken an James´ unglaublichen Körper versunken. In ihrer Phantasie fuhren ihre Finger schon wieder die sanfte Wölbung seiner Brustmuskeln entlang, weiter hinunter zu seinem Waschbrettbauch und noch weiter hinab.

Frustriert schleuderte sie das Badetuch in eine Ecke. Verdammt, sie würde umkommen, wenn sie nicht noch heute Nacht mit James schlief. Niemals in ihrem Leben hatte sie solche Gedanken gehabt. Niemals zuvor hatte sie Sex so dringend gebraucht. Bislang hatte sie es als eine nette Ablenkung angesehen. Etwas, auf das man auch gut verzichten konnte. James hatte sie schon jetzt für den Rest ihres Lebens verdorben. Wenn sich so küssen anfühlte, wie würde es dann erst sein, wenn ihre Körper sich tatsächlich vereinigten? Verträumt schaute Charlotte aus dem Fenster in Richtung Strand. Bald war es soweit. In wenigen Minuten würde es Zeit sein, zu ihrem Treffpunkt am Strand hinunter zu gehen. James hatte ihr eine Kurznachricht geschrieben, dass er auf dem Weg zu ihr war. Ob er wohl schon mit Vivien geredet hatte? Einen kurzen Moment lang fühlte Charlotte unglaubliche Schuldgefühle in sich aufsteigen. Wie hatte die junge Frau das Aus ihrer Beziehung aufgenommen? Immerhin waren die beiden verlobt gewesen. Andrerseits hatte Charlotte nie das Gefühl gehabt, dass Vivien und James einander wirklich gern hatten. Kein Mann, der seine Verlobte wirklich liebte, konnte so sehnsuchtsvoll eine Andere küssen, wie James es getan hatte.

Vorsichtig fuhr sich Charlotte mit den Spitzen ihrer Finger über die Lippen. Es wurde Zeit, dass sie sich anzog. James und eine großartige Zukunft voller Liebe warteten da draußen auf sie.

Ein Blick auf die Uhr sagte ihr, dass es Zeit wurde, zu gehen. Unsicher warf sie einen letzten Blick in den Spiegel. Sie trug eine dunkelblaue enge Jeans und einen hellen Pullover. Wenigstens war das Gewitter vorbei. Ein kurzer, warmer Sommerregen, der kaum die dringend benötigte Abkühlung gebracht hatte. Und doch war es schön gewesen, so wunderbar herrlich schön. Sie waren lachend durch den Garten gerannt und hatten die Tropfen auf ihrer Haut als Wohltat empfunden. Zumindest Charlotte hatte das, und wenn sie zurückdachte, dann fiel ihr auf, dass sie noch nie so frei und losgelöst von allem gelacht hatte wie in diesen Minuten, in denen sie durch den Regen zurück zum Haus gerannt waren. Und erst der Abschiedskuss – ein heimliches Versprechen für alle folgenden Küsse.

Schon wieder war sie ins Träumen geraten. Schnell löste sie ihre Haare aus dem strengen Knoten. In wilden Locken kringelten sie sich um ihr Gesicht. Charlotte wusste, wie sehr James es mochte, wenn sie ihre Haare offenließ. Vielleicht würde sie dies ab jetzt öfter tun? Mit einem letzten Blick verabschiedete sie sich von ihrem glücklichen Spiegelbild. In wenigen Minuten schon würde sie endlich in James´ Armen liegen. Der kleine Schuppen am Strand war perfekt für ihr erstes richtiges Date.

Im Haus war es still. Catherine schlief bereits. Veronica und Rouven waren nach dem Feuerwerk weiter auf eine andere Party gegangen, zumindest hatte die Freundin ihr dies in einer Kurznachricht geschrieben. Charlotte atmete tief durch. Sie war so aufgeregt, dass sie meinte, jeden Moment zu platzen. Heute begann der Rest ihres Lebens. Ein Leben voller Liebe und Glückseligkeit. Und etwas, das ihr vollkommen neu war: ein leidenschaftliches Leben voller Lust. Wieso sagte einem niemand, dass es solches Begehren wirklich gab. Dass man derartige Lust empfinden konnte. Dann würde man sich vielleicht nicht mit so viel weniger begnügen.

Charlotte eilte durch das dunkle Wohnzimmer. Sie war gerade bei den breiten Flügeltüren, welche auf die Terrasse hinausführten, angekommen, als das Licht im Zimmer anging. Panisch zuckte Charlotte zusammen und stieß einen spitzen Schrei aus. Langsam drehte sie sich um in der Hoffnung, dass es James war, der sie derart erschreckt hatte. Intuitiv wusste sie aber bereits, dass er es nicht war. Die Angst, welche ihren Magen zu einem Klumpen zusammenzog, war zu groß. Wie zur Salzsäule erstarrt blickte sie auf die Gestalt am Ende des Zimmers. In der Tür zum Wohnzimmer stand Vivien. In ihrem schwarzen Kimono aus Seide sah sie aus wie der personifizierte Racheengel. Charlottes Magen krampfte sich noch schmerzhafter zusammen. Fast hätte sie sich vor Schreck übergeben. Sie musste aussehen, als habe sie einen Geist gesehen. Und genauso, stellte sie sich vor, fühlte man sich, wenn dies tatsächlich geschah. Fieberhaft dachte sie nach. James musste bereits mit Vivien geredet haben. Die Gedanken kreisten wirr in Charlottes Kopf. Schuldgefühle und Angst wechselten sich ohne Pause ab. Wie musste sich die junge Frau jetzt fühlen? War Vivien nur sauer auf sie – oder abgrundtief wütend? Hoffentlich hatte Vivien nicht vor, sie umzubringen. Unwillkürlich glitt Charlottes Blick hinunter zu Viviens Händen. Aber die junge Frau hatte diese so fest in die Seiten gestemmt, dass sie darin definitiv keine Waffe halten konnte. James´ hoffentlich bereits Exfreundin setzte ein strahlendes Lächeln auf. Sie sah so liebenswürdig aus, dass es Charlotte gruselte. Wieso schimpfte sie nicht oder schmiss Gegenstände nach ihr? Charlotte hatte Vivien eher für den aufbrausenden Typ gehalten. Oder hatte James noch gar nicht mit ihr geredet? Seine Kurznachricht war sehr schnell gekommen. Vielleicht hatten die beiden sich verpasst? Aber was wollte James´ Verlobte dann von ihr, wenn sie gar nicht wusste, dass ihr Freund sie verlassen wollte.

»Kommen sie, meine Liebe, setzten wir uns.« Freundlich deutete Vivien auf das helle Sofa mitten im Raum. Wenn Vivien sie auf diesem Sofa umbrachte, würde es wenigstens Spuren hinterlassen.

Unschlüssig wusste Charlotte nicht, was sie tun sollte. James wartete vielleicht bereits auf sie. Allerdings war es das Mindeste, dass sie sich wenigstens anhörte, was ihr Vivien zu sagen hatte.

»Wie du vielleicht weißt, hat mein Verlobter vor, mich zu verlassen, weil er sich einbildet, in eine kleine Kellnerin verliebt zu sein.« Die Stimme von Vivien klang zuckersüß. Aha, anscheinend hatte James also doch schon mit Vivien geredet.

Am liebsten hätte Charlotte dazwischengeworfen, dass sie wirklich keine Kellnerin sei, aber sie ließ es. Wenn es Vivien irgendwie half, mit ihrem Verlust klarzukommen, warum sollte sie die Sache nicht auf sich beruhen lassen. »Nun, ich denke, wir beide wissen, dass du das nicht zulassen wirst.« Freundlich lächelte Vivien Charlotte an. Dieser lief eine Gänsehaut den Rücken hinunter. Langsam aber sicher wirkte Vivien in Charlottes Augen leicht psychopathisch. »Du fragst dich bestimmt, warum genau du dies nicht tun wirst.« Mit einem irren Blick in den Augen neigte die junge Frau den Kopf. Ihre dunklen Haare umrankten ihr herzförmiges Gesicht. Wenn der Ausdruck darin nicht so angsteinflößend gewesen wäre, hätte sie fast etwas Schneewittchenhaftes an sich gehabt. »Nun gut, ich erkläre es dir.« Vivien artikulierte ihre Worte langsam und deutlich, ganz so, als hielte sie Charlotte für schwer von Begriff. Elegant warf Vivien die Beine übereinander und warf einen kurzen Blick auf ihre perfekt manikürten Nägel. »James kandidiert, wie du ja sicher weißt, für den Senat.« Sie warf Charlotte einen gönnerhaften Blick zu. »Und ich kann dir sagen, seine Chancen sehen gut aus.« Sie stand auf und trat ans Fenster. Charlotte war sich nicht ganz sicher, was die junge Frau glaubte, da draußen in der Dunkelheit entdecken zu können. »James ist großartig in dem, was er tut«, fuhr sie fort. »Politisch wird er einmal wirklich etwas erreichen. Wer weiß, vielleicht wird er sogar irgendwann Präsident der Vereinigten Staaten.« Sie löste sich von der Fensterfront und schritt auf Charlotte zu. Von hinten beugte sie sich über Charlottes Schulter und flüsterte ihr ins Ohr: »Das Volk ist hart. Ein einziger kleiner Fehler und es lässt dich fallen« Fieberhaft überlegte Charlotte, ob James' Trennung von Vivien ihm wirklich derart schaden konnte. »Ich bin mir fast sicher, dass Amerika es nicht gutheißen würde, wenn es erführe, dass der Abgeordnete des Staates New York…« Vivien legte eine bedeutungsvolle Pause ein und benetzte ihre vollen Lippen mit ihrer Zunge. Charlotte war sich ziemlich sicher, dass diese vollen, roten Lippen nicht ganz von Natur aus so prall und wohlgeformt waren, sondern dass da ein Meister seiner Kunst am Werk gewesen sein musste. Vivien sah aus, als warte sie auf einen imaginären Tusch, bevor sie fortfuhr: »…in eine billige Stripperin verliebt ist.« Sie ließ den Satz in der Luft hängen.

Charlotte wurde mit einem Schlag eiskalt. Es fühlte sich an, als ob alle Luft aus ihren Lungen gepresst würde. Wieso wusste Vivien von ihrem schrecklichen Ausflug ins Nachtleben von New York.

»Es war nur ein einziges Mal«, flüsterte sie heiser. Ihre Kehle kratzte plötzlich wie Schmirgelpapier. Sie wusste, dass ihre Antwort so etwas wie ein Eingeständnis darstellte. Allerdings war es offensichtlich, dass Vivien gut recherchiert hatte. Leugnen würde also auch nichts bringen.

»Ja gut, aber das weiß ja keiner«, schmunzelte die bildschöne Eiskönigin vor Charlotte trocken. »Die Presse wird jedenfalls etwas anderes erfahren.« Vivien lachte heiter, als habe sie gerade eine lustige Anekdote erzählt. »Übrigens von mir!«

In diesem Moment wusste Charlotte, dass sie in die Falle getappt war. Vivien hatte sie in der Hand und nicht nur das, sie spielte mit ihrer und James´ Zukunft. Vielleicht würde

134

James Charlotte tatsächlich verzeihen, was sie getan hatte. Aber sonst würde es kein anderer tun. Sie würde in der Presse verrissen werden. Man würde mit dem Finger auf sie zeigen. Die ganze unsägliche Geschichte von damals würde wieder aufgerollt werden, und Charlotte würde gezwungen sein, sich zu erinnern, an etwas, an das sie nie wieder denken wollte.

Niemand von James' einflussreichen Freunden würde sie einladen. Vielleicht würde James seine Karriere für sie aufgeben. Aber konnte sie das zulassen? Tränen der Verzweiflung stiegen ihr in die Augen. Ihr Herz fühlte sich auf einmal sehr kalt an. Vivien hatte gesiegt.

»Ich wusste doch, dass wir uns verstehen«, lächelte diese und zwinkerte ihr zu. Charlotte fühlte sich, als hätte Vivien ihr soeben eine Ohrfeige verpasst. »Ich werde dich nicht verraten, wenn du mir versprichst, die Finger von meinem Mann zu lassen.« Charlotte wusste, dass sie keine andere Wahl hatte, als sich Viviens Wünschen zu beugen. Diese Frau hatte so viel Einfluss. Sie würde ihre Beziehung zu James in Sekundenschnelle zerstören. Dieser wunderbare, großherzige Mann konnte es vielleicht akzeptieren, dass sie eine Nacht in einem Club getanzt hatte – aber konnte er wirklich damit leben, dies tagtäglich unter die Nase gerieben zu bekommen? Wahrscheinlich nicht. James kam aus ganz anderen gesellschaftlichen Kreisen als sie. Er wusste nicht, wie es war, wenn man nichts zu essen hatte oder die Miete nicht bezahlen konnte. Vielleicht würde er eben doch nie ganz verstehen, warum sie es getan hatte.

Charlotte nickte. »Okay«, flüsterte sie. Dann fiel ihr etwas ein. Sie hatte das Gefühl, dass ihr Herz in tausend Stücke gerissen wurde. Flehend wendete sie sich an Vivien.

»Was ist mit Estelle?« Sie hatte panische Angst, dass Vivien ihr außerdem den Umgang mit Estelle verbieten würde.

»Das dusselige Kind kannst du haben«, lenkte diese ein. »Aber wehe, du verwendest sie gegen mich!« Charlotte schüttelte den Kopf. Ein winziger Funke der Erleichterung glomm in ihr auf. Wenigstens musste sie die arme Estelle nicht noch mehr traumatisieren, indem sie sie von jetzt auf gleich mit Abstand strafte. Allerdings wurde die Erleichterung von der geballten Welle der Verzweiflung überrollt, welche sie bei dem Gedanken empfand, James aufzugeben. Wieso hatte sie so großes Pech? Was hatte sie verbrochen, dass alles, was sie anfasste, zu Staub zerfiel? Sie musste so schnell wie möglich nach draußen an die frische Luft. Sie konnte keine Minute länger hierbleiben. Unten am Strand wartete James auf sie. Auf sie und ihre gemeinsame Zukunft. Er wartete umsonst. James würde denken, dass sie ihn nicht liebte. Und genau das war es, was er glauben sollte. Er musste denken, dass sie es sich anders überlegt hatte. Es brachte Charlotte fast um, zu wissen, dass James voller Freude auf sie wartete und sie nie kommen würde. Sie musste ihm so sehr weh tun, dass er sie hassen würde, dies war der einzige Ausweg. Ihr Herz drohte, jeden Moment zu zerreißen. Sie riss sich zusammen. Vor Vivien würde sie ganz bestimmt nicht zusammenbrechen, das sparte sie sich für später auf. Beherrscht stand sie auf und verließ hoch erhobenen Hauptes den Raum. Vivien durfte nicht mitbekommen, wie gewaltig sie sie verletzt hatte. James´ Verlobte hatte sie zerstört, aber sie würde den Teufel tun, diese das auch noch genießen zu lassen.

Charlotte verließ das Haus, ohne zu wissen, wohin. Das Einzige, was sie sicher wusste war, dass sie den Strand meiden musste. Blind vor Tränen setzte sie einen Fuß vor den anderen. Zumindest diese eine Nacht musste sie weg von der Familie Fitzgerald. Sie konnte jetzt nicht in James´ Nähe bleiben. Soviel war klar. Sie hatte keine Ahnung, was sie tun sollte. Noch einmal hatte sie alles im Leben verloren. Sie wusste nicht, ob sie den Schmerz noch einmal überstehen würde. Schluchzend brach sie erschöpft von Trauer und Verzweiflung am Straßenrand zusammen. Es war ihr egal, ob sie jemand fand oder nicht. Sie war so unendlich traurig, dass sie glaubte, keine Sekunde weiterleben zu können.

Kapitel 14

Phillip McMillan war auf dem Heimweg von einer Party im Dorf. Sein idyllisches Cottage lag etwas außerhalb, aber er genoss den strammen Marsch, und so ging er meistens zu Fuß. Seine Bekannten und Freunde scherzten seit Jahren, es bräuchte schon einen ausgewachsenen Blizzard, damit der alte McMillan einmal seinen zerbeulten Truck aus der Garage holte. Der ältere Herr erfreute sich großer Beliebtheit im Dorf. Er hatte einen weitläufigen Freundeskreis und einen noch größeren Kundenstamm. Seine Gärtnerei wurde nicht nur von Einheimischen frequentiert, sondern seine Kunden kamen auch von weiter her.

Trotz allem lebte er immer noch allein. Seine einzig große Liebe war und blieb Catherine Fitzgerald. Phillip hatte die Frau schon in jungen Jahren vergöttert, als sie beide noch Teenager gewesen waren. Damals hatte sie den Sommer in einer anderen Villa verbracht. Er selbst war einer jener braungebrannten Surfertypen gewesen, denen die jungen Mädchen aus der Stadt begierige Blicke zuwarfen, wohlwissend, dass ihre schwerreichen Eltern eine solche Liaison niemals gutheißen würden.

Schon damals war Catherine für Phillip der Inbegriff von Vollkommenheit gewesen. Unbeschreiblich schön wie eine exotische Orchidee und ebenso unerreichbar. Als sie ihm Jahre später als Marty Fitzgeralds Frau erneut über den Weg lief, raubte sie dem jungen Mann einen Sommer lang sprichwörtlich den Atmen. Sie war wortgewandt und witzig. Schlagfertig und klug und dabei von einem bestechenden Charme. Aber sie hatte auch eine andere Seite. Und als sie ihm gestand, dass er der Einzige sei, dem sie diese zeigen könnte, war es um ihn geschehen. Er liebte es, für sie da zu sein, wenn sie ihre aufgesetzte Fassade fallen ließ und zart und verwundbar war.

Wie immer am vierten Juli musste er auch heute schon den ganzen Tag an ihren ersten Kuss denken. So unschuldig und zart und doch so absolut verboten und unangebracht. Er war der Gärtner und sie die Frau seines Arbeitgebers. Phillip wusste, dass sie niemals eine Zukunft haben würden. Standhaft versuchte er, sich von ihr fernzuhalten. Dennoch gipfelten ihre krampfhaften Versuche, sich nicht zu lieben, in einer stürmischen Nacht. Mit keiner Frau hatte er jemals wieder solche Ekstase erlebt.

Nachdem Catherine ihn verlassen hatte, um an der Seite ihres Mannes weiterhin zur Spitze der High Society zu gehören, hatte er es mit eine paar unglücklichen Beziehungen versucht. Irgendwann aber gab er auf und vergrub sich in Arbeit. Die Pflanzen wurden seine Familie, und er liebte es, dass sie, Sommer wie Winter, seine volle Zeit beanspruchten.

Erschrocken zuckte Phillip zusammen, als er Charlottes gekrümmte Gestalt im Straßengraben liegen sah. Zuerst hielt er sie für ein Tier, welches angefahren worden war. Doch als er sich näherte, erkannte er, dass es sich um eine junge Frau handelte. Vorsichtig beugte er sich runter, um zu sehen, ob sie noch atmete. Ihre Wangen waren blass und ihr Atmen war kaum zu hören. Doch sie zeigte keine Anzeichen einer Verletzung. Anscheinend war sie ohnmächtig geworden. Kein Wunder, so dünn, wie sie war. Ihre spitzen Schulterblätter zeichneten sich durch den dünnen Stoff ihres leichten Pullovers ab. Die Tränenspuren auf ihren Wangen machten deutlich, dass dieses Mädchen erst einmal ein Taschentuch und dann eine Tasse Tee mit einem ordentlichen Schuss Brandy benötigte. Vorsichtig hob er das junge Mädchen hoch und trug es die wenigen Schritte zu seinem Cottage. Im Laufen musterte Phillip das Gesicht der Fremden. Er hatte sie jünger geschätzt, als sie war. Jedenfalls kein Teenager mehr, wie er zuerst vermutet hatte. Mitte, vielleicht höchstens Ende zwanzig? Phillip kannte sich mit Frauen nicht besonders gut aus. Zumindest nicht mit diesen, die den Sommer über in die Hamptons kamen. Wenn sie seinen Laden betraten und mit ihren leicht gepolsterten Lippen und gut konservierten Gesichtszügen Blumendekoration bestellten, konnte er sich kaum verkneifen, darauf hinzuweisen, dass nicht nur die Tischdekoration irgendwann welken musste. Natürlich war er aber viel zu sehr Gentleman, um eine solche Aussage jemals laut zu äußern. Er wusste nur zu genau, wie schwer das Leben dieser extrem reichen Damen war. Auch wenn es nach außen hin ganz einfach wirkte. Catherine hatte ihm in vielen Dingen die Augen geöffnet. Nicht dass sie sich jemals beschwert hätte, aber er hatte all die Jahre über ihr stummes Leiden gesehen. Er hatte den Verzicht bemerkt, den sie leistete, und die Arbeit, welche es bedeutete, eine solch herausragende Persönlichkeit der oberen Gesellschaft zu sein.

***

Im sanften Licht des Kaminfeuers blinzelte Charlotte. Sie zitterte am ganzen Körper und war froh um die knisternde Wärme. Vorsichtig blickte die junge Frau sich um. Das Letzte, an dass sie sich erinnerte, war das Gefühl der unendlichen Verzweiflung. Als ihr erneut bewusst wurde, dass sie James für immer verloren hatte, begann sie zu schluchzen.

»Trinken Sie das.« Eine dampfende Tasse schob sich in Charlottes Blickfeld. Vorsichtig blinzelte sie. Zwar hatte Charlotte absolut keine Ahnung, wo sie sich befand, dennoch war sie viel zu erschöpft, um nur den geringsten Hauch von Angst zu verspüren. Sie blickte geradewegs in ein Paar warmherziger, brauner Augen. »Mein Name ist Phillip Mc-Millan«, setzte er mit seiner sanften Bassstimme an.

»Ihnen gehört die wunderschöne Gärtnerei im Dorf«, unterbrach Charlotte ihn lächelnd. Ihr war eingefallen, woher sie den liebenswerten älteren Herren kannte. Er hatte Estelle einmal ein ganz entzückendes Sträußchen geschenkt. Charlotte erinnerte sich noch gut daran, wie sehr sie sich über Catherines schroffes Verhalten gewundert hatte, als sie dieser von der netten Geste erzählte.

Vorsichtig nippte sie an der dampfenden Flüssigkeit. Augenblicklich schoss der Alkohol, den Phillip zweifelsohne hinzugefügt hatte, wärmend durch ihre steifen Gliedmaßen. Sofort nahm sie noch einen Schluck und trank dann das Gebräu in einem Zug aus. Langsam kam Leben in ihren Körper. Mit der Kraft kehrten allerdings auch die Gedanken zurück. Ohne etwas dagegen tun zu können, begann sie, zu schluchzen.

»Na, na, na.« Phillip stand auf und tätschelte ihr unbeholfen die Schulter. »Was ist denn so schlimm, dass es eine solch hübsche, junge Dame derart aus der Fassung bringen kann?«, brummte er beruhigend und reichte ihr ein Taschentuch. Normalerweise war Charlotte sehr zurückhaltend Fremden gegenüber. Sie war einfach nicht der Typ Frau, der gerne aus dem Nähkästchen plauderte. Das beruhigende Brummen des Gärtners und das wärmende Getränk aber lösten irgendetwas in Charlotte aus. Ohne einmal in ihrem Redestrom innezuhalten, erzählte sie die ganze elende Geschichte. Angefangen von dem verhängnisvollen Abend in der Bar bis hin zu Viviens Drohung, James' Karriere zu zerstören.

***

Mit großer Verwunderung hörte Phillip sich Charlottes Erzählung an. Schnell wurde ihm klar, dass die verzweifelte junge Frau vor ihm ebenfalls ein Spielball der seltsamen Eskapaden der New Yorker Upper Class geworden war. Keiner der Fitzgeralds machte dies mit Absicht. Sie waren so gefangen in dem Geflecht aus Normen und Konventionen, dass sie gar nicht bemerkten, was für großartige Menschen sie dabei auf der Strecke ließen. Bestimmt mochte James Fitzgerald Charlotte wirklich aufrichtig. Gleichzeitig wusste Phillip nur zu gut, dass kein Fitzgerald jemals bereit sein würde, die angeborene gesellschaftliche Stellung, welche die Familie innehatte, aufzugeben. Das einzige, was er für dieses kleine Häufchen Elend vor sich tun konnte, war, sie zu trösten und ihr den weisen Rat zu geben, wenigstens ihre Würde zu bewahren. Wenn sie niemandem zeigte, wie sehr sie verletzt worden war, konnte auch keiner länger mit ihren Gefühlen spielen. Schon gar nicht dieses intrigante Biest Vivien DiLaurentes. Phillip kannte die Frau nicht, aber es klang nicht so, als habe ein liebes, unschuldiges Wesen wie Charlotte eine Chance gegen sie.

Die junge Frau musste sich unbedingt schützen, bevor sie zum Ziel der Intrigen wurde. Um sich zu retten, musste sie unbedingt so tun, als würde ihr all dies nichts ausmachen. Wenn sie James nicht von ihrer Gleichgültigkeit ihm gegenüber überzeugte, war die junge Frau ernstlich in Gefahr. Immerhin hatte er selbst vor langen Jahren einmal ein ähnliches Gespräch geführt. Auch ihm war deutlich zu verstehen gegeben worden, wie schlecht es für sein weiteres Leben aussehen würde, wenn er um Catherine kämpfte. So hatte er sie ziehen lassen, zu ihrer beider Wohl. Und alles hatte sich gefügt. Wie hieß es so schön, wenn man jemanden wirklich liebt, dann muss man ihn gehen lassen; und genau das musste Charlotte jetzt tun.

So glücklich wie an diesem Abend, hatte James sich schon lange nicht mehr gefühlt. In diesem Moment war er sich sicher, fliegen zu können. Mit Charlotte an seiner Seite konnte er alles erreichen. Vielleicht würde er seine Kandidatur zurückziehen und sich in aller Ruhe überlegen, was er aus seinem Leben machen wollte. Warum sollten nur seine Geschwister das Recht haben, glücklich zu sein? Sie drei wären eine Familie. Estelle würde überglücklich sein, wenn er ihr sagte, dass sie von nun an nicht mehr länger ständig allein war. Vielleicht würde sie sogar eines Tages ein Geschwisterchen bekommen? Okay, jetzt war er vielleicht etwas vorschnell. Andrerseits, warum sollte Charlotte keine Kinder wollen? Er jedenfalls wollte alles, was Charlotte wollte. Er begehrte Charlotte mit jeder Faser seines Körpers. Er konnte gar nicht damit aufhören, sie zu küssen. Und nicht nur das, er wollte sie auf Händen tragen. Sie lieben. Ihr zeigen, wie sehr er sie begehrte. Schon allein der Gedanke daran, sie zu lieben, fühlte sich wundervoll an.

Ungeduldig checkte James zum wiederholten Male sein Handy, ob eine Nachricht von Charlotte eingegangen war. Mittlerweile war es halb vier Uhr morgens. Was konnte Charlotte so lange aufgehalten haben? Erst hatte sie sich nicht von ihm lösen können und jetzt kam sie zu spät? Wenn ihr etwas passiert war? Er rief ihre Nummer an und ließ es so lange klingeln, bis er aus der Leitung geworfen wurde. Sie musste mehr als zwanzig Anrufe von ihm auf ihrem Handy haben. So oft hatte er eine Frau bislang nicht mal in einer Woche angerufen. Allerdings wusste er auch nicht, was ihr hätte zustoßen können. Das hier war eine sehr sichere Gegend.

Um fünf Uhr früh wusste James, was passiert war. Charlotte würde nicht mehr kommen. Sie hatte es sich anders überlegt. Wütend warf er einen Stein gegen die kleine Strandhütte neben ihm. Mit einem Knirschen ging eine der Streben kaputt. Am liebsten hätte James noch mehr als das zerstört. Wie konnte sie ihm das antun? Hatte er sich wirklich derart in ihr täuschen können? Nun, vielleicht tat sie ihm einen Gefallen. Besser jetzt als irgendwann. So tat der Verlust nicht so weh. Wenn Charlotte wirklich so flatterhaft war, würde sie ihn sowieso irgendwann verlassen.

Wütend marschierte James in Richtung Haus. Tief in seinem Herzen hoffte er inständig, auf dem Weg Charlotte zu treffen oder sonst einen Hinweis auf ihren Verbleib vorzufinden. Irgendetwas, das ihm sagte, dass sie ihn nicht verlassen, sondern gute Gründe für ihr Fortbleiben hatte. Den ganzen Weg über betete er, dass er sich nicht in ihr getäuscht hatte.

Im Haus angekommen marschiert er direkt in ihr Zimmer. Leise öffnete er die Tür. Charlotte lag im Bett und atmete friedlich. Sie schlief? Wie konnte sie ihm das antun? Am liebsten hätte er sie geweckt und zur Rede gestellt. Oder ihr Zimmer verwüstet. Aber er tat nichts von all dem. Er hatte gelernt, sein Herz abzuschalten, und genau das würde er jetzt wieder tun. Charlotte konnte bleiben, wo der Pfeffer wuchs. Er hatte sie sowieso nie geliebt. Er hatte mit ihr ins Bett gewollt. Mehr war das zwischen ihnen beiden nicht gewesen. Nach dieser einen Nacht hätte er sie ohnehin wieder verlassen. Zumindest versuchte er, sich dies mit aller Macht einzu-

145

reden. Wenigstens hatte er Vivien noch nichts von all dem gesagt. Er hatte es zwar versucht, aber sie war die ganze Zeit abgelenkt gewesen. Als er ihr sagte, dass er sie nicht heiraten wollte, hatte sie ihn nicht richtig gehört, und so hatte er beschlossen, mit ihr am nächsten Morgen über alles zu reden, wenn sie sich wieder normal verhielt. Nun gut, wenigstens dieses Gespräch musste er jetzt nicht mehr führen.

Kapitel 14

An diesem Morgen zum Frühstück hinunterzugehen, war mehr, als Charlotte bewältigen konnte. Sie würde James nicht in die Augen blicken können. In aller Herrgottsfrühe zog sie sich leise an und ging hinunter zum Strand. Dort wanderte sie ziellos umher. Gegen zehn schickte sie Veronica eine Kurznachricht mit den Worten, es ginge ihr nicht gut und sie würde nicht zum Frühstück erscheinen. Wenigstes war heute ihr freier Tag. Normalerweise verbrachte sie die Sonntage immer mit Catherine, aber diese war bei einer Freundin eingeladen. Sie war also nicht auf Charlottes Gesellschaft angewiesen. Charlotte hatte das Gefühl, dass Catherine viel weniger litt, seit sie in den Hamptons waren. Vielleicht tat ihr die Ruhe gut? Damit war es nun allerdings vorbei. Jeder, der in Manhattan etwas auf sich hielt, befand sich nun außerhalb der Stadt. Und wirklich absolut jeder gab eine Party oder organisierte einen sonstigen gesellschaftlichen Event. Charlotte war dies alles so leid. In ihr kämpften die Gefühle. Am liebsten hätte sie auf der Stelle gekündigt. Andrerseits mochte sie Catherine wirklich von ganzem Herzen und wollte sie nur ungern im Stich lassen. Außerdem, und das war ein wesentlich schwerwiegenderer Grund, wusste sie nicht, wohin sie sonst gehen sollte. Vor ihrer Anstellung bei den Fitzgeralds war sie wirklich am Ende gewesen. Eine solche Chance würde sich ihr nicht noch einmal bieten. Sie musste durchhalten-

Unwillkürlich lenkte sie ihre Schritte zum Cottage des älteren Mannes, der sie gestern Nacht am Straßenrand aufgelesen hatte. Phillip McMillan war ihre Rettung gewesen. Für einen Moment hatte sie wirklich geglaubt, dass ihr Leben vorbei wäre. Sie hatte sich schon von einer Brücke springen sehen, als der Gärtner sie aufgehoben und zu sich nach Hause getragen hatte.

Phillip hatte früher ebenfalls für die Familie Fitzgerald gearbeitet. Er kannte die Sippe nur allzu gut. Der alte Mann hatte sie getröstet und genau die richtigen Worte gefunden. Mit Nachdruck hatte er Charlotte überreden können, James´ Anrufe zu ignorieren, nach Hause zu gehen, sich ins Bett zu legen und so zu tun, als würde sie schlafen. Phillip sah die Situation genau wie sie. Charlotte musste James' Karriere retten, und das ging nur, wenn dieser glaubte, sie liebte ihn nicht länger. Mit dem Gärtner zu reden, hatte ihr in der letzten Nacht das Leben gerettet. Inständig hoffte sie, dass er ihr auch heute Morgen würde Trost spenden können.

***

Charlotte war nicht zum Frühstück erschienen. Es fühlte sich an wie eine weitere Ohrfeige. Sie hätte immerhin den Anstand haben können, ihm gegenüberzutreten. James wollte mit eigenen Augen sehen, dass sich ihre Meinung geändert hatte. Estelle quengelte herum, weil Charlotte nicht da war. Wenn seine Tochter gewusst hätte, dass Charlotte ihm genauso sehr fehlte. So wütend er auf sie war, ein Teil von ihm konnte immer noch nicht glauben, dass sie ihn versetzt hatte. Die ganze Nacht lang hatte er sich ausgemalt, was der Grund gewesen sein könnte, dass sie es vorgezogen hatte, ins Bett zu gehen, anstatt ihn endlich zu lieben. Er hatte sich das Hirn zermartert, aber ihm wollte einfach nicht einfallen, warum eine Frau, die ihn gerade noch so voller Leidenschaft geküsst hatte, ihn nun verschmähte.

Vivien war in Höchstform. Den ganzen Morgen über blätterte sie in Hochzeitszeitschriften. Er fragte sich, wo sie die auf einmal alle herhatte. Gestern waren diese jedenfalls noch nicht dagewesen, da war er sich sicher. Vollkommen unabhängig von Charlotte wurde ihm immer bewusster, wie wenig er seine Verlobte heiraten wollte. Nachdem er sich gestern so glücklich und frei gefühlt hatte, kam er sich jetzt wie in einem Käfig gefangen vor. Am liebsten wäre James aufgestanden und gegangen. Leider ging das nicht. Er musste seine Mutter zu dieser Gartenparty begleiten. Diese gesellschaftlichen Events waren ein großer Bestandteil seines Wahlkampfes. Hätte er gewusst, wie sein Leben verlaufen würde, er hätte sich definitiv für ein anderes Studium entschieden. Er hatte sich immer für Literatur interessiert. Warum hatte er nicht etwas in diese Richtung studiert? Weil er seine Mutter liebte.

Diese hätte ihn genauso wie Jasper mit Verachtung gestraft, wenn er seinen eigenen Weg gegangen wäre. James war dazu erzogen worden, die Familienehre stets über alles zu stellen. Seinen beiden Geschwistern war es da besser ergangen. Jasper war Catherines Lieblingskind. Er hatte immer tun dürfen, was er wollte. Und Veronica, sie war die Jüngste und außerdem ein Mädchen. In den Augen seiner Mutter war von ihr sowieso nicht viel mehr zu erwarten, als dass sie einmal strategisch sinnvoll heiraten würde. Rouven schien ein netter Kerl zu sein. Vielleicht hatte wenigstens seine Schwester einmal Glück im Leben. Ganz im Gegensatz zu ihm.

James langweilte sich auf der Gartenparty der Colebergs. Wie immer waren es die ewig gleichen Gesichter. Die endlos langen, immer gleichen Gespräche. Im Mittelpunkt der Lästereien stand heute Maryanne Henricks, welche James noch von Collegezeiten kannte. Anscheinend hatte sie Mann und Kind verlassen und war mit einer Frau durchgebrannt. Die anwesende Menge war sich vollkommen einig darüber, wie empörend und vollkommen unangebracht dies war. Maryannes Mutter schien sich dem allgemeinen Konsens angeschlossen zu haben, denn sie hatte sich in eine Nervenheilanstalt einweisen lassen. Anscheinend ertrug sie die Schmach und Schande nicht, welche ihre Tochter über sie gebracht hatte.

James konnte nicht aufhören, den Kopf zu schütteln. War denn alle Welt verrückt geworden? Am liebsten hätte er laut gerufen, dass sie sich mittlerweile im einundzwanzigsten Jahrhundert befanden und was Maryanne getan hatte, vollkommen in Ordnung war. Er freute sich sogar für sie. Ehrlich gesagt war ihm Maryannes Mann immer etwas zurückgeblieben vorgekommen. Im Gegensatz zu der cleveren und bildhübschen Frau war er regelrecht dumm gewesen. So etwas war auch mit Geld auf Dauer nicht gut zu machen. Einzig um das Kind tat es ihm leid, aber er konnte sich gut vorstellen, dass Maryanne keine andere Wahl geblieben war.

Gelangweilt schaute er über die Köpfe der tratschenden Menge. Er war in diese Gesellschaft hineingeboren worden. Seine Erziehung hatte daraus bestanden, sich in diesem Haifischbecken als einer der Besten zu behaupten. Er war reich, beliebt und allseits geschätzt. James hatte alles erreicht, was seine Mutter von ihm verlangt hatte. Sie konnte stolz auf ihn sein. Wirklich zufrieden würde sie allerdings erst sein, wenn er die Wahl schlussendlich gewann. Zumindest für eine kurze Zeit würde sie es sein. Und dann würde sie seine Ziele höherstecken. Er hatte von Anfang an keine Chance gehabt. Selbst Johanna hatte seine Mutter für ihn ausgesucht. Er hatte einfach Glück gehabt, dass er sich Hals über Kopf in sie verliebt hatte. Mit Charlotte zusammen zu sein, war von Anfang an überhaupt keine Option gewesen. Seine Mutter hätte wie Maryannes Mutter einen Klinikaufenthalt einschieben müssen, damit sie von der lästernden Meute verschont worden wäre. Sie wären in den Zeitungen verrissen worden.

Je länger er nachdachte, desto schneller verrauchte sein Zorn Charlotte gegenüber. Sie hatte überlegt gehandelt und das Richtige für sie beide getan. Er war ihr nicht länger böse. Jetzt war das einzige Gefühl, welches ihn beherrschte, abgrundtiefe Trauer. Wieso hatte er überhaupt sein Herz das Steuer übernehmen lassen? Es war ihm so gut gegangen ohne Gefühle. Ohne Liebe oder echte Leidenschaft. Allerdings hatte er es schon einmal geschafft, diesen Zustand vollkommener Gefühlslosigkeit zu erreichen. Er würde es auch ein zweites Mal schaffen.

***

Phillip hatte es geschafft, Charlotte davon zu überzeugen, dass sie richtig gehandelt hatte. Für sie und James hatte es von Anfang an keine Zukunft gegeben. Wenn Vivien nicht gewesen wäre, hätte ein anderer ihre Beziehung zerstört. Es wurde Zeit, loszulassen. Wieder den Blick darauf zu lenken, dass das Leben andere Dinge für sie vorgesehen hatte, als zu heiraten und Kinder zu bekommen. Es gab andere Wege, glücklich zu werden. Sie würde einfach ganz in ihrer Arbeit aufgehen, so, wie sie es sich am Anfang des Sommers zum Ziel gesetzt hatte. Charlotte hatte mehr geweint und Brandy getrunken, als gut für sie war. Aber jetzt fühlte sie sich wieder bereit, James entgegenzutreten. Naja, fast bereit. Aber sie hatte mehr als nur einen Traum verloren. Sie würde es auch dieses Mal durchstehen, alles zu verlieren, was sie sich so sehnlich gewünscht hatte.

Kapitel 15

Glücklich schaute sie über die Menge der Anwesenden. Catherine war wirklich zufrieden mit sich. Die Idee, Charlotte zu verkuppeln, war ihr auf der Gartenparty gekommen, und das Beste: Sie hatte auch schon den perfekten Kandidaten für ihre junge Gesellschafterin gefunden.

Oliver Johnson, ein junger Mann aus dem Dorf, hatte es geschafft, zu einigem Ansehen und vor allem – was ehrlich gesagt noch viel mehr wog – jeder Menge Geld zu kommen. Er war ein gern gesehener Gast auf allen gesellschaftlichen Events. Natürlich war jedermann klar, dass er in der gesellschaftlichen Rangordnung immer noch viel zu weit unten stand, um wirklich bedeutend zu sein. Ein Umstand, der ihn in Catherines Augen umso perfekter für Charlotte machte. Oliver Johnson war unwichtig genug, dass er eine Angestellte daten konnte, ohne Gefahr zu laufen, seine gesellschaftliche Stellung zu verlieren.

Begeistert hatte Oliver zugestimmt, zu Catherines heutigem Dinner vorbeizukommen. Der junge Mann passte einfach perfekt zu Charlotte. Catherine hörte bereits die Hochzeitsglocken läuten. Vielleicht würde sie sogar Patentante werden, sollten die beiden Kinder bekommen.

Immerhin würde sie Wegbereiterin des gemeinsamen Glücks werden können, wenn aus der Verbindung etwas wurde. Sie war sich ziemlich sicher, dass ihr Plan erfolgreich sein würde. Oliver war charmant und herzlich. Und Catherine schätzte Charlotte klug genug ein, jede Chance zu ergreifen, die man ihr bot. Natürlich war ihre junge Gesellschafterin hübsch, doch sie besaß weder Geld noch eine entsprechende gesellschaftliche Stellung, um in New York einen geeigneten Mann zu finden. Catherine hielt Charlotte eher für pragmatisch. Die junge Frau wirkte auf sie nicht wie ein Mädchen, das auf die große Liebe wartete. Nun, sie musste abwarten, was der Abend bringen würde.

***

So sorgfältig hatte Charlotte sich schon lange nicht mehr für ein Dinner zurechtgemacht. Sicherheitshalber verwendete sie sogar wasserfeste Wimperntusche. Irgendetwas sagte ihr, dass sie diese brauchen würde. Vielleicht weil allein der Gedanke an James sie immer noch zum Weinen brachte. Sorgfältig zog sie einen Lidstrich. Sie legte sogar Lippenstift auf, etwas, das sie wirklich nur sehr selten tat. Heute Abend brauchte sie ein gutes Make-Up zum Schutz vor den stechenden Blicken der Anderen. Natürlich würden die Blicke dieselben sein wie jeden Tag. Allerdings hatte Charlotte sich bislang niemals so schutzlos und angreifbar gefühlt. Vivien hatte ihr klargemacht, wie ihre Zukunft aussah und dass all ihre Chancen auf ein glückliches und erfülltes Leben an jenem Abend im miefigen Dunst des Nachtclubs gestorben waren.

Verkniffen lächelte Charlotte ihrem Spiegelbild zu. Es war erstaunlich, was man mit Pinsel und Farbe so alles zaubern konnte. Hätte sie nicht gewusst, wie schlecht es ihr ging, sie hätte dem strahlenden Bild im Spiegel selbst Glauben geschenkt. Sie sah aus wie das blühende Leben. Ihre langen Haare waren durch die Sonne noch heller geworden und schimmerten seidig. Die leichte Bräune auf ihrer Haut stand ihr ausgezeichnet und gab ihr ein frisches Aussehen. Sie hatte es sogar geschafft, dass ihre Augen nicht länger gerötet und verquollen waren vom vielen Weinen. So viel wie in den vergangenen Stunden hatte sie zuletzt nach dem Unfall geweint, als die Ärzte ihr mitgeteilt hatten, dass sie niemals wieder würde tanzen können.

Sie konnte sich einfach nicht entscheiden, was sie anziehen sollte. Alle ihre Sachen waren ihr zu groß geworden. Die Aufregung der letzten Tage hatte ihren ohnehin schon minimalen Appetit vollkommen vernichtet. Schlussendlich entschied sie sich für ein dunkelgrünes Seidenkleid, in dem sie definitiv so aussah, als wäre sie eine selbstbewusste junge Frau, der es gleichgültig war, dass die Verlobte des Mannes, in den sie selbst sich unsterblich verliebt hatte, sie praktisch als Prostituierte dargestellt hatte. Immerhin hatte Charlotte noch so etwas wie Stolz. Nur weil sie verloren hatte, musste sie sich nicht gleich schlecht kleiden.

Der Weg nach unten war ihr noch nie so lang vorgekommen. Charlotte hatte es nicht eilig, zu sehen, wie sauer James auf sie war. Oder war es ihm vielleicht sogar egal? Hatte er einfach nur mit ihr ins Bett gewollt? Als er zu ihr ins Zimmer gekommen war, hatte sie erwartet, dass er irgendetwas sagen würde, vielleicht streiten oder sie anklagen, aber er war einfach still und leise wieder hinausgeschlichen. Phillip hatte recht gehabt. Die oberste Priorität der Fitzgeralds war es, einen Skandal zu vermeiden.

Charlottes Herz klopfte so gewaltig, dass sie das Gefühl hatte, es würde jeden Moment zerspringen. Sie zitterte so stark, dass sie einen Moment anhalten musste, um tief durchzuatmen. War sie wirklich schon bereit, James unter die Augen zu treten? Warum war er nicht einfach wieder abgereist, genau wie beim letzten Mal? Leider hatte er ihr diesen Gefallen nicht getan. Ein weiteres Indiz dafür, dass ihm die Sache zwischen ihnen egal zu sein schien. Vorsichtig machte Charlotte die Tür zum Salon auf. Es waren bereits um die fünfzehn Menschen versammelt. Und schon wieder so viel Besuch. Hatte Catherine diese ganzen Menschen um sich herum nicht irgendwann einmal satt?

»Da bist du ja, Liebes.« Mit diesen Worten eilte die ältere Dame freudestrahlend auf sie zu. »Ich möchte dich unseren Gästen vorstellen.« Charlottes Blick glitt durch den Raum auf der Suche nach James. Was machte sie sich eigentlich vor? Jede Faser ihres Körpers wusste ganz genau, wo er sich im Raum befand. Der Mann ihrer Träume stand am Ende des Salons an eine der offenen Flügeltüren gelehnt und schaute nach draußen auf die weitläufige Terrasse. Scheinbar hatte er ihre Anwesenheit noch nicht einmal bemerkt. Nun gut, es sollte ihr recht sein. Sie straffte die Schultern und riss sich zusammen. Was James konnte, konnte sie schon lange. Energisch führte Catherine sie auf einen jungen, hübschen Mann zu. Als dieser die beiden Frauen sah, setzte er ein breites, charmantes Lächeln auf. Charlotte errötete unter seinem musternden Blick. Anscheinend gefiel ihm, was er sah, denn er ergriff sofort ihre Hand und küsste sie zart.

»Es ist mir eine Ehre, sie kennenzulernen, Madame«, sagte er theatralisch, zwinkerte ihr aber gleichzeitig herzlich zu. Charlotte musste kichern. Etwas, womit sie als allerletztes gerechnet hätte. Noch vor einer Sekunde war sie einem Freitod wesentlich näher gewesen als einem Lächeln.

»Charlotte, das ist Oliver Johnson. Johnson, das ist meine gute Seele, Charlotte Dunken.« Oliver hielt noch immer Charlottes Hand in seiner und Charlotte musste erstaunt feststellen, dass sie daran noch nicht einmal etwas ändern wollte.

»Ich hoffe, sie erweisen mir die Ehre, sie zu Tisch begleiten zu dürfen.« Charlotte nickte. Gegen so viel geballten Charme kam sie einfach nicht an.

»Gern.« Galant reichte er ihr den Arm und führte sie in Richtung Tisch. Alles in allem musste sich Charlotte eingestehen, dass es ganz bestimmt kein unangenehmes Gefühl war, so offensichtlich hofiert zu werden.

***

James kochte innerlich vor Wut. Auch wenn er nicht länger sauer auf Charlotte war, hätte sie nicht wenigstens ein bisschen trauriger aussehen können? Nein, sie war in den letzten Stunden natürlich noch schöner geworden. Obwohl er nicht gedacht hatte, dass so etwas möglich war. Wie um ihn zu strafen, hatte sie ihre Haare offengelassen. Charlotte wusste ganz genau, wie sehr ihn dieser Anblick reizte. Hätte er ihr dies doch nicht erzählt. Er hatte ihr quasi sein Innerstes vor die Füße gelegt und nun trampelte sie fröhlich darauf herum. Ihre Lippen schimmerten in einem erotischen Rot und luden gerade dazu ein, sie zu küssen. In dem grünen Kleid sah sie unglaublich sexy aus. Gerade deshalb, weil es mehr verdeckte, als freiließ. Am liebsten hätte er sie hier auf der Stelle auf dem Tisch genommen. Und es wäre ihm egal gewesen, was die anderen Menschen um sie herum von ihm dachten oder wieviel Geschirr dabei zu Bruch gehen würde. Verdammt, er liebte sie wirklich mit jeder Faser seines Körpers. Das wurde ihm nur allzu deutlich bewusst, als dieser arrogante Oliver Johnson so selbstverständlich ihren Arm nahm und mit seinem Mädchen flirtete.

Kopfschüttelnd wandte James den Blick ab. Er war doch wirklich nicht mehr ganz bei Verstand. Charlotte war nicht länger sein Mädchen. Sie war es nie gewesen und mit ziemlicher Sicherheit würde sie auch ganz bestimmt niemals seine Frau sein.

Vivien hingegen zog allerdings alle Register, um dies so schnell wie möglich zu werden. Er musste sie stoppen, bevor es zu spät war. Er konnte sie nicht heiraten. Das war ihm mittlerweile klar. Allerdings musste er einen Weg finden, sich sanft von ihr zu trennen. Am besten war es, wenn er die Sache so hinbog, dass sie glaubte, es wäre ihre Idee gewesen. Er würde auch ohne ihre Hilfe gewählt werden. Seine Kandidatur für den Senat konnte er einfach nicht zurückziehen. Er wollte seine Mutter schließlich nicht umbringen.

Unwillig setzte er sich zu den anderen Gästen an den Tisch. Am liebsten hätte er sich mit Kopfschmerzen verabschiedet. James ertrug Olivers Flirten mit Charlotte keine Sekunde länger. Was glaubte dieser dumme Kerl eigentlich? Dass Charlotte mit ein paar netten Komplimenten zu haben war? Es war so typisch für seine Mutter, dass sie ausgerechnet einen Kerl wie Oliver Johnson für Charlotte ausgesucht hatte. Allerdings war es vielleicht schon fast als fortschrittlich zu bezeichnen, dass sie wenigstens niemanden vom Personal für ihre Angestellte ausgesucht hatte.

***

Viviens Meinung nach hatte sie einen Oskar verdient. Sie war wirklich eine exzellente Schauspielerin. Auch wenn es sie krank machte, zu sehen, wie sehr James wegen dieser billigen Charlotte litt. Vivien machte gute Miene zum bösen Spiel. Es wäre doch gelacht, wenn sie James nicht bis Ende der Woche dazu brachte, sie so schnell wie möglich zu heiraten. Vivien wusste ganz genau, wie sie ihren abtrünnigen Verlobten zum Heiraten bringen würde. Ihren Reizen hatte noch kein Mann je widerstehen können. Wenigstens war ihre zukünftige Schwiegermutter leicht zu manipulieren. Sie war ihrem unauffälligen Hinweis, dass Charlotte wirklich dringend einen Mann brauchte, sehr schnell nachgekommen. Gut, wenn man sie fragte, hätte für Charlotte wirklich einer der Gärtner gereicht, aber Oliver war fast ebenso unbedeutend. Er war so etwas wie eine Lokalpersönlichkeit. Dieser Hinterwäldler kam so schnell nicht in die City. Also würde sie Ruhe haben vor dieser grässlichen Charlotte. Und wenn Oliver nicht ausreichte, um sich die unsägliche Charlotte vom Hals zu schaffen, so war Vivien heute nicht untätig gewesen. Ihr Privatdetektiv, welcher auch für ihren Dad die Drecksarbeit erledigte, hatte ihr nicht nur alle nötigen Informationen dafür besorgt, Charlotte zu erpressen. Er war außerdem gerade in diesem Moment auf der Suche nach dem Mann, der Charlotte genug hasste, um ihr erheblich schaden zu wollen.

Alles in allem war Vivien wirklich sehr zufrieden mit sich. Wenn Oliver es nicht schaffte, Charlotte von James fernzuhalten, hatte sie immer noch ein Ass in der Hinterhand. Charlotte hatte in jedem Fall verloren. Vivien würde sich ganz bestimmt nicht von einer dahergelaufenen Stripperin ihre Karriere zerstören lassen.

Kapitel 16

Estelles gleichmäßiges Atmen war wie Balsam für Charlottes geschundenes Herz. Das kleine Mädchen sah so friedlich aus im Licht seiner kleinen Nachttischlampe. Erschrocken musste die junge Frau sich eingestehen, wie sehr sie schon abhängig davon war, Zeit mit dem Mädchen zu verbringen. Sie liebte die Kleine abgöttisch und wollte diese niemals wieder verlassen.

Allerdings war das unmöglich. Auch wenn Vivien selbst keine Kinder mochte, so gehörte Estelle eben doch untrennbar zu James. Dieser würde sich niemals von seiner Tochter trennen. Außerdem ging Charlotte diese ganze Familie nicht länger etwas an. Sie musste sich endlich von James lösen. Ihre Liebe hatte von Anfang an keine Chance gehabt. Vielleicht war ihr Date mit Oliver Johnson nächste Woche gar keine so schlechte Idee. Charlotte machte sich nichts vor. Ein Mann wie Oliver war mehr, als sie erhoffen durfte, und außerdem war er ihre einzige Chance auf ein normales Leben. Wenn sie diese jetzt nicht ergriff, würde sie vielleicht ihr ganzes Leben lang für Frauen wie Catherine arbeiten. Nicht dass sie nicht gern bei Catherine war, aber trotz allem wünschte sie sich tief in ihrem Herzen eines Tages Kinder und eine Familie. Nur war es leider James gewesen, der diese Gefühle in ihr hervorgerufen hatte. Eine Familie mit einem anderen Mann zu gründen, würde sie niemals glücklich machen.

Charlotte hatte keine Ahnung, wie lange sie so dagesessen und Estelles ruhigen Atemzügen gelauscht hatte, als sie plötzlich zusammenzuckte. Hinter ihr war leise die Tür aufgegangen. Sie musste sich nicht fragen, wer hinter ihr stand. Ihr Körper, welcher vor Erregung förmlich vibrierte, sagte ihr längst, dass es James war, der den Raum betreten hatte. Schnell sprang sie auf die Füße. Für eine winzige Sekunde lang überlegte sie, sich hinter den bodenlangen Vorhängen zu verstecken. Allerdings hätte James schon blind sein müssen, um sie nicht schon lange gesehen zu haben. Vorsichtig hob sie den Blick und schaute James geradewegs in die Augen. Erschrocken zuckte sie zurück, als sie das Lodern in seinen dunklen Augen sah. Mit einem solchen Gefühlssturm hatte sie nicht gerechnet.

***

Charlotte im Zimmer seiner Tochter vorzufinden, war für James ein Schlag in die Magengrube. Er war hier her geflohen, weil er dachte, dass es der einzige Ort sein könnte, an dem er wenigstens für ein paar Minuten Ruhe von seinem Schmerz haben würde. Ein Fehler, wie er sich nun eingestehen musste. Seit die wunderhübsche Gesellschafterin seiner

Mutter in sein Leben getreten war, konnte er seine Tochter nicht länger anschauen, ohne sich zu wünschen, wieder eine richtige Familie zu sein. Eine Familie zusammen mit Charlotte.

Und jetzt stand sie hier mit ihren offenen Locken mitten im Zimmer seiner Tochter und schaute ihn aus ihren großen unschuldigen Augen so derart erschrocken an, dass er sie am liebsten an seine Brust gezogen hätte. Was machte er sich eigentlich vor? Auch ohne die Furcht in ihrem Blick wünschte er sich nichts anderes, als ihren zarten Körper in seinen Armen zu halten. Mit beiden Händen wollte er in ihre Haare greifen und…

Er musste dringend hier raus, bevor er sich schon wieder vergaß. Er und sie, das hatte keine Zukunft, auch wenn er Vivien schon sehr bald verlassen würde. Seine Mutter würde wahrscheinlich einen Herzinfarkt bekommen und sich niemals wieder trauen, in die Stadt zurückzukehren, wenn sie von ihm und Charlotte erfuhr.

Bis vor einer Stunde hatte er noch tausend sehr schlüssige Gründe gewusst, warum er Charlotte auf keinen Fall begehrte. Mittlerweile hatte sein Gehirn allerdings scheinbar beschlossen, den Dienst zu quittieren, denn kein einziger dieser wirklich sehr guten Gründe wollte ihm noch einfallen. Das einzige, was er mit absoluter Sicherheit sagen konnte, war, dass er wahnsinnig werden würde, wenn er nicht auf der Stelle mit Charlotte schlief.

***

Es war an der Zeit, die Flucht zu ergreifen. Je länger Charlotte blieb, desto lächerlicher würde sie sich machen. Sie war kurz davor, sich das Kleid vom Leib zu reißen und James anzuflehen, sie hier mitten auf dem Fußboden zu lieben. Noch nie zuvor in ihrem Leben hatte sie solche Lust empfunden. Die Präsenz seines Körpers war ihr nur allzu bewusst. Sie wollte seine festen Muskelstränge unter ihren Fingern spüren. Sich treiben lassen und vollkommen aufgehen in diesen berauschenden Gefühlen, welche ihren Körper durchströmten.

***

James sah, wie sich Charlottes Blick verdunkelte. Er musste schmunzeln. Wer hätte gedacht, dass sie ihn genauso sehr begehrte wie er sie? Sie sah nicht länger aus wie die zurückhaltende und verschlossene Frau, die sie sonst war. Vielmehr hatte sich der Ausdruck ihrer ganzen Erscheinung geändert. Noch nie in seinem ganzen Leben hatte er solche Lust empfunden wie beim Anblick ihres bebenden Körpers. Schlagartig wurde James bewusst, dass es nichts bringen würde, wenn er den Raum verließ, er würde Charlotte weder in dieser noch in allen folgenden Nächten vergessen. Noch hatten sie sich nicht einmal berührt, dennoch konnte er nur allzu deutlich fühlen, dass nicht nur sein Herz bereits sehr erregt war.

***

Charlotte spürte ihren Puls durch die Adern rasen. Zwischen ihr und James schien die Luft zu vibrieren. Es würde nicht mehr lange dauern, bis sie alle Vernunft über Bord warf und etwas sehr Dummes tat. Obwohl sie wusste, dass jede Sekunde, die sie länger hier verweilte, dazu führen würde, dass sie sich vergaß, konnte sie nicht anders, als zu bleiben. Sie musste sich an Oliver erinnern. Sie musste an all die Gründe denken, warum es absolut falsch sein würde, sich James an den Hals zu werfen. Andrerseits war heute Nacht vielleicht die einzige Chance, James jemals wieder näher zu kommen. Charlotte wusste, dass sie sich von ihm verabschieden musste. Warum zum Teufel sollten sie sich nicht ein erstes und letztes Mal lieben?

»James.« Charlotte flüsterte seinen Namen. Sie sah, wie sich etwas in seinem Blick änderte. Das Begehren in seinen Augen machte ihr nur allzu deutlich, wie sehr der Mann da vor ihr sie wollte. Das Verlangen, ihn in sich aufzunehmen, wurde immer mächtiger. Schon lange war sie nicht mehr Herr über ihren Verstand.

In diesem Moment bewegte sich Estelle im Schlaf. Charlotte fühlte sich, als hätte sie jemand wachgerüttelt. Sie war im Begriff, etwas Schreckliches zu tun. James war immer noch verlobt – und Vivien würde den Mann, den sie liebte, zerstören, wenn sie nicht sofort die Reißleine zog. Ja, sie liebte James, dessen war sie sich absolut sicher. Der Schmerz, den sie empfand, ihn verlassen zu müssen, war so mächtig, dass sie glaubte, ihr Herz würde einfach zerreißen.

»Ich muss gehen«, flüsterte sie mit tränenerstickter Stimme, dann wandte sie sich, ohne einen weiteren Blick zu riskieren, um und floh aus dem Zimmer.

Blind vor Tränen rannte sie den Flur hinunter. Sie musste so schnell wie möglich hier raus. Keine Sekunde länger hielt sie es drinnen aus. Sie hatte das Gefühl, jeden Moment an den Tränen, welche hinter ihren Augen brannten, zu ersticken. Ungeachtet, dass sie keine Jacke dabei hatte, schlüpfte sie auf die Terrasse und die Stufen zum Strand hinunter. Die Nächte waren mild, außerdem spürte sie ohnehin nichts weiter als diesen tiefen, bohrenden Schmerz, einen schrecklichen Fehler gemacht zu haben. Sie hatte James ein weiteres Mal stehengelassen.

Die Tränen brachen sich mit aller Macht Bahn. Sie konnte nicht weiter rennen, wohin auch? Um sie herum war nichts weiter als Sand, Dünen und Meer und über ihr der weite sternenreiche Himmel. Für einen Moment war sie versucht, sich in die Wellen zu stürzen, allerdings kam ihr dies trotz aller Trauer doch etwas zu theatralisch vor. Schluchzend ließ sich Charlotte an der Stelle, an welcher sie stand, auf den Boden sinken, in der Hoffnung, dass es irgendwann nicht länger so wahnsinnig weh tun würde.

***

James sah die zusammengesunkene Gestalt Charlottes im Sand. Das Verlangen, welches er noch vor wenigen Minuten empfunden hatte, war dem Bedürfnis gewichen, ihren zarten Körper sanft in seinen Armen zu wiegen und ihr Gesicht mit

Küssen zu bedecken. Das warme Gefühl, das sich unterhalb seiner Brustmuskeln ausbreitet, konnte man nicht anders als mit Liebe bezeichnen, das war ihm klar. Auch wenn es ihm lieber gewesen wäre, wenn sich jegliche warmen Gefühle ausschließlich auf seine Lenden beschränken würden.

Vorsichtig trat er auf Charlotte zu und umarmte sie zärtlich. Ihr schmaler Körper bebte. Sanft strich er ihr über den Rücken in der Absicht, die junge Frau zu beruhigen, allerdings hatte er nicht mit diesen Gefühlswallungen gerechnet, welche diese unschuldige Berührung in ihm auslöste. James konnte Charlotte nicht berühren, ohne sofort lichterloh in Flammen zu stehen.

***

Als James' Arme sich um sie legten, hätte sie sich erschrecken müssen. Zumindest hätte jeder vernünftige Mensch so reagiert, wenn man sich bis vor einer Minute noch allein am Strand gewusst hatte. Aber ihr Organismus hatte James' Anwesenheit schon vor der Berührung gespürt. Es war diese Mischung aus Bauchkribbeln und Geborgenheit, die sie in seiner Nähe empfand. Langsam drehte Charlotte sich um. Ihre Gesichter waren sich so nah. Jede Zelle ihres Körpers vibrierte vor Verlangen, von James berührt zu werden. Womöglich würde sie sich doch noch in die Wellen werfen, wenn sie James nicht endlich bis zur Besinnungslosigkeit küsste.

***

Charlottes Augen sahen groß und dunkel aus in dem schmalen Gesicht. Im Licht des Mondes schimmerten ihre Haare wie feines Silber. Lächelnd strich James Charlotte eine widerspenstige Strähne hinters Ohr, dann beugte er sich, ohne noch eine Sekunde länger zu zögern, vor und bedeckte ihre Lippen mit den seinen.

Ihr Mund war warm und offen. Er spürte ihr Verlangen. Die Hitze, welche ihr schmaler Körper ausstrahlte. Es gab keinen Zweifel, diese Frau begehrte ihn genauso wie er sie. Nicht noch einmal würde er sich nehmen lassen, wonach sie beide so sehr verlangten. Fest zog James Charlotte an sich. Er würde ihr zeigen, wie leidenschaftlich er sie begehrte und welche lustvollen Dinge er vorhatte, mit ihrem Körper anzustellen.

***

James' Hände waren überall auf ihrem Körper, und alle Stellen, mit denen er nicht beschäftigt war, sehnten sich danach, von ihm berührt zu werden. Charlotte bog sich James entgegen. Es war ihr egal, dass sie deutlich machte, was sie wollte. Das hier war die Verzweiflung einer Ertrinkenden. Sie brauchte seinen Körper wie das rettende Land.

***

Charlotte war so leidenschaftlich, dass es James den Atem raubte, er hatte keine Kraft, sich länger wie ein Gentleman zu verhalten, wobei ein Gentleman wahrscheinlich nicht unbedingt seine Hände unter das Kleid einer Lady wandern lassen würde, um deren Brüste sanft zu liebkosen. Keine Sekunde länger konnte er warten, Charlotte von diesem Stück Stoff zu befreien, welches noch zwischen ihm und diesem unglaublichen Körper stand. Sanft hob er ihre federleichte Gestalt hoch und trug sie die wenigen Schritte zu der Hütte am Strand.

***

Nie im Leben hätte Charlotte auch nur zu hoffen gewagt, dass sich die Vereinigung mit einem Mann so atemberaubend anfühlen würde. Ihr schwanden fast die Sinne, als James sie sanft auf eine der gemütlichen Strandliegen der Fitzgeralds legte und anfing, ihren Körper mit sanften Küssen zu liebkosen. Sein starker Körper passte perfekt zu dem ihren und sie ergänzten sich, während sie auf immer neu auflodernden Wellen der Lust durch die Nacht getragen wurden.

Kapitel 17

Gedankenverloren blickte Charlotte in die Ferne. Es tat ihr leid, dass sie sich Olivers Geschichte nicht mit der nötigen Aufmerksamkeit widmete. Wie immer in den vergangenen Tagen kreiste ihre gesamte Aufmerksamkeit um die gemeinsame Nacht mit James. Noch immer konnte sie spüren, wie es sich angefühlt hatte, seine gewaltige Männlichkeit in sich aufzunehmen. Sie verzehrte sich danach, es wieder zu tun. Und immer wieder. Sie kam sich vor wie eine Verdurstende in der Wüste, nur, dass kein Wasser dieser Welt ihr Verlangen stillen konnte. Sie begehrte James mit jeder Faser ihres Körpers. Wenn sie gedacht hatte, eine letzte Nacht mit ihm wäre eine gute Idee, so hatte sie sich gründlich getäuscht. Sie hatte Blut geleckt und wollte mehr. Nun, da sie wusste, dass sie zu solchen Orgasmen fähig war, wollte sie jede Menge mehr davon. Aber James und sie waren seit Tagen kein einziges Mal mehr allein gewesen, noch hatten sie überhaupt ein Wort miteinander gewechselt. Es wunderte Charlotte, dass James nicht längst abgereist war. Irgendwie wurde sie aus seinem Verhalten nicht schlau. Gleichzeitig war sie nicht mutig genug, ihn darauf anzusprechen. Außerdem gab es nichts, das sie sagen oder hätte tun können.

Nüchtern betrachtet war ihrer beider Verhalten natürlich sinnvoll. James war immer noch verlobt, und mit Charlotte zusammen zu sein, würde immer noch seine Zukunft zerstören. An diesen Tatsachen konnte auch der beste Sex aller Zeiten nichts ändern. Nur, dass Charlotte nicht länger nüchtern war. Sie war vollkommen berauscht von James und hätte alles dafür gegeben, mehr zu bekommen. Es war einfach nur peinlich. Sie benahm sich wie ein verliebter Teenager.

Mit aller Macht riss Charlotte sich zusammen und wandte ihre Aufmerksamkeit wieder Oliver zu. Er war wirklich ein netter Kerl. Und er sah erschreckend gut aus. Aber eben lange nicht so gut wie James. Charlotte war kein bisschen daran interessiert, an seiner Brust zu liegen, egal wie definiert seine Brustmuskelstränge auch sein mochten. Sie war ja nicht grundsätzlich so vernarrt in Brustmuskeln. Es war dieses eine spezielle Paar, was es ihr angetan hatte.

James und Vivien schienen wieder glücklich vereint zu sein. Ein Zeichen, dass die gemeinsame Nacht nur für sie selbst so atemberaubend gewesen sein musste. Vielleicht hatte James die Ernüchterung einer für ihn langweiligen Nacht mit Charlotte gebraucht, um beruhigt zu seiner unglaublich perfekten Verlobten Vivien zurückzukehren. Ohne Unterlass blätterte diese in Hochzeitsmagazinen und telefonierte mit Floristen. Es kam Charlotte vor, als plane sie die Hochzeit noch für diesen Sommer. Ein schier unmögliches Unterfangen. Immerhin würde diese Hochzeit das gesellschaftliche Highlight des Jahres werden.

Dass es James so kalt ließ, was zwischen ihnen passiert war, schmerzte sie zutiefst. Charlotte hatte gedacht, dass zwischen ihnen etwas Einmaliges existiert hatte. Aber scheinbar war es ihm nur um das eine gegangen. Männer waren doch alle gleich. Außer Oliver, der machte wenigstens keinen Hehl daraus, dass er sehr gerne mit ihr ins Bett wollte. Nun ja, vielleicht würde sie sich im Laufe des Sommers irgendwann auf ihn einlassen. Gegen ein bisschen Spaß war doch eigentlich nichts einzuwenden. Traurig war nur, dass es sich mit Oliver nicht so wundervoll anfühlen würde, wie es mit James gewesen war. Oliver war absolut in Ordnung. Er brachte sie zum Lachen und das Zusammensein mit ihm fühlte sich einfach an.

Aber er war nicht James und würde es auch niemals sein. Nichtsdestotrotz hatte sie begonnen, sich mit ihm zu treffen. Charlotte ertrug es einfach nicht, in der Villa zu sein. Sie verstand nicht, warum Vivien und James nicht endlich abreisten. Warum ließen sie Estelle nicht einfach bei ihrer Großmutter und machten irgendwo Urlaub. Die Malediven wären doch perfekt. Oder der Mond. Der wäre wenigstens weit genug weg gewesen, so dass sie James irgendwann würde vergessen könnte. Zugegeben, vergessen würde sie ihn niemals, aber vielleicht soweit aus ihrem Herzen verbannen, dass sie wieder würde atmen können.

Wenn James nicht bald in die Stadt verschwand, würde sie sich in Luft auflösen. Der Kummer nagte derart an ihr, dass sie mittlerweile gar nichts mehr essen konnte. Und Schlafen hatte sie sich sowieso vollkommen abgewöhnt.

Sie saßen in einem Restaurant am Pier. Oliver erzählte einen lustigen Schwank aus seinem Leben. Zumindest ging Charlotte davon aus. Sie war irgendwann ausgestiegen. Der junge Mann war ziemlich selbstverliebt. Seine Geschichten drehten sich hauptsächlich darum, wen er alles kannte und wie viel Geld er hatte. Solche Männer kannte Charlotte zur Genüge von früher. Trotzdem war seine Gesellschaft wesentlich angenehmer als die der meisten anderen Männer.

Eigentlich hätte alles gut sein müssen. Warum nur fühlte sie sich so unruhig? Irgendwie wurde sie das Gefühl nicht los, beobachtet zu werden. Waren es die schlaflosen Nächte oder litt sie tatsächlich unter Verfolgungswahn? Unauffällig schaute sie sich um. Natürlich waren das Restaurant wie auch der Pier voller Sommergäste. Und alle sahen ganz harmlos aus. Na super, jetzt phantasierte sie auch noch. Sie musste ganz dringend zur Ruhe kommen.

***

Charlotte sah wunderschön aus, wie sie in der Sonne saß und den Mann ihr gegenüber anlächelte. Er hatte es gewusst. Sie war und blieb einfach ein Flittchen. Wahrscheinlich hatte sie schon mit ganz New York geschlafen und musste nun auf die Hamptons ausweichen. Wie lange war es her, dass er sie das letzte Mal gesehen hatte? Natürlich wusste er es noch ganz genau. Sogar mit Datum und Uhrzeit. Es war der Abend gewesen, an welchem sie blutend und bewusstlos auf der Straße gelegen hatte. Warum war bei dem Unfall nicht mehr kaputt gegangen als nur ihr Knie? Sein Auftrag war doch unmissverständlich gewesen. Wenigstens saß der Stümper, der selbst einen einfachen Mord verbockt hatte, immer noch im Gefängnis. Das Einzige, was dieser Schlappschwanz draufgehabt hatte, war, seinen Auftraggeber nicht preiszugeben. Das wollte er dem Mann allerdings auch geraten haben, immerhin hatte er ihm sehr viel Geld gezahlt. Zuviel, wenn man bedachte, dass Charlotte am Pier sitzen konnte und nachts wahrscheinlich die ganze westliche Hemisphäre befriedigte. Er ertrug den Gedanken nicht, dass auch nur irgendein anderer Mann auf der Welt sie berühren durfte. Charlotte gehörte ihm. Ihretwegen hatte er alles verloren. Seinen Job in der Kompanie. Seine Freunde. Sein Geld. Und die Schlampe kümmerte es nicht einmal. Sie hatte alles erreicht, was sie wollte. Sie hatte ihn verlassen.

Wenigstens bereitete es ihm einige Genugtuung, dass sie nicht nach Europa hatte gehen können, um eine noch größere Primaballerina zu werden, als sie ohnehin schon gewesen war. Vielleicht war es ein Fehler gewesen, ihre Karriere zu beenden. Jetzt hatte sie noch mehr Zeit, sich um andere Kerle zu kümmern. Gut, dass er jetzt da war. Jetzt würde er sich um sie kümmern. Es hatte einige Zeit gedauert, bis er dazu bereit gewesen war, die Sache selbst in die Hand zu nehmen. Er hatte zu viel getrunken und keinen klaren Kopf gehabt. Jetzt aber, war er nüchtern. Nüchtern und bereit zu tun was getan werden musste. Mit einem zufriedenen Lächeln ließ er das Fernrohr sinken. Charlotte würde ihm noch dankbar sein.

***

Der Wind fuhr durch Charlottes Haare und sie vermisste ihren altgewohnten Dutt. Mit offenen Haaren kam sie sich immer so nackt vor. Aber sie hatte gedacht, was James gefiel, würde vielleicht auch Oliver nicht kalt lassen. Wenn sie ganz ehrlich zu sich war, war es ihr eigentlich ziemlich egal, was Oliver von ihr hielt. Allerdings hatte sie die leise Hoffnung, dass ein Verehrer James vielleicht wenigstens ein kleines bisschen eifersüchtig machen würde.

Oliver saß lässig auf dem Fahrersitz seines schicken Cabrios. Sie fand, dass er ein ziemliches Angeberauto fuhr. Aber er konnte es sich leisten. Er hatte Geld, sah gut aus und war wirklich eine gute Partie. Selbstsicher grinste er sie an. Scheinbar war er sich ziemlich sicher, dass er heute noch zum Zug kommen würde. Nun, da hatte er sich getäuscht. Noch war sie alles andere als bereit dafür, mit einem anderen Mann zu schlafen. Sie würde sowieso die ganze Zeit über nur an James denken können und im direkten Vergleich konnte Oliver nur verlieren. Sie ließ den Blick übers Meer schweifen. Der Gedanke, immer am Meer zu leben, war ziemlich verlockend. Genau das konnte sie haben, wenn sie sich auf Oliver einließ. Allerdings war die Frage, ob dieser wirklich scharf auf eine feste Bindung war. Dass Catherine sie beide hatte verkuppeln wollen, war nur allzu offensichtlich gewesen, aber ob die ältere Dame und Oliver dabei dieselben Dinge im Kopf gehabt hatten, war fraglich.

»Was zum Teufel…!«, riss Olivers laute Stimme sie aus ihren Gedanken. Charlotte zuckte zusammen und schaute fragend in seine Richtung. Der junge Mann sah besorgt aus.

»Was drängelt der denn so?« Schnell blickte sich Charlotte um und erschrak zutiefst. Direkt hinter ihnen fuhr ein großer dunkler SUV mit getönten Scheiben. Der Geländewagen klebte förmlich an ihrem Kofferraum. Der Mann am Steuer war nicht zu erkennen, da er Basecap und eine Sonnenbrille trug. Trotzdem kam seine Erscheinung Charlotte seltsamerweise vertraut vor.

Der Wagen kam noch näher und stieß gegen das Heck des Cabrios. Die Straße war zwar nicht breit, aber warum überholte er sie nicht auf der Gegenspur?

»Sag mal…« Die Worte blieben Oliver im Halse stecken, als der Wagen hinter ihnen mit seiner Stoßstange erneut ihren Kofferraum rammte, diesmal sehr viel heftiger.

»Kannst du nicht vielleicht etwas schneller fahren?« Charlotte hörte selbst, wie ängstlich ihre Stimme klang. Sie hatte mit einem Mal panische Angst vor diesem Mann hinter ihnen im Auto. Charlottes Unterbewusstsein war längst klar, wogegen sich ihr Geist noch sträubte. Sie kannte diesen Mann in dem dunklen Geländewagen und wusste ganz genau, wozu er in der Lage war. Sie und Oliver mussten schnellstmöglich die Flucht ergreifen.

Die Straße war viel zu eng und kurvenreich, als dass Oliver ihrem Wunsch nachkommen konnte, und Anhalten schien keine Option mehr zu sein.

»Ich ziehe rüber.« Der Wind war so laut, dass Charlotte Oliver kaum verstehen konnte. »Vielleicht gibt er dann

Ruhe.« Oliver riss das Lenkrad herum, als der SUV mit voller Wucht gegen das Heck des Cabrios krachte. Charlotte schrie auf, als sie sah, dass sich auf der gegenüberliegenden Seite ein anderes Auto näherte. Erneut riss Oliver das Lenkrad herum, sie rasten nun mit voller Geschwindigkeit auf einen Baum zu. Das war das Ende. In Charlottes Kopf vermischte sich die Gegenwart mit der Vergangenheit, doch dieses Mal würde sie den Unfall nicht überleben. In ihrem Kopf tauchte wie Perlen an einer Kette eine Abfolge von Bildern auf. *Ein regennasser Abend, sie wollte nach Hause, als ein Motorrad die Straße verließ und auf sie zusteuerte. Sie wollte ausweichen, doch zu spät. Das Motorrad erwischte sie mit voller Wucht und riss sie zu Boden. Während sie zu Boden fiel, sagte ihr bereits der Schmerz, welcher sich rasend schnell in ihrem ganzen Körper ausbreitete, dass sie nie wieder würde tanzen können, dass ihr Leben vorbei war.*

Der Baum kam immer näher. Sie hörte Oliver schreien, während sie selbst immer ruhiger wurde. Vielleicht war es gut so, dass sie nun starb. Lieber gar keines als ein Leben ohne James. Sie hatte so viel Kummer erlebt, so viel Schmerz. Es machte vollkommen Sinn, nicht länger am Leben zu bleiben. Wenn sie nur James noch einmal hätte sagen können, dass sie ihn liebte.

In diesem Moment traf das Auto auf den Baum. So würde es also enden. An einem Baum mitten in der wunderschönen Landschaft der Hamptons. Es gab wirklich schlimmere Wege, aus dem Leben zu treten.

***

Hinter dem vollkommen zerstörten Wrack des Cabrios bog der dunkle SUV von der Landstraße ab. Endlich hatte er sein Ziel erreicht. Es war zwar schade, dass er ihren Körper nicht noch einmal besessen hatte, aber es gab übergeordnete Ziele, denen er sich beugen musste. Ihm war die Aufgabe zuteil geworden, die Menschheit vor Charlotte Dunken zu beschützen, und heute hatte er endlich seine Mission vollenden können. Vielleicht war er ein bisschen wehmütig, dass es nach all den Jahren des Wartens doch so schnell gegangen war, aber nun konnte er sich neuen Dingen zuwenden. Wenn es nach ihm ging, war es an der Zeit, sich endlich einmal wieder einen Drink zu gönnen.

Kapitel 18

Das ruhige Piepsen des Monitors klang ohrenbetäubend laut in James' Ohren. Und doch war jeder Ton ein gutes Zeichen, denn er bedeutete, dass Charlotte noch am Leben war. Sie war nicht tot. Sie lag nicht kalt und starr irgendwo in einem Leichensack, so wie der junge Oliver Johnson. James wurde erneut schlecht bei dem Gedanken. Seine Gefühle dem jungen Mann gegenüber waren nicht gerade nett gewesen, aber den Tod hatte er ganz bestimmt nicht verdient. Niemand verdiente, auf solche Art zu sterben.

Die Polizei hatte die Ermittlungen aufgenommen und James bereits befragt. Leider konnte er überhaupt nichts zu dem Unfall sagen. Er konnte ja schlecht zugeben, dass er vor Eifersucht über dieses Date fast wahnsinnig geworden war. Die Polizei würde ihn sofort zum Hauptverdächtigen machen. Nur, dass er es nicht gewesen war, der das Auto von der Straße gedrängt hatte, soviel konnte er ehrlich zugeben.

James war vielleicht zutiefst gekränkt, weil Charlotte nach ihrer gemeinsamen Nacht direkt zum nächsten Mann gezogen war. Der einzige Schluss, den er daraus aber gezogen hatte, war, dass diese Nacht für Charlotte nicht ganz so umwerfend und lebensverändernd gewesen war wie für ihn. Natürlich würde er deswegen nicht losziehen und töten. Das war die Tat eines irren Psychopathen. James war so wütend, dass er am liebsten auf der Stelle selbst auf die Suche nach diesem Mann gegangen wäre, um ihm eigenhändig den Hals umzudrehen. Jeder Blick auf Charlottes geschundenen Körper fügte ihm höllische Schmerzen zu. Sie sah so klein aus, wie sie in diesem riesigen weißen Krankenhausbett lag, von einem Gewirr aus Schläuchen umgeben. Sanft strich er mit der Fingerspitze über den Teil ihrer Wange, der nicht von Schläuchen oder Schürfwunden bedeckt war. Dass er diese Frau mehr liebte als sein Leben, war ihm in den Sekunden klar geworden, als seine Mutter ihm kreidebleich berichtet hatte, dass die Polizei angerufen hatte, weil Charlotte einen Autounfall gehabt hatte.

Catherine bekam gerade in einem anderen Zimmer des Krankenhauses ein leichtes Beruhigungsmittel. Sie hatte sich über die Nachricht des Unglücks so sehr aufgeregt, dass die Ärzte im Krankenhaus sie ruhigstellen mussten. James fand dies sehr sympathisch. Er hätte selbst nichts gegen eine kleine Infusion einzuwenden gehabt. Sein Herz klopfte noch immer wie verrückt. Der Gedanke, Charlotte zu verlieren, hatte ihn mehr geschmerzt, als er sich eingestehen wollte. Bei dem Gedanken an ein Leben ohne die junge Frau war ihm auf einmal alles nichts mehr wert gewesen.

Auch wenn die Nacht in dem kleinen Schuppen am Strand für Charlotte wohl lange nichts so wundervoll gewesen war wie für ihn, er würde alles daran setzen, seine Traumfrau für sich zu gewinnen, wenn sie wieder wach war. Vielleicht hatte er sich nicht genug um sie bemüht? Er konnte es noch besser, das wusste er. Er würde sich ihrer würdig erweisen.

James wusste, dass er nicht länger mit Vivien zusammen sein konnte. Er hatte keine Ahnung, was er sich dabei gedacht hatte, die Sache nicht schon lange zu beenden. War es Bequemlichkeit gewesen? Oder der Vorwand, dass es seine Mutter schockieren würde? Wie auch immer. Es war Zeit, dem Ganzen ein Ende zu setzen. Diese Farce ging ohnehin schon viel zu lange. Auf der Stelle würde er mit seiner Verlobten Schluss machen. Es war an der Zeit, reinen Tisch zu machen. Diese Frau da im Bett, deren silberblonden Strähnen unter dem riesigen Verband um ihren Kopf hervorschimmerten, gehörte einfach zu ihm. Für den Rest seines Lebens. Er wollte verdammt sein, wenn es ab jetzt nicht seine oberste Priorität sein würde, sie zu schützen und glücklich zu machen.

Vorsichtig, um die Schläuche nicht durcheinander zu bringen, nahm er ihre schmale Hand in die seinen. Sie sahen aus wie riesige Pranken, so zart und klein wirkte ihre blasse Hand. Für einen Moment setzte sein Herz aus bei dem erneuten Gedanken daran, wie knapp sie dem Tod entronnen war. Charlotte zu verlieren, war mehr, als sein Herz würde verkraften könnte. Eigentlich war James kein besonders gläubiger Mensch, aber ab heute würde er anfangen, Gott jeden Tag dafür zu danken, dass er Charlotte am Leben gelassen hatte. Ein leises Klopfen riss ihn aus seinen Gedanken.

»Herein«, murmelte er abwesend. Bestimmt wollte eine der Schwestern erneut den Zustand der Patientin überprüfen. Am liebsten hätte er jeden Arzt und jede Pflegerin, welche dafür sorgten, dass Charlotte so schnell wie möglich wieder gesund wurde, umarmt. Er erkannte sich selbst nicht wieder. Normalerweise war er sehr viel zurückhaltender und schon gar kein Fan von körperlichen Zuneigungsbekundungen.

»Wie geht es ihr?« Viviens schrille Stimme lies James zusammenfahren. Blitzschnell drehte er sich um. Was wollte sie denn hier?

»Den Umständen entsprechend gut«, erwiderte er knapp. Er hatte keine Lust auf ein Gespräch, schon gar nicht mit Vivien. Es war wahrscheinlich keine besonders gute Idee, in einem Krankenhaus mit jemandem Schluss zu machen? Wobei sie im Falle eines Nervenzusammenbruchs direkt die passenden Medikamente vor Ort haben würde. Allerdings glaubte er nicht, dass eine Trennung Vivien derart zusetzen könnte. Seine Verlobte zeigte selten irgendwelche Gefühle. Manchmal war er sich nicht einmal ganz sicher, ob sie überhaupt in der Lage war, Gefühlsregungen zu empfinden. Gut, sie himmelte ihn an, aber dies war James von Anfang an wie eine gut ausgeklügelte Taktik erschienen, ihm zu schmeicheln und so bei der Stange zu halten. Vivien war eine Frau, die wusste, was sie wollte und welche Knöpfe sie drücken musste, um es zu bekommen.

»Sie stirbt also nicht? Bestens, das wird viele Männer sehr glücklich machen.« Viviens Stimme klang amüsiert. James fuhr herum.

»Wie meinst du das?« Er raufte sich die Haare. »Sag mal, schämst du dich nicht?« Vivien trat einen Schritt vor und legte James beschwichtigend die Hand auf die Schulter.

»Entschuldige bitte meinen unpassenden Witz.« James hörte, dass sie sich Mühe gab, ihrer Stimme einen ernsthaften Tonfall zu geben. »Aber bei ihrer Vergangenheit.« Sie ließ die Worte im Raum stehen. »Ich habe deine Mutter immer bewundert, dass sie so einfach darüber hinweggesehen hat.« Vivien ging langsam um das Bett herum. »Ich meine, es war uns allen klar, dass sie die arme Catherine nur als Sprungbrett nutzen wollte, um sich einen reichen Mann zu angeln.« Vivien beugte sich vor und spielte abwesend mit einer von Charlottes Strähnen. Im Weitersprechen wandte sie sich an Charlotte, so, als ob sie vergessen hätte, dass James ebenfalls im Zimmer war. »Armes Mädchen. Du hast wahrscheinlich geglaubt, dass ein einflussreicher Mann deine Vergangenheit ungeschehen machen könnte.« Vivien seufzte tief. »Aber glaub mir, meine Liebe, das können sie nicht. Auch mit Geld kann man nicht alles erreichen.« James Verlobte seufzte theatralisch. »Armer Oliver.«

»Was redest du da?« James hatte Mühe, seine Stimme unter Kontrolle zu halten. Vivien zuckte zusammen, als hätte sie tatsächlich vergessen, dass er im selben Zimmer war. Am liebsten hätte er seine Verlobte angeschrien und noch lieber an den Schultern genommen und geschüttelt. Er kannte sie lange genug, um zu wissen, dass sie auf irgendetwas hinauswollte. Sie hatte längst noch nicht alle Trümpfe gespielt. Mit einem Mal kam sich James gefangen vor.

»Ach, Schatz, stell dich doch nicht so dumm.« Vivien schaute ihn aus großen Augen unschuldig an. »Du weißt ganz genau, wovon ich rede.« Sie verzog den Mund. »Deine Schwester und deine Mutter haben ein viel zu großes Herz. Sag jetzt bloß nicht, du hättest nichts von Veronicas kleinem Projekt gewusst, diese kleine Pretty Woman von der Straße zu holen.« Vivien musterte James eindringlich und zog fragend die Augenbrauen zusammen. »Du hast doch gewusst, in welcher Art Etablissement die liebe Charlotte vor ihrer Anstellung bei deiner Mutter gearbeitet hat, oder nicht?« Vivien zog anzüglich die Augenbrauen nach oben. James blickte seine Verlobte stumm an, während sich die Gedanken in seinem Kopf überschlugen. »Oh mein Gott, du hast es nicht gewusst.« James konnte spüren, wie Vivien ihren lang geplanten Triumph genoss. Mit einer dramatischen Geste schlug sie sich die Hände vor den Mund. »Das tut mir so leid, Darling!« Sie schoss um das Metallbett herum und schmiegte sich katzenhaft an James. Am liebsten hätte er sie von sich gestoßen. Ihm war danach, sich auf der Stelle zu übergeben. Viviens Worte hallten in seinem Kopf in einer Endlosschleife. Sie musste gar nicht präzise ausdrücken, in welcher Branche Charlotte tätig gewesen war. Ihm waren auch so die Ausmaße von Viviens Aussage deutlich bewusst. Deswegen hatte Charlotte diese gemeinsame Nacht wahrscheinlich lange nicht so viel bedeutet wie ihm. Wahrscheinlich hatte er sie gelangweilt. Unwillkürlich ballte er seine Hände zu Fäusten. Wie hatte sie ihn derart hinters Licht führen können? Charlotte war nichts weiter als eiskalt und berechnend. Sie hatte sich an ihn rangemacht in der Hoffnung, sein Einfluss könne sie zurück in ein anständiges Leben führen. Oder hatte sie einfach ihr Klientel auf ein anderes Preisniveau heben wollen?

In diesem Moment gab die Maschine, welche Charlottes Vitalwerte überprüfte, ein schnelles Piepsen von sich. Instinktiv drehte James sich um. Charlotte kam langsam zu sich. Er konnte sehen, wie sie die Finger bewegte, welche gerade noch schlaff und leblos in seiner Hand gelegen hatten. Sie blinzelte und öffnete langsam die Augen. James´ Magen machte einen freudigen Satz, welcher direkt von seinem Gehirn gestoppt wurde. Die Frau da im Bett war nicht der Mensch, von dem er geglaubt hatte, dass sie es wäre. Sie musste eine Schlange sein. Wie hatte sie so unschuldig wirken können und dabei solche Dinge getan haben? Sie war wahrscheinlich die beste Schauspielerin, der er in seinem ganzen Leben begegnet war. Nun schlug sie die Augen ganz auf. Das tiefe Blau raubte ihm den Atem. Jedes Mal, wenn er dachte, Charlotte könne ihm nicht noch schöner vorkommen, überraschte sie ihn mit noch größerem Liebreiz.

Am liebsten hätte er alles vergessen, was er soeben erfahren hatte, und hätte die Frau, die er liebte, in seine Arme geschlossen. Gleichzeitig aber wusste er, dass dies den sozialen Selbstmord für ihn bedeuten würde. Selbst wenn er seine politische Karriere aufgab. Seine Mutter würde es nicht überleben, zu erfahren, was er und vor allem was Charlotte getan hatte. Er konnte sich einfach nicht vorstellen, dass seine Mutter wirklich wusste, welcher Tätigkeit Charlotte die letzten Jahre nachgegangen war. Catherine hätte die junge Frau niemals eingestellt, wenn sie von ihrer wahren Natur gewusst hätte. Die ehemalige Tänzerin musste seine Mutter und auch Veronica auf das Übelste getäuscht haben. Wie sie das getan hatte, würde James noch in Erfahrung bringen. Es war noch nicht einmal so, dass er Charlotte nicht verstehen konnte. Sie hatte ihm von ihrem Unfall erzählt. Und wenigstens in diesem Punkt hatte sie die Wahrheit gesagt. Abgesehen davon, dass er sie natürlich gegoogelt hatte und die alten Artikel über sie als grandiose Ballerina gefunden hatte und auch welche über den schrecklichen Unfall, so hatte er in ihrer gemeinsamen Nacht auch die Narben gesehen, welche ihren wunderschönen Körper überzogen. Er hatte sie berührt und geküsst. Ihr ein ums andere Mal gesagt, wie schön sie war. Er war so ein Idiot gewesen. Wahrscheinlich hatte Charlotte in eben diesem Moment gedacht, ihn in der Tasche zu haben.

Wie gut, dass er aus Unsicherheit, wie er reagieren sollte, am nächsten Tag auf Abstand gegangen war. So hatte Charlotte wahrscheinlich direkt gedacht, dass es bei ihm nichts zu holen gab. Wie schnell sie sich doch auf ihr nächstes Opfer geworfen hatte. Vivien hatte recht gehabt, der arme Oliver. Wie schwer es für Charlotte sein musste, schon wieder einen potenziellen Retter verloren zu haben. Und nun lag sie hier im Krankenhaus, vollkommen unfähig, ein neues Opfer zu suchen. Es war das Beste, wenn er die Zügel in die Hand nahm. Erst einmal war Charlotte im Krankenhaus gut untergebracht. Und wenn sie wieder rauskam, würde er sie damit überraschen, dass er ihr die Möglichkeit verschafft hatte, in Europa zu arbeiten. Die Europäer waren wohl etwas entspannter eingestellt, was Prostitution betraf. Vielleicht würde sie ja dort ihr Glück machen. Er würde sich jedenfalls nicht anmerken lassen, wie sehr Charlotte ihn verletzte hatte. Niemals würde er ihr zeigen, wie tief sie ihn berührt und wie unglaublich sie ihn verletzt hatte. Er war froh und dankbar, dass Vivien ihm reinen Wein eingeschenkt hatte, bevor er sich gänzlich zum Affen gemacht hätte. Er würde sein Leben ganz normal weiterleben, als habe es niemals eine dahergelaufene Charlotte Dunken gegeben. Das Beste, wie er dies demonstrieren konnte, war eine baldige Hochzeit.

»Ich gehe einen Arzt holen«, murmelte er mit rauer Stimme und verließ fluchtartig den Raum. Nur weil er Charlotte niemals zeigen würde, wie sehr sie ihn gedemütigt hatte, musste er schließlich nicht den Helden spielen und versuchen, mit ihr in einem Zimmer zu sein.

Kapitel 19

Langsam ließ das Zittern nach und trotzdem fühlte Catherine sich mit einem Mal unglaublich alt und schwach. Von Charlottes Unfall zu hören, hatte sie furchtbar mitgenommen. Ihr kam das Leben plötzlich so wahnsinnig kurz vor und im Fall Oliver Johnson war es das ja auch gewesen. Sie fühlte sich verantwortlich, weil sie die beiden überhaupt erst zusammengebracht hatte. Wäre Charlotte nicht mit so viel Glück davongekommen, wäre sie am Tod der jungen Frau mit schuld gewesen. Wer hätte denn ahnen können, dass Oliver so ein riskanter Autofahrer war?

Wobei der junge Polizist, der sie vorhin versucht hatte zu befragen, angedeutet hatte, dass es laut Zeugenaussage einen dritten Autofahrer gegeben, der das Cabrio von der Straße gedrängt hatte. Catherine schauderte erneut. Hilflos blickte sie auf den dünnen Schlauch, dessen Inhalt ihr Ruhe spenden sollte. Allerdings hatte sie das Gefühl, dass es gegen die Gedanken, die unaufhörlich in ihrem Kopf kreisten, gar keine Medikamente gab. Sie hatte das Gefühl, alles in ihrem Leben falsch gemacht zu haben.

Charlotte hatte sie nachhaltig berührt. Die junge Frau hatte kein einfaches Leben gehabt. Auch wenn sie nicht viel darüber redete, so wusste Catherine doch genug über das Leben ihrer jungen Gesellschafterin, um wirkliche Anerkennung zu empfinden. Sie hatte vielleicht keine hohe gesellschaftliche Stellung und doch verbrachte Catherine wesentlich lieber Zeit mit ihr als mit manchen ihrer besten Freunde. Charlotte war wie Phillip ein ganz besonderer Mensch. Unaufdringlich, liebevoll und immer für einen da. Charlotte würde nie hinterrücks über sie herziehen oder Intrigen spinnen, so wie es der Lieblingszeitvertreib ihrer besten Freundinnen war. Catherine bereute zutiefst, dass sie Phillip damals hatte gehen lassen. Auch wenn sie froh und dankbar war, dass es Veronica gab, so war ihr mittlerweile klar, auf was sie alles verzichtet hatte. Ein Leben voll von unendlicher Liebe, Anerkennung und gegenseitigem Respekt.

Jasper fehlte ihr so sehr. In dem Moment, als die Polizei am Telefon gewesen war, hatte sie für eine Sekunde geglaubt, es ginge um ihn. Der Schmerz war so unglaublich gewesen, dass sie dachte, ersticken zu müssen. Sie hatte einen nie wieder gutzumachenden Fehler begangen. Ihr Sohn war stolz. Diesen Wesenszug hatte er definitiv von ihr geerbt. Selbst wenn Catherine sich entschuldigte, würde er ihr je verzeihen?

Sie hatte so ein großes Glück, was ihre anderen Kinder betraf. Dass Veronica immer noch zu ihr hielt, obwohl sie sie stets so heftig für ihre Art zu leben kritisierte, war ein Wunder. Und James? Ihr Ältester sollte eigentlich ihr wirkliches Sorgenkind sein. Sie hatte sich ihm gegenüber so unfair verhalten. Alle ihre gesellschaftlichen Wünsche und Erwartungen hatte sie stets auf seinen Schultern abgeladen. Er hatte die Familienehre hochzuhalten. Aber zu welchem Preis? Ihr Sohn war zutiefst unglücklich, das spürte sie. Was war, wenn sie der Grund war, warum James und Charlotte das zarte Band, was zwischen ihnen entstanden war, nicht weiterwoben?

Zugegeben, bis zum heutigen Tag hätte sie eine Liaison zwischen den beiden auch noch strikt abgelehnt und alles getan, um dies zu verhindern.Aber dann hatte sie James' Gesichtsausdruck gesehen, als sie ihm erzählt hatte, dass Charlotte nur knapp dem Tod entronnen war. Ihr Sohn sollte nicht so leiden wie sie und das würde er, wenn er Charlotte verlor. So; wie sie einst vor vielen, vielen Jahren Phillip verloren hatte.

Ihr Sohn liebte diese Frau und sie hatte alles daran gesetzt; die beiden auseinander zu bringen. Wenn sie nun einmal so offen mit sich selbst war: Sie konnte Vivien absolut nicht leiden. Die Frau war eiskalt, manipulativ und berechnend. Wie sie so selbstsicher davon ausging, dass sie Catherine in der Hand hatte.

Nun gut, bis heute hatte sie sich auch nur zu bereitwillig auf dieses Spiel eingelassen. Aber damit würde nun Schluss sein. Bestimmt lag es daran, dass sie sich fühlte wie im Vollrausch, daran musste das Beruhigungsmittel schuld sein, aber sie würde jetzt anfangen, ihr Leben in Ordnung zu bringen. Sie wollte nicht warten, bis es vielleicht zu spät war. Olivers

Tod hatte ihr deutlich vor Augen geführt, wie wenig Zeit einem im Leben bleiben konnte.

Am liebsten hätte Catherine sich die Kanüle einfach aus ihrem Arm gezogen, so, wie es die Helden in Filmen immer taten. Filme, die sie natürlich nur heimlich und ganz inoffiziell schaute. Allerdings hatte sie selbst beim Zuschauen schon immer einen so gewaltigen Respekt davor gehabt, dass sie sich eine solche Tat nicht wirklich zutraute. Entschieden setzte sie sich auf und klingelte nach der Schwester. Es wurde Zeit, diesen Ort zu verlassen.

Catherine fühlte sich, als wäre sie wieder siebzehn Jahre alt, als sie mit einem heftigen Flattern in der Magengrube vor der Tür des gemütlichen, kleinen Cottages stand. Sie war so aufgeregt, Phillip wiederzusehen, dass sie kaum ein Auge für die Schönheit des Gartens hatte. Unter anderen Umständen wäre sie wahrscheinlich in Begeisterungstürme über die Schönheit seines Gartens ausgebrochen. Phillip war einfach ein begnadeter Gärtner.

Inständig hoffte sie, dass er ihr nicht sofort die Tür vor der Nase zuschlagen würde. Ob er überhaupt zuhause war? Nach über dreißig Jahren hatte Catherine auf einmal das Gefühl, keine Zeit mehr zu haben.

Sie fuhr sich durch die Haare. Wahrscheinlich sah sie unmöglich aus. Sie hatte weder den Sitz ihrer Frisur noch ihr Make-Up überprüft, als sie Hals über Kopf das Krankenhaus verlassen hatte. Catherine war sich so sicher gewesen, Phillip zuhause anzutreffen, dass sie sogar das Taxi hatte weiterfahren lassen. Nun, das würde ein langer Weg nach Hause werden. In diesem Moment hörte sie Schritte hinter der Tür. Ihr

Herz klopfte so stark, dass sie glaubte, es würde ihr jeden Moment aus der Brust springen. Dreißig Jahre hatte sie ohne ein Wort verstreichen lassen, und nun glaubte sie, dass Phillip ihr einfach so vergeben würde? Sie hatte sich unglaublich schäbig benommen. Sie verdiente gar keine Vergebung, schon gar nicht von einem so großartigen und integren Mann wie Phillip. Es hatte keinen Sinn. Wahrscheinlich kam sie viele, viele Jahre zu spät.

Mit einem Mal wurde ihr kalt. Sie musste so schnell wie möglich gehen, noch bevor Phillip die Tür öffnen und über sie spotten konnte. Schnell drehte sie auf dem Absatz um. Aber es war zu spät. Hinter ihrem Rücken hörte sie das leise Quietschen der Haustür.

»Catherine?« Phillips vertraute Stimme jagte ihr noch immer einen wohligen Schauer den Rücken hinunter. Nie in ihrem ganzen Leben hatte sie einen Menschen derart geliebt wie diesen Mann.

In diesem Moment wurde ihr klar, dass sie seit dreißig Jahren auf den Tag gewartet hatte, an dem sie und Phillip wieder zusammenkommen würden. Und jetzt war sie so töricht, sich diese letzte Hoffnung zu zerstören. Langsam drehte sie sich wieder um. Vor ihren Augen sah sie bereits die tiefe Enttäuschung, die Phillip ihr gegenüber empfinden musste. Die Wut, die er sicherlich ihr gegenüber hatte.

Sie war ein so schrecklich schlechter Mensch. Natürlich musste Phillip sie hassen. Langsam hob sie den Blick und sah in seine blitzenden Augen. Auch wenn er wie sie um einiges gealtert war, so war er doch immer noch umwerfend attraktiv. Tief gebräunt von der Arbeit in der Gärtnerei, sah er fit und gesund aus. In dreißig Jahren hatte er kein einziges Kilo zugenommen. Nur seine Haare waren weiß geworden und er hatte einige Falten dazugewonnen, welche seiner Attraktivität allerdings keinerlei Abbruch taten. Im Gegenteil, er wirkte nun noch viel charismatischer. Catherines Blick aber verweilte an seinen Augen, diese waren kein bisschen gealtert. Und als sei kein einziger Tag vergangen, war der Ausdruck darin immer noch genauso liebevoll wie vor dreißig Jahren. Stumm stand Catherine da. Sie wusste nicht, was sie sagen sollte. Sie hatte mit Ablehnung gerechnet. Mit Wut, vielleicht sogar mit Hass, aber ganz bestimmt nicht mit derselben Liebe, welche Phillip vor dreißig Jahren für sie empfunden hatte.

Für das, was nun folgte, konnte Catherine im Nachhinein nur den Drogen aus dem Krankenhaus die Schuld geben, denn ohne nachzudenken platzte es aus ihr heraus.

»Phillip McMillan! Ich habe dich immer geliebt und liebe dich noch heute und werde wohl auch niemals einen anderen so sehr lieben, wie ich dich liebe.« Catherine merkte, dass sie so sehr zitterte, dass sie fast nicht weitersprechen konnte. All der Schmerz, den sie dreißig Jahre lang so gut im hintersten Winkel ihres Herzens versteckt hatte, brach sich nun mit aller Macht Bahn. Ihre Stimme war nicht mehr als ein Flüstern, als sie weitersprach:

»Ich vermisse dich so unendlich und, wenn du mich nicht mehr willst und mich auch gar nicht vermisst, kann ich das verstehen.« In diesem Moment merkte Catherine, dass sie zum einen noch nie so viel geredet hatte, ohne darüber nachzudenken, was sie sagte, und zum anderen, dass ihr die Tränen in Sturzbächen über die Wangen liefen. Sie hatte seit sehr vielen Jahren nicht mehr geweint. So etwas gehörte sich einfach nicht für eine Dame aus der Oberschicht.

Vorsichtig blinzelte sie unter Tränen in Phillips Richtung. Sie war sich sicher, dass er sie jeden Moment auffordern würde, zu gehen. Doch zu ihrem allergrößten Erstaunen musste sie feststellen, dass Phillip sie immer noch liebevoll anlächelte. Womöglich war sein Lächeln noch einen Tick breiter geworden. Er machte die Tür ganz auf, lächelte sie verschmitzt an und setzte hinzu:

»Dann trifft es sich ja gut, dass ich nie vorhatte, eine andere Frau jemals so sehr zu lieben wie dich.« Sanft nahm er die wie Espenlaub zitternde Catherine am Arm. »Was würdest du von einer Tasse Tee halten, mein Schatz. Ich habe gerade eben Wasser aufgesetzt.«

Kapitel 21

Wie hatte ihm so ein grober Fehler unterlaufen können? Wieso hatte er nicht überprüft, ob Charlotte wirklich tot war? Am liebsten hätte er den Kopf mit aller Kraft gegen die Wand gedonnert, so sehr frustrierte ihn sein eigenes Versagen. Allerdings musste er seine Gehirnzellen schonen, denn die brauchte er jetzt umso dringender. Zwei Mal war Charlotte ihm nun entwischt. Ein drittes Mal würde sie nicht lebend davonkommen. Er brauchte dringend einen Plan. Noch lag sie im Krankenhaus. Dort kam er nicht an sie heran. Er hatte schon alles ausgekundschaftet. Ständig waren Ärzte oder irgendwelches Pflegepersonal um sie herum. Und selbst wenn nicht, irgendwie hatten diese Schwachköpfe von der Polizei herausgefunden, dass der Autounfall nicht Olivers Schuld gewesen war.

Jetzt hatten sie rund um die Uhr einen Wachposten vor Charlottes Tür aufgestellt und im Gegensatz zu den Polizeibeamten in Filmen schienen diese niemals aufs Klo zu gehen oder mit einer der Schwestern zu flirten. Diese hier nahmen ihren Job viel zu ernst. Er war so wütend, dass es schwer fiel, sich zu konzentrieren, zumal er sich noch nicht einmal einen Drink genehmigen durfte, um seine Nerven zu beruhigen. Bis zu Charlottes endgültigem Tod hatte er sich ein striktes Alkoholverbot auferlegt. Er musste einen kühlen Kopf bewahren und strukturiert vorgehen.

Seit Tagen beobachtete er nun die Villa in den Dünen. Noch hatte er keinen Plan, wie es weitergehen sollte. Nur eines stand unumstößlich fest; dieses Mal würde er es mit bloßen Händen tun. Er wollte sehen, wenn sie starb. Fühlen, wie das Leben langsam aus ihr herausglitt. Dabei sein, wenn sie diese Welt endlich verließ. Oh, man würde ihm danken. Und wie man ihm danken würde. Er würde in die Geschichte eingehen als der Mann, der Charlotte Dunken endlich ein Ende gesetzt hatte. Auch wenn ihm noch nicht ganz klar war, wie er an Charlotte herankommen sollte, es würde sich ein Weg finden. Er hatte jede Menge Zeit und Geduld. Nun ja, Geduld vielleicht nicht so sehr. Es juckte ihn in den Fingern, es bald zu tun. Aber er würde durchhalten, bis sich die perfekte Gelegenheit bot, Charlotte schlussendlich zu töten.

Und wie sagten die Leute immer so schön: Vorfreude sollte doch schließlich die schönste Freude sein. Davon zu träumen, wie er Charlotte erwürgte oder ein Messer in ihrer Brust langsam herumdrehte, war zwar lange nicht so gut, wie es wirklich zu tun, aber doch schon sehr befriedigend.

***

James kam sich irgendwie schäbig vor, dass er Charlotte nicht ein weiteres Mal besucht hatte. In einem Tag würde sie aus dem Krankenhaus entlassen, aber sie nach Hause zu fahren, überließ er dann doch lieber seiner Mutter und ihrem neuen Freund. Auch wenn sein Auto nicht gerade eines von der kleinen Sorte war, so konnte er sich absolut nicht vorstellen, mit dieser Frau auf so engem Raum allein zu sein. auch wenn die Fahrt nicht länger als eine halbe Stunde dauerte. Allein um dieses Gespräch, welches er vorhatte, mit ihr zu führen, drückte er sich nun schon seit Wochen. Seit drei Wochen hatte er sie nicht gesehen. So lange hatte es gedauert, bis Charlottes Verletzungen abgeklungen waren. Eine kurze Zeit, wenn man bedachte, was alles hätte passieren können. Noch immer schmerzte es ihn, daran zu denken, wie knapp die zierliche, blonde Frau mit diesen unglaublichen Locken dem Tod entronnen war. Er hatte gehofft, sie nicht zu sehen, würde sein Verlangen nach ihr endlich zum Schweigen bringen, aber mit dieser Annahme hatte er sich gründlich getäuscht. Egal wie viele Blumendekorationen er absegnete oder Einladungskarten er zusammen mit Vivien aussuchte. Er wollte seine Verlobte immer noch nicht heiraten und er konnte Charlotte nicht einmal für eine Sekunde vergessen. Nachts träumte er von ihr. Und tags musste er schon sehr genau auf seine Gedanken aufpassen, damit sie ihm nicht immer wieder entglitten, hin zu der wundervollen Nacht am Strand. Estelle machte die Sache nicht gerade besser. Seine Tochter vermisste Charlotte ebenso sehr wie er selbst. Allerdings konnte er ihr schlecht sagen, dass die junge Frau, die sie so unglaublich vermisste, niemals wieder für sie da sein

würde. Selbst eine besonders clevere und aufgeweckte Vierjährige würde nicht verstehen, dass Charlotte nicht länger
auf sie aufpassen konnte, weil sie von Berufswegen her mit
sehr vielen Männern schlief. Und da lag der eigentliche
Knackpunkt. Charlotte hatte ihn belogen. Sie hatte ihn aufs
Übelste hinters Licht geführt. Wie hatte sie so unschuldig dr-
einschauen können? Ihm das Gefühl geben, sie könnten offen
und ehrlich miteinander reden? Aber sie hatte ihm eben
nicht offen und ehrlich die Wahrheit gesagt. Wie hatte sie
ihm die Wahrheit über das, was sie tat, verheimlichen können? Nun, weil sie wahrscheinlich gewusst hatte, dass er
dann auf keinen Fall mehr mit ihr schlafen würde.

Und schon wieder drehten sich seine Gedanken unablässig
um dieses Thema. Es war gut, wenn der Sommer endlich
vorbei war. Wenn er wieder in der Stadt und voll und ganz
mit dem Wahlkampf beschäftigt sein würde. Dann war er
verheiratet und musste sich niemals wieder für eine Frau interessieren. Außer vielleicht für seine eigene – und dazu hatte
er wahrlich jetzt schon keine Lust.

Jedenfalls würde Charlotte dann schon lange weg sein. Er
hatte ihr eine Anstellung in Europa besorgt. Bei einer angese-
henen Familie, so dass er sich nicht schlecht fühlen musste,
was ihr finanzielles Auskommen anging. Dort, weit, weit weg
von Zuhause, würde keiner auf die Idee kommen, Nachfor-
schungen über ihr früheres Leben anzustellen.

Jetzt war er auf dem Weg, ihr dies zu sagen. Den Rest sollte seine Mutter übernehmen oder Veronica. Schließlich hatte
seine Schwester diesen Sozialfall angeschleppt. Sie oder seine
Mutter sollten Charlotte aus dem Krankenhaus abholen und

zwei Tage später zum Flughafen bringen; und dann würde er Ende der Woche heiraten.

James war froh, wenn diese verdammte Sache endlich vorbei war. Seine Mutter benahm sich wirklich seltsam wegen dieser Hochzeit. Eigentlich hatte er gedacht, dass sie begeistert sein würde, aber anscheinend hatte ihre neu entflammte Beziehung zu ihrem ehemaligen Gärtner sie vollkommen verändert. James erkannte Catherine jedenfalls nicht wieder. Sie war ein vollkommen anderer Mensch. Ehrlich gesagt gefiel seine Mutter ihm jetzt wesentlich besser als vorher. Allerdings fand er ihre ständigen Nachfragen sein Privatleben betreffend sehr nervig. Nur weil sie jetzt glücklich war, musste er es doch auch nicht zwangsläufig sein.

Seufzend blieb er vor der Tür von Charlottes Krankenzimmer stehen. Es war an der Zeit, die junge Frau fortzuschicken. Vielleicht würde sein Herz dann irgendwann wieder Ruhe finden können.

***

Charlotte fühlte sich noch immer, als wäre sie von einem Lastwagen überrollt worden. Obwohl sie eigentlich nur wusste, wie es war, wenn man von einem Motorrad überfahren wurde oder einem Baum lebensbedrohlich nahekam. Beides Erfahrungen, auf die sie liebend gern verzichtet hätte. Ihre Verletzungen waren weitestgehend abgeheilt, was jetzt noch schmerzte, war etwas, was die Ärzte seelische Verletzung nannten. Regelmäßig kam ein Psychologe zu Besuch, aber sie wusste nicht, was sie ihm sagen sollte. Der Therapeut hatte ihr gesagt, dass sie nicht schuld an Olivers Tod war, aber das musste er sagen. So was war schließlich sein Job. Dass sie sich trotzdem unglaublich verantwortlich fühlte, konnte auch sein einfühlsames Gerede nicht ändern. Und natürlich sagte er auch, dass sie sich keine Sorgen wegen Jake machen müsste, da die Polizei auf sie aufpassen würde. Aber auch dies musste er sagen. Ihr Exfreund Jake Kellerman war gefährlich. Wie sehr konnte selbst die Polizei nicht abschätzen. Der einzige, der wirklich erahnen konnte, wie brutal und gefährlich Jake wirklich war, war Oliver. Der war jetzt aber zu tot, um noch irgendetwas zu sagen. Charlotte wunderte sich immer noch, wie es hatte sein können, dass sie ihren psychopathischen Exfreund nicht in der allerersten Sekunde erkannt hatte. Schon am Pier, als sie sich beobachtet gefühlt hatte, hatte ihr Körper gespürt, dass er in der Nähe war und nun war sie nicht länger sicher vor ihm.

Jeden Tag sagte man ihr, dass sie auf Hochtouren nach Jake fahnden würden, und jeden Abend hatte die Wachablöse nichts Neues zu berichten. Charlotte wusste, dass die Polizei ihr Bestes tat, aber sie wussten einfach nicht, wie grausam und gestört Jake wirklich war. Keiner von ihnen hatte je versucht, mit ihm Schluss zu machen, weil der Irrsinn in seinen Augen einem eine Heidenangst einjagen konnte. Keiner der Polizisten vor ihrer Tür hatte alles verloren, weil er von Jake gejagt worden war.

Damals, nach dem Unfall, hatte Charlotte niemand geglaubt. Egal wie oft sie beteuert hatte, dass der Mann, den sie hinter Gitter gebracht hatten, ganz bestimmt von Jake Kellerman angeheuert worden war, um sie zu töten. Sie hatten über sie gelächelt, als wäre sie die Irre und nicht ihr psychopathischer Exfreund. Nun hatte Oliver die Rechnung dafür tragen müssen. All die Jahre über hatte sie eine tiefe, bohrende Angst in sich getragen, dass Jake es nicht reichen würde, sie in den Ruin gebracht zu haben. Und sie hatte schlussendlich recht behalten. Nur, dass ihr diese Erkenntnis herzlich wenig brachte. Jake war immer noch auf freiem Fuß. Er war clever. So schnell würde er sich nicht erwischen lassen. Und solange das der Fall war, waren alle Menschen, die sie liebte, in Gefahr.

Sie musste sich etwas einfallen lassen. Am besten war es, wenn sie sofort kündigte, sobald sie das Krankenhaus verlassen hatte. Außerdem liebte sie James noch immer. Sie würde es nicht aushalten, mit anzusehen, wie er Ende der Woche heiratete.

Die Zeitschriften, mit welchen sie die Schwestern zuschütteten, kannten im Moment kein anderes Thema als die bevorstehende Hochzeit von James und der Tochter des Bürgermeisters DiLaurentes. So sehr sich Charlotte Mühe gab, die ganzen Artikel zu ignorieren, sie wusste jetzt schon mehr über den Blumenschmuck dieser Hochzeit, als ihr lieb war. Es gab wilde Spekulationen darüber, was für ein Kleid die junge, attraktive Frau wohl tragen würde. Anscheinend hatte sie mehrere namhafte Designer beauftragt und würde sich erst in allerletzter Sekunde entscheiden.

Charlotte hasste es, an dieses Bett gefesselt zu sein. Aber Auch wenn sie hätte herumlaufen können; sie entkam den vielen Gedanken in ihrem Kopf einfach nicht. Wie hatte sie sich derart in James täuschen können? Sie hatte wirklich gedacht, dass er etwas für sie empfand, dabei hatte er einfach nur mit ihr schlafen wollen, und nachdem er dies erledigt hatte, zog er weiter und heiratete seine wunderhübsche Verlobte.

Ein leises Klopfen riss sie aus ihren trüben Gedanken. Noch im selben Augenblick ging die Tür auf und James trat ein. Charlottes Herz machte einen gewaltigen Satz, so dass der Monitor neben ihrem Bett ein gequältes Piepsen ausstieß. Na super, deutlicher hätte sie James auch mit einem Banner über dem Bett nicht sagen können, dass sie noch immer etwas für ihn empfand. Was machte er überhaupt hier? Nach ihrem Unfall hatte er es nicht einmal für nötig gehalten, vorbeizukommen.

Und wieso musste der attraktivste Mann auf diesem Erdball ausgerechnet ohne Ankündigung hier auftauchen? Sie sah ganz sicher schrecklich aus. Es war Tage her, dass ihr eine Schwester geholfen hatte, duschen zu gehen. Ihre Haare waren das reinste Chaos und natürlich schminkte sich niemand in einem Krankenhaus. Zumindest nicht als Patient. Unschlüssig stand James in der Tür. Warum sagte er denn nichts? Sie kam sich hilflos und dumm vor, wie sie da einfach herumlag und noch nicht einmal irgendetwas holen konnte, um ihre Hände abzulenken. Diese spürten nämlich mal wieder ganz genau, wie wundervoll sich James′ Brustmuskeln anfühlten, wenn ihre Fingerspitzen sie sanft berührten.

***

James kam sich dumm vor. Aus irgendeinem Grund versagte sein Gehirn vollkommen. Eigentlich kannte er den Grund nur zu gut. Es war Charlottes Gegenwart. Wirklich jeder Mensch hätte nach einem dreiwöchigen Krankenhausaufenthalt schrecklich ausgesehen. Nicht so Charlotte. Natürlich sah sie nicht aus wie das blühende Leben, aber trotz allem auf eine unglaublich zarte und zerbrechliche Art wundervoll. Ihre Haare kringelten sich in unbändigen Locken um ihr Gesicht, und ihre Augen waren so groß und blau, dass er nicht aufhören konnte, sie anzustarren. Oh Gott, sie musste ihn für schwachsinnig halten.

Er musste sich immerzu vergegenwärtigen, dass diese Frau skrupellos war. Bestimmt lachte sie sich hinter ihrer Maske aus Unschuld über ihn kaputt. Und trotzdem konnte er nicht verhindern, dass sein Herz aufgeregt in seiner Brust flatterte. Er musste das Gespräch schnell hinter sich bringen, damit er hier rauskam. Je länger er in Charlottes Gegenwart weilte, desto mehr schwand seine Überzeugung, dass dieser blonde Engel die Ausgeburt des Bösen sein sollte. Sie zu sehen, brachte ihn dazu, nicht länger an das zu glauben, was Vivien erzählt hatte. Vielmehr wollte er sie im Arm halten, ihr Gesicht mit zärtlichen Küssen benetzen und sie fragen, ob sie ihn heiraten wollte.

***

Es waren jetzt schon ein paar Minuten vergangen und James hatte immer noch nichts gesagt. Matt deutet Charlotte auf einen Stuhl in der Ecke. Eigentlich wollte sie, dass er ging, aber das konnte sie schlecht zum Sohn ihrer Arbeitgeberin sagen, also wartete sie weiter ab.

***

James ließ sich auf den Sessel sinken. Dass es so schwer sein würde, die junge Gesellschafterin seiner Mutter aus seinem Leben zu verbannen, hatte er nicht gedacht. Er räusperte sich.

»Miss Dunken.« Ja, das war ein guter Anfang. Förmlich und distanziert. So würde sie ganz genau wissen, dass sie ihn nicht um den Finger wickeln konnte. Er würde nicht ihr Sprungbrett aus dem moralischen Morast sein, in den sie sich selbst manövriert hatte. »In Anbetracht der Umstände halte ich es für sinnvoll, wenn Sie nicht länger für uns tätig sind.« So, das war raus. Erleichtert atmete James aus. Vorsichtig späte er in ihr Gesicht, um herauszufinden, wie Charlotte auf diese Nachricht reagieren würde. Allerdings konnte er keinerlei Regung in ihren riesigen, blauen Augen ausmachen. Diese Frau war wirklich eiskalt. Wahrscheinlich war ihr schon klar gewesen, dass sie jetzt, da Oliver tot war, all ihre Trümpfe verspielt hatte. »Ich habe mich umgehört und eine geeignete Stellung für Sie in Europa gefunden. Wenn Sie möchten, können Sie diese sofort antreten.« James räusperte sich, da Charlotte noch immer nicht einmal mit der Wimper zuckte. »So haben Sie keinen Lohnausfall.« Er hätte sich gegen die Stirn schlagen können. Eine Frau wie Charlotte hatte bestimmt kein Problem, Geld zu bekommen. Bei ihrem Aussehen. »Nun ja, also…« Und jetzt verhaspelte er sich auch noch. Er musste so schnell wie möglich zum Ende kommen, bevor er sich noch gänzlich vor Charlotte zum Narren machte. »Der Flug würde übermorgen gehen. Tickets sind bezahlt. Überlegen Sie es sich. Es kommt Sie dann jemand morgen früh abholen. Bis zu Ihrer Abreise werden Sie selbstverständlich noch bei uns wohnen. Auf Wiedersehen.« Mit diesen Worten sprang er auf und stürmte zur Tür hinaus. Auf dem Gang angekommen, ließ er sich schwer atmend gegen die Wand fallen. Er hatte so schnell gesprochen, dass er vergessen hatte, Luft zu holen. Am liebsten wäre James auf der Stelle umgedreht, wäre zu Charlotte ins Zimmer gestürzt, hätte sie an sich gezogen und gefragt, ob sie nicht für immer bei ihm bleiben wollte. Leider war dies aber keine Option. Er musste gehen.

Heute war die letzte Anprobe bei seinem Schneider. Dieser würde nicht erfreut sein, dass James so viel trainierte, aber irgendwie musste er dem Druck in seinem Inneren ja Ausdruck verleihen. Lächelnd dachte James daran, wie bewundernd Charlotte bei ihrem ersten Treffen seine Brustmuskeln bewundert hatte. Was sie für Augen machen würde, wenn sie sehen könnte, was das exzessive Training der letzten Wochen bewirkt hatte. Allerdings würde sie dies niemals herausfinden, denn er würde sich dieser Frau ganz bestimmt niemals wieder nackt zeigen. Das stand fest.

***

Mit Tränen in den Augen zog sich Charlotte, nachdem James das Zimmer verlassen hatte, die Decke über den Kopf.

Der Mann hatte jedes Recht, sie soweit wie möglich weg von sich und seiner Familie haben zu wollen. Trotzdem tat es schrecklich weh. Selbstverständlich hatte sie vorgehabt, selbst zu kündigen, schon allein, um Estelle zu schützen. Charlotte würde es nicht aushalten, die Kleine in Gefahr zu bringen. Dass James sie aber gleich bis nach Europa verfrachten wollte, traf sie hart. Wobei, vielleicht hatte er damit recht? Vielleicht war es gut, wenn sie das Land verließ? Jake würde nicht aufhören, sie zu jagen. Manchmal hatte sie sogar das Gefühl, dass er hier im Krankenhaus auf sie lauerte.

Im Ausland würde er sie wahrscheinlich nicht ganz so schnell finden und außerdem wären dann die Menschen, die sie liebte, in Sicherheit. Zumindest hoffte sie das. Wenn die Polizei Jake nicht binnen drei Tagen fand, war Europa wohl ihre einzige Chance, alle zu retten, die sie liebte. In gewisser Weise half ihr James also. Warum nur tat es trotzdem so weh, dass er sie loswerden wollte? Es war nur allzu gut, dass bald ein ganzer Ozean zwischen ihnen liegen würde. Vielleicht würde das endlich ausreichen, um diesen Mann mit den blauen Augen und den jungenhaften Grübchen zu vergessen.

Kapitel 22

James saß an seinem Schreibtisch und machte sich vor, zu arbeiten. Allerdings schaute er eigentlich nur gedankenverloren in den Garten und beobachtete seine Mutter, welche zusammen mit Phillip die Rosen beschnitt. In seinem ganzen Leben hatte er sie nie so glücklich gesehen. Seine sonst so gefasste Mutter wirkte locker und entspannt. Es gab viele Adjektive, welche auf seine Mutter passten, aber entspannt hatte ganz bestimmt niemals dazu gehört. Wer hätte gedacht, dass diese Frau, die niemals gewirkt hatte, als habe sie Gefühle, vor Jahren eine heimliche Liebschaft gehabt hatte? Jedenfalls freute sich James sehr für seine Mutter. Phillip war ein netter Mann. Sie hätte es wirklich schlechter treffen können. Und selbst wenn nicht, sie so glücklich zu sehen, machte alle Standesunterschiede wett. Für James war das alles sowieso nie wirklich von Bedeutung gewesen und wenn es seiner Mutter einerlei war, dass Phillip nur ein einfacher Gärtner vom Lande war, dann sollte es ihn erst recht nicht kümmern.

Es schien James, als wäre er schon seit Stunden mit dieser Mail zugange. Immer wieder setzte er an und verlor sich dann doch wieder in Tagträumen. Er konnte einfach keinen klaren Gedanken fassen, seit Charlotte aus dem Krankenhaus gekommen war. Was machte er sich vor? Seit Charlotte in sein Leben getreten war, konnte er sich nicht mehr konzentrieren. Gestern hatte er einen dringenden Termin in der Stadt als Vorwand genommen, um nicht zuhause zu sein, wenn Charlotte ankam; und nun versteckte er sich schon seit Stunden in seinem Arbeitszimmer. Er hatte seine Schwester gebeten, sich um Estelle zu kümmern. Auch wenn es unfair war, er hatte absolut keinen Nerv übrig, sich Estelles Fragen über Charlotte zu stellen. Morgen würde der ganze Spuk endlich vorüber sein. Dann würde Charlotte im Flugzeug sitzen und endlich aus seinem Leben verschwinden.

***

Charlotte kuschelte mit Estelle in einem Schaukelstuhl auf der Veranda und las ihr vor. Jede Sekunde, die ihr noch mit dem Mädchen blieb, wollte sie so gut es ging auskosten. Sie würde die Kleine unendlich vermissen, das hatte sie schon während ihres Krankenhausaufenthalts gemerkt. Wieder in der Villa zu sein, war ein seltsames Gefühl, jetzt, da sie wusste, dass sie hier nicht länger willkommen war. Nun ja, eigentlich stimmt das nicht ganz. Sowohl Catherine als auch Veronica waren sehr traurig über ihre baldige Abreise. Ein ums andere Mal hatten sie Charlotte gelöchert, warum sie denn verlassen wollte. Anscheinend hatte James gegenüber seiner Familie nicht ganz die Wahrheit gesagt. Immerhin war es seine und nicht ihre Idee gewesen, sie ins Exil zu schicken.

Andrerseits war die Lösung wirklich gut. Mit ihrer Abreise schützte sie die Familie Fitzgerald, und das war schließlich das Einzige, worauf es ankam. Es war das Beste, wenn sie so schnell wie möglich von hier verschwand. Jake war gefährlich und scheinbar hatte die Polizei den Ernst der Lage noch nicht wirklich erkannt. Außerdem, und das war vielleicht der ausschlaggebende Grund, nach Europa zu verschwinden, konnte sie keine Sekunde länger in Viviens Nähe verbringen. James´ Zukünftige fegte durch das Haus und hinterließ, wo sie auch hinkam, Dinge für die Hochzeit. Auch wenn Charlotte James eine glückliche Zukunft wirklich von Herzen wünschte, so war sie doch nicht stark genug, auch noch dabei zuzusehen.

»Ich gehe kurz hinein und hole uns etwas zu trinken und ein neues Buch«, sagte sie lächelnd zu Estelle und drückte der Kleinen einen Kuss auf den Kopf. Das Wichtigste war, dass sie ihre letzte verbleibende Zeit mit Estelle aus vollen Zügen genoss und dies würde sie sich von niemandem nehmen lassen.

***

James blickte erstaunt auf, als er sah, wie zwei uniformierte Beamte eilig durch den Garten auf seine Mutter und Phillip zuschritten. Schlussendlich hatte er es geschafft, diese Geschäftsmail zu Ende zu bringen, und eigentlich wollte er sich jetzt endlich anderen Dingen zuwenden. Die Polizisten im

Garten lenkten ihn allerdings zu sehr ab. Mit Arbeiten würde es erst einmal nichts mehr werden. Vielleicht war es besser, wenn er nach unten ging und sich anhörte, was die beiden Uniformierten zu sagen hatten. Seine Mutter sah nämlich bereits sichtlich verstört aus. Schnell sprang James auf und eilte nach unten.

»Guten Tag«, setzte er freundlich an, als er auf die beiden Beamten zueilte.

»James, gut, dass du kommst, du glaubst nicht, was uns die beiden netten Herren soeben berichtet haben.« Am Zittern in der Stimme seiner Mutter merkte James, dass es jedenfalls keine guten Nachrichten gewesen waren, welche sie derart erschüttert hatten. Einer der beiden Polizisten trat auf James zu und schüttelte ihm die Hand.

»Ich bin Officer Nicolas Ericsson.« James stellte sich ebenfalls vor. »Wie ich ihrer Mutter bereits gesagt habe, gibt es neue Erkenntnisse, was den Fall Oliver Johnson betrifft.« Officer Ericsson wirkte besorgt. »Die junge Dame, welche mit in dem verunglückten Auto saß, hatte zur Aussage gebracht, dass sie ihren Exfreund Jake Kellerman verdächtigt.« James nickte zustimmend. Natürlich hatte er keinen blassen Schimmer, wovon der Officer redete, da er mit Charlotte seit dem Unfall nicht mehr geredet hatte. Er wollte sich aber nicht anmerken lassen, dass er eben nicht genau wusste, worum es ging. Charlotte hatte ihm also auch in dieser Hinsicht nicht vertraut. War eigentlich irgendetwas von der Geschichte zwischen ihnen echt gewesen? Scheinbar wohl nicht.

»Nun, wir sind diesem Hinweis gefolgt und haben den Mann im Gefängnis besucht, der Ms. Dunken damals angefahren hat.« Augenblicklich musste James wieder an die vielen Narben denken, welche Charlottes Körper überzogen. Es war gut, dass die Beamten den Mann ausfindig gemacht hatten und nicht er. James hatte das Gefühl, dass er den Mann, sollte er ihm jemals begegnen, wahrscheinlich windelweich prügeln würde.

»Anscheinend haben ihm die Jahre im Gefängnis zugesetzt, denn im Gegenzug zu einiger Strafmilderung war er endlich bereit, auszupacken.« James wäre am liebsten aus der Haut gefahren. Dieser Dreckskerl hatte Charlottes Leben zerstört, wieso bekam er auch noch Strafmilderung?

»Laut seiner Aussage hat Jake Kellerman ihn damals beauftragt, Charlotte zu töten. Nur weil die Straße nass vom Regen war, ist das Motorrad ins Schlingern gekommen und hat Ms. Dunken nicht so getroffen, wie es geplant war.« James raufte sich die Haare. Was Officer Ericsson da mit unbewegter Stimme in ruhigem Tonfall vortrug, war Charlotte wirklich passiert. Sie hatte so etwas Schreckliches erleben müssen. Jemand wollte Charlottes Tod.

»Jedenfalls haben wir in Jake Kellermans Wohnung sehr ernstzunehmende Hinweise gefunden, dass er besessen von Charlotte Dunken ist. Besser gesagt, von ihrem Tod.« Die Stimme von Officer Ericsson klang immer noch sehr ruhig. In diesem Moment keuchte Catherine auf und Phillip konnte sie gerade noch festhalten, bevor sie das Gleichgewicht verlor. »Madam, ich verspreche Ihnen, dass wir alles in unserer Macht Stehende tun werden, um diesen Kellerman so schnell wie möglich ausfindig zu machen.« Mit diesen Worten winkte der Officer dem anderen Polizisten, Catherine einen Stuhl zu holen, bevor auch Phillips Kraft zur Neige ging.

»Wir werden einen Streifenwagen vor ihrem Haus postieren, welcher rund um die Uhr auf sie aufpasst.« Officer Ericsson streckte förmlich die Hand aus und verabschiedete sich von Catherine und Phillip. Dann legte er James die Hand auf die Schulter. »Könnte ich sie bitte unter vier Augen sprechen?« James nickte, unfähig, auch nur ein Wort zustande zu bringen. Es gab jemanden, der Charlottes Tod wollte, so sehr, dass er es bereits zweimal versucht hatte. Was war, wenn es beim dritten Mal gelang?

Natürlich wollte James Charlotte so weit weg wie möglich wissen, aber doch nicht gleich tot und leblos unter der Erde. Europa reichte ihm völlig. Anscheinend aber leider diesem Typen Jake Kellerman nicht.

»Ich wollte das nicht vor ihrer Mutter sagen, da sie sehr mitgenommen zu sein scheint.« Officer Ericsson schaute James ernst an. »Aber es gibt ein Problem.« Noch mehr Probleme? Für James' Geschmack hatten sie davon wirklich schon genügend. »Es gibt Hinweise drauf, dass Jake Kellerman Informationen, den Aufenthalt von Ms. Dunken betreffend, erhalten hat. Sie führen direkt hierher.« James schnappte nach Luft. Nicht nur, dass es eine Person gab, die Charlotte tot sehen wollte, anscheinend hatte diese auch noch Komplizen? Was hatte Charlotte bitteschön verbrochen, dass derart viele Menschen sie hassten?

»Wir haben eine Fahndung nach Kellerman herausgegeben. Aber bislang fehlt von ihm jede Spur.« War es überhaupt erlaubt, dass Polizisten derart besorgt aussahen? Wie sollte man sich denn so sicher fühlen? James jedenfalls war langsam alles andere als wohl in seiner Haut. Und auch nicht mehr in seinem Garten. Langsam bekam er sogar das Gefühl, beobachtet zu werden. Vielleicht wurde er jetzt sogar schon paranoid.

»Wären sie bitte so freundlich, Ms. Dunken die ganze Sache so schonend wie möglich beizubringen? Wir wissen, dass sie nach dem Unfall immer noch geschwächt ist. In solchen Fällen ist es leichter, wenn eine nahestehende Person schlechte Botschaften überbringt und nicht gerade wir.« Officer Ericsson lachte, als habe er einen köstlichen Witz gerissen. James fand das Ganze allerdings alles andere als lustig. Dieser nette Officer, der es scheinbar nicht einmal schaffte, mordlüsterne Psychopathen dingfest zu machen, übertrug ihm die Aufgabe, mit Charlotte zu reden? Ganz bestimmt nicht.

Er würde nicht derjenige sein, der Charlotte in Angst und Schrecken versetzte, zumal der Officer gesagt hatte, es solle jemand sein, der ihr nahestand. Und er stand Charlotte ganz bestimmt nicht nahe.

Freundlich verabschiedete sich James von den Polizisten. Er war gespannt, wann der Polizeiwagen auftauchen würde, der auf sie alle aufpassen sollte. Jetzt musste er allerdings erst einmal seine Schwester suchen. Seine Mutter war jedenfalls nicht in der Lage, Charlotte irgendetwas zu erzählen, ohne für noch größere Angst als ohnehin schon zu sorgen. Veronica war die Richtige für den Job. Und wenn er nach seiner Schwester schaute, konnte er auch gleich seine Tochter einsammeln, denn so lange ein kranker Mörder auf freiem Fuß

war, der ihnen womöglich allen schaden wollte, weil Charlotte hier wohnte, würde er Estelle keine Sekunde länger aus
den Augen lassen.

Kapitel 23

Erstaunt blickte Veronica auf, als sie sah, wie ihr Bruder auf sie zustürmte.

»Warte mal kurz.« Sie stemmte ihre Hände gegen Rouvens muskelbepackte Brust, als der sie erneut küssen wollte. Dieser schaute sie erstaunt an. In den vergangenen Wochen hatte Veronica nicht einmal nein zu ihm gesagt. Energisch deutete sie mit dem Kopf in Richtung ihres Bruders. Dieser stapfte durch den Sand auf sie zu. Leichtfüßig sprang Veronica auf und ging dem älteren ihrer Brüder entgegen. Seit Kindertagen standen sie beide sich sehr nah. Instinktiv spürte sie, dass er nicht an den Strand gekommen war, um ebenfalls wie sie und Rouven die Sonne zu genießen. Sie fühlte, dass irgendetwas ganz und gar nicht in Ordnung war, obwohl sie seinen Gesichtsausdruck noch gar nicht richtig deuten konnte. Vielleicht hatte es etwas mit der übereilten Hochzeit zu tun? Veronica verstand immer noch nicht, was genau zwischen ihrem Bruder und Charlotte schief gegangen war. Sie hatte einen untrüglichen Instinkt, was zwischenmenschliche

Beziehungen anging. Zwischen James und Charlotte hatte es gewaltig geknistert. Da konnte ihr Bruder heiraten, wen er wollte, ihr machte er nichts vor. Sie hob die Hand gegen die Sonne über die Augen und schaute auf James' hochgewachsene Gestalt. Jetzt sah sie, wie besorgt er aussah. Sein Gesichtsausdruck war verschlossen. Mit einem Schlag bekam Veronica ein mulmiges Gefühl in der Magengegend. Irgendetwas war hier ganz und gar nicht in Ordnung, das sagte ihr ihr Instinkt.

»Na, Bruderherz?« James war bei ihr angekommen. Veronica stellte sich auf die Zehenspitzen und hauchte ihm einen Kuss auf die Wange. Aufmerksam schaute sie ihn an. Sie sah, wie ihr Bruder sich hilflos die Haare raufte.

»Du musst mir einen Gefallen tun«, sagte er rau.

»Ok, ich rede mit Vivien«, bot sie eilig an.

»Warum?« Erstaunt schaute James sie an.

»Ach, es geht gar nicht um deine viel zu überstürzte Hochzeit mit einer Frau, die du nicht liebst?« Fragend zog Veronica die Augenbraue hoch.

»Nein«, erwiderte ihr Bruder abwehrend. »Wie kommst du denn auf die Idee?«

»Sei mir nicht böse.« Sie legte ihm den Arm um die Schulter. »Du siehst nicht gerade aus wie ein Mann, der überglücklich ist, zu heiraten.«

»Wie sollte ich denn bitte deiner Mein…ach, egal«, unterbrach sich James mitten im Satz. Zerstreut blickte ihr Bruder sich am Strand um. Veronica wurde das Gefühl nicht los, dass er sich wegen irgendetwas schreckliche Sorgen machte.

»Wo ist Charlotte?« Fragend schaute er seine kleine Schwester an.

»Vorhin war sie mit Estelle auf der Terrasse. Wieso?« Veronica kam das Verhalten ihres Bruders immer seltsamer vor.

»Wie konntest du nur!«, brach es plötzlich mit einer Heftigkeit aus James heraus, mit der Veronica nicht gerechnet hatte.

»Was meinst du?«, verwirrt blieb sie stehen. »Könntest du vielleicht bitte endlich mal aufhören, in Hieroglyphen zu reden?«

»*Du* solltest auf Estelle aufpassen!«, fauchte James sie an.

»Ja, und dein süßes Töchterlein ist nun einmal lieber bei Charlotte als bei mir.« Veronica rang die Hände. »Sie liebt sie einfach abgöttisch, da ist die Tante eben abgeschrieben. Und außerdem hat sie sie drei Wochen nicht gesehen.« Beruhigend tätschelte sie ihrem Bruder den Rücken. »Sie fährt morgen. Gib den beiden doch ein bisschen Zeit, sich zu verabschieden!« Veronica zog ihre Hand zurück. »Auch wenn ich immer noch der Meinung bin, dass du Charlotte nicht hättest wegschicken müssen«, setzte sie in knurrigem Tonfall hinzu. Ihr großer Bruder benahm sich einfach lächerlich. Die Hochzeit, dass er Charlotte auf einen anderen Kontinent verbannte, das Alles tat er doch nur, weil er sich aus irgendeinem seltsamen Grund nicht eingestehen wollte, dass er sie liebte. Hoffentlich wurde James langsam klar, dass Charlotte nicht nur die Nummer eins für seine Tochter war, sondern auch für ihn. Veronica merkte selbst, dass sie die Stimme etwas zu sehr erhoben hatte. Im selben Moment tat ihr dies schon wieder leid. Andrerseits, was konnte sie denn bitteschön dafür, dass ihr Bruder so dumm war, seinen Gefühlen Charlotte gegenüber nicht nachzugehen? Anstatt ehrlich zu sich zu sein, wollte er so schnell wie möglich die Zicke Vivien heiraten.

»Okay«, James schaute sich verzweifelt am Strand um. Seine Haare waren wirr, so oft hatte er sie in den letzten Minuten gerauft. »Sag ihr bitte, dass sie aufpassen und am besten im Haus bleiben soll.« Erstaunt blickte Veronica ihren verzweifelt wirkenden Bruder an.

»Du weißt, dass sie morgen fliegt?« Viel Zeit, sie zurückzuerobern, blieb ihrem Bruder nicht mehr. Scheinbar wurde ihm das jetzt erst bewusst. »Du kannst sie nicht hierbehalten, indem du sie im Haus einsperrst.« Langsam kam ihr James etwas unzurechnungsfähig vor.

»Sie fährt nicht«, antwortete dieser knapp. »Die Polizei war gerade da. Ihr Exfreund ist verschwunden und es gibt Hinweise darauf, dass er schuld ist an Olivers Tod!«

***

James verschwieg seiner Schwester bewusst, dass Jake Kellerman ein von Charlotte geradezu besessener Psychopath war. Veronica würde sich viel zu sehr aufregen. »Sie tun alles, um ihn zu finden«, setzte er beschwichtigend hinzu. Dass die Polizei vorsichtshalber eine Streife zu Charlottes Schutz postiert hatte, verschwieg er lieber ebenfalls. Veronica sollte sich nicht zu sehr in die ganze Sache hineinsteigern. Leider tat sie aber genau das.

»Was?« Ihre Stimme klang schrill. »Der Jake Kellerman, der Ihre Karriere zerstört hat? Der Jake Kellerman, der einen Mann dafür bezahlt hat, dass er sie umbringen soll?« Woher wusste seine Schwester das alles? Und warum hatte Charlotte ihm das nicht erzählt? Zu ihm war sie nicht so offen und ehrlich gewesen. Wie bei allem anderen auch, was sie betraf. Wahrscheinlich wusste die ganze Welt über Charlotte und ihr Leben Bescheid. Er war bestimmt der einzige Idiot, der von allem nichts gewusst hatte. Frustriert stöhnte er auf. Wie hatte er sich auch nur eine Sekunde einbilden können, dass zwischen ihnen eine besondere Verbindung bestanden hatte? Egal, es machte keinen Sinn, sich weiter mit dieser Frau zu beschäftigen.

»Du bist mit ihr befreundet.« Nun klopfte er seiner Schwester aufmunternd auf die Schulter. »Sagst du ihr bitte Bescheid?« Mit diesen Worten drehte sich um, um zum Haus zurückzugehen.

»Und du bist ein Arschloch, James Fitzgerald.« Seine Schwester riss ihn energisch am Arm zurück. »Wieso sagst du ihr das nicht selbst? Verdammt, deine Tochter ist bei ihr.«

»Ja, genau!« James' Stimme hatte einen gefährlichen Unterton. Wütend funkelte er Veronica an. »Du solltest dich um sie kümmern. Ich hätte sie niemals hiergelassen, wenn ich gewusst hätte, wie verantwortungslos du doch bist!«

»Wie bitte?« Jetzt funkelten auch Veronicas Augen angriffslustig. »Verantwortungslos, wenn ich dein Kind bei einer Person lasse, die sich wirklich um sie kümmert. Die sie über alles liebt! Deine neue Frau hasst deine Tochter. Tut mir leid, wenn du das selbst noch nicht mitbekommen hast.«

Schwer atmend hörte Veronica auf, zu brüllen, und schaute sich nach den anderen Badegästen um. Normalerweise hielt die Familie Fitzgerald nichts von öffentlichen Ausbrüchen.

James fühlte, wie seine Argumente sich in Luft aufzulösen begannen. Natürlich liebte Charlotte Estelle und an dieser Zuneigung war auch nichts gespielt. Kein Schauspieler der Welt war so gut, dass er eine Kinderseele täuschen konnte. Seine Schwester hatte recht. Das wussten sie beide. Einen Trumpf hatte er allerdings noch in der Hand.

»Vielleicht mag meine Verlobte Kinder nicht ganz so gern, aber dafür ist Vivien keine billige Prostituierte!« In diesem Moment, in dem er die Worte aussprach, wusste er, dass er zu weit gegangen war. Veronica schaute ihn mit offenem Mund an.

»Wie bitte?« Ihre Worte waren nicht mehr als ein drohendes Zischen. »Und wer soll das deiner Meinung nach bitte sein? Ich vielleicht?«

»Mach dich nicht lächerlich.« James war bei Veronicas Worten heftig zusammengezuckt. So ganz verstand er ihre Reaktion nicht. Wie kam seine Schwester denn darauf, dass er sie meinen könnte? Sie musste doch wissen, was Charlotte so trieb, wenn sie schon die ganze Geschichte mit Jake Kellerman wusste.

»Vivien hat einen Privatdetektiv engagiert und der hat gesagt, dass Charlotte…«, stotterte er und brach ab, als er Veronicas ungläubigen Blick sah.

»Und dem glaubst du ungeprüft?« Veronica schnaubte abfällig. Sie ließ keinen Zweifel daran, dass sie ihren Bruder gerade für ziemlich beschränkt hielt. »Charlotte soll sich prostituiert haben?« Sie prustete los. »Das meinst du nicht ernst!«

James merkte selbst, wie dämlich das klang. Es war das erste Mal seit Wochen, dass er darüber sprach. Es laut auszusprechen, kam ihm seltsam vor. Wie immer, wenn er darüber nachdachte, passte es einfach nicht zu der liebevollen und sanften Charlotte, die er kennengelernt hatte.

Seine Verlobte hingegen stand in dem Ruf eiskalt und berechnend zu sein. Warum zum Teufel hatte er Viviens Aussage unbesehen Glauben geschenkt? Weil es zu einfach gewesen war? Weil es bedeutete, dass er sein langweiliges gefühlloses Leben einfach so weiterleben konnte? Weil er keine Verantwortung für sein Handeln hatte übernehmen müssen?

»Du hältst mich also für eine naive dumme Göre, welche ihrer Mutter Kriminelle auf den Hals hetzt?«, fauchte Veronica ihn an. Seine sonst so sanftmütige Schwester schien wirklich wütend zu sein. Langsam kam sich James immer dümmer vor. Warum hatte er ihr nicht genug vertraut? Veronica hatte von klein auf einen untrüglichen Instinkt Menschen gegenüber besessen. Auch wenn sie dies leider nicht davon abhielt, sich immer die falschen Männer zu suchen. Trotzdem hätte sie ihrer Mutter niemals eine zwielichtige Person an die Seite gestellt. »Charlotte hat einen einzigen winzigen Fehler gemacht.« Anklagend sah Veronica ihn an. »Das hast du natürlich in deinem ganzen Leben noch nie gemacht.« Herausfordernd blickte ihm seine kleine Schwester direkt in die Augen. »Ehrlich gesagt, finde ich, was Charlotte getan hat, noch nicht mal verwerflich. Sie stand mit dem Rü-

cken zur Wand. Was hätte sie denn bitte anderes tun sollen?«
James lachte trocken auf. Seine Schwester hatte wirklich Nerven. Hoffentlich hatte sie selbst sich noch nicht für Geld ausgezogen, wenn sie so dafür Partei ergriff.

»Sich mit vollkommen Fremden zu vergnügen, findest du also keineswegs verwerflich?« Er zog anzüglich seine Braue nach oben.

»Wie borniert bist du denn bitte?«, spuckte Veronica verächtlich aus. »Erstens sie hat nur getanzt und hatte etwas an.« Sie unterbrach sich. »Zugegeben, es war nicht viel, aber egal. Und zweitens,« sie hob die Hand, »hat sie nur einen einzigen Nachmittag in dieser Bar gearbeitet und der hat ihr ganz bestimmt kein Vergnügen bereitet! Ein Nachmittag ist jetzt nicht unbedingt die Zeitspanne, in der man vom Engel zur Hure wird.« James blickte seine Schwester geschockt an.

»Was?«, flüsterte er heiser. Es fühlte sich an, als habe sein Herz aufgehört, zu schlagen. Was hatte Veronica da gerade gesagt. Einen Nachmittag getanzt? Vivien hatte ihn definitiv hinters Licht geführt. Was für ein Idiot er doch war. Ohne sie zu hinterfragen, hatte er ihre Geschichte geglaubt. Am liebsten hätte er den Kopf in den Sand gesteckt. Auch wenn davon jede Menge vorhanden war, dafür hatte er jetzt keine Zeit mehr. Er musste so schnell wie möglich zu Charlotte. Vielleicht war es noch nicht zu spät?

»Ich bin so ein Idiot«, murmelte er.

»Wie gut, dass du es endlich einsiehst.« Veronica nahm ihn in den Arm.

»Sagst du es ihr jetzt bitte selbst?« Mit großen Augen sah sie ihn von unten herauf an.

»Das sollte ich vielleicht wirklich tun«, erwiderte James kleinlaut. »Danke, dass du deinem dummen großen Bruder die Augen geöffnet hast.« Müde fuhr er sich mit der Hand über die Augen.

»Immer wieder gern.« Veronica drückte ihren großen Bruder fest an sich. »Komm, wir gehen zu Charlotte.« Sie winkte Rouven, dass er sich beeilen sollte. Wie immer sprang ihr Lover schnell auf, um ihren Wünschen gerecht zu werden. »Wenn Charlotte wirklich bedroht wird, kann sie alle Unterstützung gebrauchen«, setzte Veronica energisch an und marschierte in ihrem winzigen Bikini los in Richtung Villa.

James nickte stumm. Inständig hoffte er, dass es noch nicht zu spät war. Dass die Liebe seines Lebens ihm verzieh, dass er so ein riesengroßer Idiot gewesen war. Plötzlich hatte er das Gefühl, keine Zeit mehr zu haben. Er überholte seine Schwester und lief im Dauerlauf zum Haus zurück.

Vor seinen Augen sah er Charlotte, wie sie mit Estelle auf der Veranda spielte. Er würde sie auf Knien um Verzeihung bitten. Sie musste ihm verzeihen, und wenn er dafür sein ganzes Leben lang auf allen Vieren kriechen musste. Es war noch nicht zu spät für eine gemeinsame Zukunft.

Doch als er über die Dünen kam und zum Haus blickte, traf ihn fast der Schlag. Die Veranda war leer. Von Charlotte und Estelle fehlte jede Spur.

Kapitel 24

Es war leicht gewesen. Viel zu leicht. Irgendwie hatte er gehofft, dass es schwieriger sein würde. Das merkte er jetzt, da die Jagd unverhofft schnell vorbei war. So viele Jahre des Wartens und dann lief sie ihm einfach so in die Hände? Nach zwei gescheiterten Versuchen war es so leicht, sie zu schnappen?

Zugegeben, das Mädchen war ein Geschenk des Himmels gewesen. Charlotte wurde zu Wachs in seinen Händen, nachdem sie gesehen hatte, wer da neben ihm an seiner Hand lief. Die kleine Estelle war wirklich zu vertrauensselig. Hatte ihr denn niemand beigebracht, dass man nicht mit Fremden mitging? Bis jetzt hatte er die Waffe, welche er im Holster unter seiner Jacke trug, gar nicht gebraucht. Er liebte dieses Land, wo Waffen auf Bäumen wuchsen.

Noch hatte er nicht entschieden, wie er die Welt von Charlotte befreien wollte. Er hielt sich gerne alle Optionen offen. So spannend es sein würde zu sehen, wie sie panisch auf den Lauf seiner Waffe starrte – genauso wundervoll würde es sein, es mit bloßen Händen zu tun. Ganz nah dran, den letzten Hauch Leben aus ihren wundervollen blauen Augen entweichen zu sehen. Das Wichtigste aber war, dass er jetzt stark blieb. Immerhin wusste er, wie leicht sie ihn manipulieren konnte. Er würde nicht so dumm sein, jemals wieder darauf hereinzufallen.

Jake hatte vergessen, wie gut sie roch. Wie schön sie doch war. Im hellen Licht des Tages sah sie aus wie ein Engel. Er hatte nicht mehr viel Zeit. Je länger er mit ihr zusammen war, desto größer wurde die Gefahr. Noch zauderte er, ob er ein letztes Mal mit ihr schlafen sollte. Immerhin verzehrte er sich schon seit Jahren danach, ihren perfekten Körper noch einmal unter sich zu spüren. Nun, wie alles andere auch, würde er dies spontan entscheiden müssen. Die Polizei hatte seine Wohnung durchsucht. In seinem Versteck im Garten der Fitzgeralds hatte er alles mitbekommen. Auch gut. Dann wussten sie eben Bescheid. Trotzdem war er ihnen einen Schritt voraus. In den letzten Wochen hatte er Zeit gehabt, sich in der Gegend umzuschauen. Der Telefonanruf, der ihm sagte, wo er Charlotte finden konnte, hätte zu keinem besseren Zeitpunkt kommen können. Zugegeben, der Autounfall war etwas missglückt. Aber da hatte er auch keine Vorbereitungszeit gehabt. Jetzt war er in Höchstform, nüchtern und bereit, die Sache durchzuziehen. Ein drittes Mal würde er nicht scheitern. Schade nur, dass die Polizei bereits die Lunte gerochen hatte, so musste er sich ein wenig mehr beeilen, als ihm lieb war. Trotzdem würde er es voll auskosten. Er würde jede Minute, in der er Charlotte tötete, mit Leib und Seele genießen.

225

***

Panisch schaute James sich im Garten um. Sowohl von seiner Tochter als auch von Charlotte fehlte jede Spur.

»Hast du sie gefunden?«, hörte er hinter sich die besorgte Stimme seiner Schwester. Stumm schüttelte er den Kopf. Die beiden waren wie vom Erdboden verschwunden! In seinem Magen schwelte die Angst. Warum war er nicht direkt zu Charlotte gegangen, nachdem er von Officer Ericsson die schlechte Nachricht erhalten hatte?

»Vielleicht sind sie ins Dorf gefahren?« Obwohl Veronica sich alle Mühe gab, klang sie alles andere als zuversichtlich. Müde schüttelte James den Kopf.

»Das glaube ich nicht. Sie hat keine Nachricht hinterlassen. So etwas sieht ihr ganz und gar nicht ähnlich.« Der Satz hing zwischen ihnen in der Luft. Sie wussten beide, was es zu bedeuten hatte, wenn sie Charlotte und Estelle nicht fanden.

»Ich gehe und rede mit den Polizisten, die zu Charlottes Schutz abgestellt wurden.« James setzte sich in Bewegung. »Wir müssen so schnell wie möglich einen Suchtrupp zusammenstellen. Ich hoffe, wir kommen nicht zu spät.« Die letzten Worte murmelte er mehr zu sich selbst. Es war seine Schuld, wenn sie zu spät kamen. Sein Stolz würde schuld sein, wenn seine Tochter und die Liebe seines Lebens ermordet wurden. Von einem Psychopathen, der schon viel früher hätte gefasst werden können.

Aber es machte keinen Sinn, sich Gedanken um die Vergangenheit zu machen. Er musste jetzt alles daransetzen, die

Angelegenheit in Ordnung zu bringen. Er würde auf jeden Fall Vivien verlassen. Es war ihm egal, was sie gegen ihn in der Hand hatte. Sie würde seine Beziehung zu Charlotte nicht zerstören können. Wenn es eine Chance auf diese überhaupt noch gab. Inständig hoffte er, dass Charlotte überhaupt noch am Leben war.

»Du gibst sie mir zurück.« Zischte er wütend in Richtung Himmel. Selbst wenn Charlotte ihn nicht mehr wollte, sie musste leben. Und seine Tochter sollte die Möglichkeit haben, zu einer jungen, wunderhübschen Frau heranwachsen zu dürfen. So unfair konnte das Leben nicht sein, dass es sie so früh von ihm nahm. Vollkommen außer Atem kam er bei dem Polizeiwagen an. Sie hatten das Auto ein gutes Stück den Weg hinauf geparkt. Wie wollte die Polizei eigentlich so weit weg vom Haus auf Charlotte aufpassen? Allerdings war es dafür sowieso schon zu spät.

Seine Worte überschlugen sich fast, als er in wahnsinnigem Tempo den Polizisten Bericht erstattete. Wenigstens waren diese sofort derselben Meinung wie er. Es war kein gutes Zeichen, dass von Charlotte jede Spur fehlte. Nur damit, dass die Familie zuhause bleiben und die Suche den Beamten überlassen sollten, waren sie getrennter Ansicht. Schließlich konnten die beiden Polizisten James nicht davon abhalten, ebenfalls nach Charlotte zu suchen. Endlich war er sich absolut sicher, was er wollte: Ein Leben zusammen mit Charlotte. Und das würde er sich von keinem Psychopathen dieser Welt kaputtmachen lassen.

Veronica und Rouven waren genauso wenig bereit, zu warten. Veronica machte sich furchtbare Sorgen und ließ sich nicht in ihrem Wunsch beirren, nach Charlotte zu suchen. Rouven hielt zwar nicht viel von dieser Idee, wollte aber seine Freundin nicht allein losziehen lassen. Immerhin hatten sie es hier mit einem handfesten Psychopathen zu tun. Also beschlossen sie, sich aufzuteilen. Das Paar würde den Strand absuchen, während James sich auf in Richtung Landesinnere machte. Catherine und Phillip wollten im Dorf nachschauen, ob Charlotte und Estelle nicht vielleicht doch nur ein Eis essen gegangen waren. Inständig hoffte James, dass seine Mutter die beiden wohlbehalten in der Eisdiele vorfinden würde. Allerdings sagte sein Instinkt ihm bereits, dass dies nicht der Wahrheit entsprach. Sein Herz, welches immer bereits ein paar Minuten, bevor Charlotte den Raum betrat, zu klopfen begonnen hatte, wusste, dass sie in Lebensgefahr schwebte. Sie hatten diese unerklärliche Verbindung, welche manchmal zwischen Menschen, die sich über alles liebten, entstehen konnte. Fast hätte er laut losgelacht. Wer hätte gedacht, dass Charlotte schlussendlich aus ihm doch noch einen Romantiker machen würde?

***

Charlotte wusste, dass es für sie keinen Ausweg mehr gab. Jake war ein Psychopath. Er hatte Oliver getötet und vor Jahren kein Problem damit gehabt, einen Killer zu engagieren. Das Einzige, um das sie kämpfen würde, war, dass Jake Estelle frei ließ. Die Kleine sollte nicht für Charlotte leiden müssen. Das Mädchen hatte noch ein ganzes Leben vor sich. Charlotte würde alles dafür tun, dass Estelle dieses auch würde leben können. Panisch stolperte sie hinter Jake her. Er hatte sie gefesselt und geknebelt und führte sie jetzt wie Hunde hinter sich. Am liebsten hätte sie sich gewehrt, um sich geschlagen, aber die Angst um Estelle hielt sie zurück. Sie musste warten, bis sich ein geeigneter Zeitpunkt ergab, die Kleine zu befreien.

Der kleine Wald, zu welchem er sie führte, lag nicht weit von der Villa entfernt. Jake musste sich sicher sein, dass es schnell gehen würde. Sollte jemand nach ihnen suchen, würde es nicht allzu lange dauern, bis man auf diesen Ort kam. Estelle neben ihr wimmerte leise. Aufmunternd versuchte Charlotte, ihr zuzublinzeln. Das Kind musste durchhalten, bis sie einen Weg finden würde, Estelle zu befreien. Jake mochte ein Psychopath sein, aber schließlich kannte sie ihn schon eine ganze Weile. Dieser Umstand musste doch für irgendetwas gut sein? Fieberhaft durchforstete Charlotte ihr Gehirn nach einem Plan. Leider fiel ihr absolut nichts ein. Nun, auf der Bühne hatte sie gelernt, zu improvisieren, wenn alle Stricke rissen. Inständig hoffte sie, dass sich eine gute Gelegenheit ergeben würde, Estelle zu befreien.

Kapitel 25

Das Licht fiel durch die Bäume und tauchte die Szene in unwirkliches Licht. Genau das Szenario, welches er sich vorgestellt hatte. Charlotte das Leben zu nehmen, würde etwas Magisches an sich haben. Dann würde er endlich frei sein. Langsam schritt er auf die junge Frau zu. Mit der rechten Hand hielt er ein Messer fest umklammert. Sie zu erschießen, war ihm nicht genug, das hatte er nun eingesehen. Er wollte sie leiden sehen. Fühlen, wenn sie ihren letzten Atemzug tat. Hautnah wollte er dabei sein, wenn sie ihn anflehte, sie am Leben zu lassen. Und wie sie betteln würde. Aber für sie gab es keine Gnade. Genauso, wie sie kein Mitleid mit ihm gehabt hatte, als er sie angefleht hatte, doch bei ihr zu bleiben.

***

Charlotte wurde schwindelig. Der Knebel in ihrem Mund machte das Atmen schwer. Panisch versuchte sie, die Fesseln an ihrem Handgelenk zu lösen. Wäre es nur um sie gegangen, hätte sie sich vielleicht in das Unausweichliche gefügt. Ihr Leben machte sowieso keinen großen Sinn mehr. Seit James beschlossen hatte, Vivien zu heiraten, wusste sie, dass er sie nie geliebt hatte. Vielleicht war es besser, wenn ihr Leben heute zu Ende ging. Für sie war es in Ordnung, zu sterben, hier aber ging es um Estelle. Sie liebte das kleine Mädchen, als wäre es ihre eigene Tochter. Charlotte musste sie retten, koste es, was es wolle.

Langsam kam Jake auf sie zu. Er hielt ein Messer in den Händen. Schützend versuchte sie, Estelles kleinen Körper so gut wie möglich mit dem ihren abzuschirmen. Er durfte ihr nichts antun. Selbst wenn sie hier lebend rauskam, würde die Kleine wahrscheinlich für Jahre traumatisiert sein. Es tat Charlotte so unendlich leid. Wäre sie nicht bei ihr gewesen, hätte Estelle dies alles nicht miterleben müssen. Charlotte schluchzte auf. Sie blickte nach oben in Jakes vom Wahnsinn verzerrtes Gesicht. Wie viele Minuten blieben ihr noch? Oder waren es vielleicht nur Sekunden? Fieberhaft dachte sie nach. Das Seil um ihre Handgelenke wurde einfach nicht lockerer. Sie spürte, wie warmes Blut ihren Arm hinunter zu laufen begann. Wenn sie die Arme so drehte, das sie nach unten hingen? Vielleicht würde das Blut ihre Handgelenke so nass machen, dass sie die Seile loswerden konnte?

Unauffällig veränderte sie ihre Position. Es war ein Glück, dass Jake schon immer einen Hang zur Dramatik gehabt hatte. Sonst hätte er womöglich schon lange zugestochen. Er setzte sich eben nicht nur gerne auf der Bühne in Szene. Charlotte merkte, wie Ihre Hände glitschiger wurden. Den brennenden Schmerz ignorierend, riss sie die Arme hoch. Sie war frei.

Eilig riss Charlotte sich den Knebel aus dem Mund und stürzte im selben Moment nach vorne. Mit diesem Manöver hatte Jake nicht gerechnet und so hatte sie den Überraschungsmoment auf ihrer Seite. Sie rammte ihn und er ging strauchelnd zu Boden. Lange würde sie gegen den viel stärkeren Jake nicht bestehen können. Allerdings hoffte sie, lange genug durchzuhalten, so dass Estelle fliehen konnte.

»Lauf«, brüllte sie dem Kind zu. Im selben Moment rappelte Jake sich auf. Sie musste nicht gewinnen, nur so lange die Oberhand behalten, bis Estelle genug Wegstrecke zwischen sich und die Lichtung im Wald gebracht hatte. Inständig flehte sie Estelle an, zu fliehen, während sie mit Jake rang. Das Messer war im Gerangel zu Boden gefallen, aber Charlotte machte sich keine Illusionen. Sobald ihre Kräfte nachließen, würde Jake sie mit bloßen Händen erwürgen, das spürte sie deutlich. Aus den Augenwinkeln sah sie, wie Estelle zauderte.

»Bitte, lass mich allein und lauf zurück zum Haus«, brüllte sie verzweifelt. Estelle musste jetzt unbedingt auf sie hören. Langsam verließ sie die Kraft. Sie hatte nicht gewusst, dass Jake so stark war.

»Du musst die Polizei holen!« Jake verpasste ihr eine schallende Ohrfeige. Während sie zu Boden stürzte, sah sie, wie das Kind mit wehendem Rock im Unterholz verschwand. Eine Sekunde lang hatte sie panische Angst, Jake würde dem Mädchen folgen, doch dann spürte sie seinen Atem auf ihrer Haut.

Erleichtert seufzte sie auf. Jake hatte nicht vor, Estelle zu folgen. Hier ging es einzig und allein um sie. Erschöpft schloss Charlotte die Augen und ließ sich zurück auf den Waldboden fallen. Jetzt war es aus. Jake würde sie, auf welchem Weg auch immer, umbringen. Die Hauptsache war, dass Estelle in Sicherheit war. Mehr interessierte Charlotte nicht. Bis Jake mit ihr fertig war, würde das Kind beim Haus und somit in Sicherheit sein.

Quälend langsam schlich Jake um sie herum. Sie wusste, was er vorhatte. Er wollte sie foltern. Jake wollte, dass sie ihn anflehte, sie zu verschonen, aber diesen Gefallen würde sie ihm nicht tun. Sie öffnete die Augen und schaute ihm fest in die Augen. Sie wollte ihrem Mörder ins Gesicht sehen, wenn er es tat. Sie würde nicht so schwach sein, sich ihm zu entziehen. Charlotte wollte, dass er bis zum letzten Augenblick sah, dass er keine Macht mehr über sie hatte. Wenn sie tot war, brauchte sie nicht länger Angst vor ihm zu haben.

Charlotte sah den Wahnsinn in seinen Augen. Jake war jedenfalls nicht länger bei klarem Verstand. So viel war klar zu erkennen. Kalt blickte sie ihn an. Ihre Furchtlosigkeit quälte ihn. Sie merkte, wie er die Fassung verlor. Vielleicht hatte er sich vorgenommen, es langsam zu tun, aber sie provozierte ihn. Machte ihn rasend. Gut so. Dann würde es wenigstens schnell vonstattengehen. Charlotte sah, wie er das Messer hob. In wenigen Sekunden würde ihr Leben zu Ende sein.

In diesem Moment fiel ein Schuss und Jakes Körper wurde zur Seite geschleudert. Charlotte zuckte zusammen. War Estelle so schnell beim Haus gewesen? Es war ihr vorgekommen, als wären nur wenige Minuten vergangen. Schnell rappelte sie sich auf. Vor Freude begann ihr Herz wie wild zu klopfen. James stand da mit der Waffe in der Hand. Er war gekommen, um sie zu retten. Jake lag am Boden und rührte sich nicht mehr. Vorsichtig richtete sie sich auf.

»Ist er tot?« Ihre Stimme zitterte.

»Ich glaube schon.« James beugte sich vor und fühlte sichtlich angeekelt Jakes Puls. »Ist er«, setzte er knapp hinzu und reichte Charlotte die Hand.

James half ihr, aufzustehen, und als sie endlich mit zitternden Knien vor ihm stand, kam es Charlotte vor, als würde kein Blatt mehr zwischen sie passen. Ihr Herz klopfte bis in den Hals. Interessanterweise hatte dies keineswegs mit der Tatsache zu tun, dass sie gerade fast ermordet worden war. Vielmehr lag es an ihrem Retter. Im Licht, welches durch die Bäume fiel, sah er einfach umwerfend gut aus. James blickte sie an. Dann, als fiele es ihm gerade ein, sagte er:

»Ms. Dunken, ich bin gekommen, um Ihnen ein Jobangebot zu machen.« Verblüfft schaute Charlotte ihn an. Sie wusste nicht, womit sie gerechnet hatte, aber ganz sicher nicht damit. Hatte James ihr nicht eigentlich gekündigt? »Wir möchten nicht, dass Sie die weite und vielleicht beschwerliche Reise ins Ausland antreten, wo Sie doch gerade erst wieder aus dem Krankenhaus zurück sind.«

»Warum nicht?«, flüsterte Charlotte. Sie fühlte sich wie das reinste Nervenbündel. In ihrem Kopf kreiste der Gedanke, dass sie lieber tot wäre, als mit anzusehen, wie dieser Mann übermorgen heiratete.

»Weil ich das letzte Mal, als ich versucht habe, eine Nanny anzuheuern, stattdessen den besten Kuss meines Lebens bekommen habe.« James grinste Charlotte mit seinen unwiderstehlichen Grübchen an. »Was für eine Anstellung müsste ich Ihnen anbieten, dass sie vielleicht in Erwägung ziehen würden, meine Frau zu werden?« James zwinkerte ihr schelmisch zu. »Auch wenn das äußerst unprofessionell ist, ich fürchte, ich habe mich bis über beide Ohren in Sie verliebt, Ms. Dunken, und bin nicht bereit, Sie mit irgendjemand anderem zu teilen.« Ihr traten Tränen in die Augen. Sanft wischte James mit der Fingerspitze eine Träne von ihrer Wange. »Ist dieser Umstand so schlimm, dass Sie deswegen gleich weinen müssen?« Forschend sah er ihr in die Augen. Sein Gesicht war dem ihren so nah, dass sie jede einzelne der winzigen Sommersprossen auf seiner Nase sehen konnte.

»Nein, ich weine nur, weil ich so froh bin, nicht packen zu müssen. Es ist doch furchtbar viel Arbeit.« James lachte leise auf.

»Ich habe einen Vorschlag für Sie.« Charlotte blickte auf und mit einem Mal war sie unglaublich glücklich. Auch wenn dies etwas unangebracht war, wenn man bedachte, dass nur einen Meter entfernt ein gerade verstorbener, kaltblütiger Killer lag.

»Was denn?« Sie blickte ihren Traummann an und schmiegte sich fest an seine starke Brust. Dieser zog sie noch fester an sich, so dass sie den Kopf zurücklegen musste, um ihm überhaupt in die Augen schauen zu können. Charlotte sah den Schalk in seinen Augen blitzen.

»Ich finde, wir sollten uns vielleicht ab jetzt endlich duzen.« Dann beugte er sich leicht vor und begann, ihre Lippen mit hauchzarten Küssen zu benetzen.

Kapitel 26

Da vorne standen sie und knutschten. Aber nicht mehr lange. Wenn es nach ihr ging, würde Charlotte schon bald ebenso kalt und tot am Boden liegen wie dieser dusselige Jake Kellerman. Der Umweg über ihn war lästige Zeitverschwendung gewesen. Dieser Kerl bekam ja wirklich gar nichts auf die Reihe. So war das eben mit den Männern. Wenn man etwas zur vollsten Zufriedenheit erledigt haben wollte, musste eine Frau selbst ran. Ihr Vater war genauso inkompetent. Nichts brachte er allein auf die Reihe. Immer bediente er sich der Schönheit und der Intelligenz anderer. Ihrer Mutter konnte er vielleicht etwas vormachen, aber seiner Tochter nicht. Sie und ihre Mutter waren nichts als Statussymbole für ihn. Ständig schlief er mit anderen Frauen und niemals bekam er die Rechnung dafür.

Vivien hatte wirklich gedacht, James wäre anders. Scheinbar aber war er wirklich wie alle anderen Männer auch. Kaum sah eine Frau einigermaßen gut aus, schon musste er mit ihr ins Bett springen. Nun, nach ihrer kleinen Lektion gleich würde er dies wohl nie wieder tun. Und wenn doch, würde sie eben alle anderen Frauen auch aus dem Weg räumen. Sie war es leid, sich alles gefallen zu lassen. Langsam hob sie den Lauf ihrer Pistole.

»Wenn die Turteltäubchen entschuldigen? Ich glaube, wir haben einiges zu besprechen.« Es erfüllte sie mit tiefster Genugtuung, zu sehen, wie das Paar erschrocken auseinander wich. Jetzt war es an der Zeit, zu handeln und ihre Zukunft ein für alle Mal in die richtigen Bahnen zu lenken. Übermorgen würde sie heiraten, und wenn es einen kleinen Mord benötigte, dass diese Hochzeit stattfand, dann war dies eben der Preis, den sie dafür zahlen musste. Himmelherrgott, sie hatte vor, ein Kleid von Vera Wang zu tragen, so etwas ließ man sich doch nicht von einer dahergelaufenen kleinen Schlampe nehmen.

***

Für Jasper war es seltsam, nach Hause zu kommen. Natürlich war die Villa in den Hamptons nie sein richtiges Zuhause gewesen. Das Haus, in dem er groß geworden war, stand in Manhattan. Aber er hatte jeden einzelnen Sommer seiner Kindheit hier verbracht. Hier war er wesentlich glücklicher gewesen als in der Stadt. Dort war er sich immer etwas fehl am Platz vorgekommen, ganz so, als gehöre er hierher, an die hellen Strände der Hamptons. New York und sein vorbestimmtes Leben zu verlassen, war das Beste gewesen, was er hatte tun können. In LA hatte er zu sich gefunden. Paradox, wenn man bedachte, wie viele Menschen sich genau dort, im Dschungel der unerfüllten Träume, verirrten. Er war ganz am Ende gewesen. Auf sich allein gestellt. Hatte alles verloren. Sogar die Anerkennung seiner Mutter, die er doch so sehr liebte. Er hatte Dinge getan, auf die er nicht stolz war. Hatte sogar Werbung für ein Mittel gegen Inkontinenz gemacht.

Wer hätte gedacht, dass genau dieser Tiefpunkt den Wendepunkt in seinem Leben bedeuten würde. An dem Punkt, an dem es hieß, aufgeben oder sich zum Narren machen, hatte er richtig entschieden. Immerhin wurde das Commercial nicht landesweit gesendet. So blieb immer noch die Hoffnung, dass seine Mutter nicht gesehen hatte, wie er stolz offenbarte, dass man auch mit Inkontinenz ein ganzer Mann sein konnte. Die mitleidigen Blicke, welche er seitdem auf der Straße erntete, machten deutlich, dass selbst in LA die Leute Werbung unreflektiert Glauben schenkten.

Jedenfalls hatte dieser dusselige Werbespot seine Karriere gerettet, oder überhaupt erst ins Rollen gebracht. Je nachdem, wie man es sehen wollte.

Der Regisseur von »Pants for real men« hatte ein Engagement am Broadway bekommen. Und Jaspers Mut hatte dem jungen Regisseur imponiert. Anscheinend hatte ihn seine schauspielerische Leistung ziemlich beeindruckt und er wollte ihn unbedingt in seinem neuen Stück mit der Hauptrolle besetzen. Vielleicht dachten die Leute aufgrund seiner unglaublich ehrlichen Darstellung, er würde wirklich an Blasenschwäche leiden? Wie auch immer. Nun würde sich Jaspers Leben von Grund auf ändern. So schnell es ging, hatte er sich auf den Weg in die Hamptons gemacht, um seiner Mutter zu erzählen, dass sie sich nicht länger für ihn zu schämen brauchte. Außerdem hatte er das Gefühl, nach dem Rechten sehen zu müssen. Veronicas Nachrichten James betreffend beunruhigten ihn. Sein großer Bruder hatte ihn sein ganzes Leben lang beschützt und unterstützt, wenn er mal wieder das Gefühl gehabt hatte, nicht zur Familie zu gehören. Vielleicht wurde es Zeit, dass er selbst einmal seinen Bruder davor bewahrte, einen großen Fehler zu machen.

Jasper liebte James abgöttisch. Auch wenn er immer das Gefühl gehabt hatte, in seinem Schatten zu stehen. Es hatte sich so gut angefühlt, sich von der Familie zu lösen und einen eigenen Weg einzuschlagen. Vielleicht konnte er James davon überzeugen, endlich auch einmal etwas anderes als der perfekte Sohn zu sein.

Jasper hatte Angst gehabt, zurückzukommen. Er hatte sich vor der Auseinandersetzung mit seiner Mutter gescheut. Dass allerdings gar niemand zuhause sein würde, damit hatte er nun nicht gerade gerechnet. Er hasste es, Dinge aufzuschieben. Gedankenverloren nahm er ein Bier aus dem Kühlschrank und schlenderte auf die Terrasse. Vielleicht war es ganz gut, wenn er noch ein bisschen Zeit vor dem großen Comeback hatte. Allerdings fühlte es sich in keiner Weise so an. Ganz im Gegenteil. Es beunruhigte ihn, dass so gar niemand im Haus zu finden war. Jasper war ein feinsinniger Mensch und er fühlte, dass irgendetwas im Argen lag. Unruhig lehnte er sich gegen die Balustrade der Veranda und ließ seinen Blick über die weitläufige Landschaft schweifen. Auch am Strand war niemand von der Familie auszumachen. Alles sah so paradiesisch aus wie immer.

Die Dünen schimmerten in der Sonne und das Gras raschelte leicht im Wind. Die Wellen glitzerten und… Jaspers Blick wanderte zurück zu einem winzig kleinen Punkt, der sich rasch näherte. Es sah aus wie ein Kind. Verwundert rieb er sich die Augen. Halluzinierte er? Die kleine Gestalt kam immer näher. Wer ließ denn bitteschön ein so kleines Mädchen allein in den Dünen spielen? Sein Unbehagen wuchs von Minute zu Minute. Je näher das kleine Mädchen kam, desto mehr bekam es Ähnlichkeit mit seiner Nichte Estelle. Auch wenn er die Kleine schon eine ganze Weile nicht mehr gesehen hatte, die Ähnlichkeit mit ihrem Vater war unverkennbar. Stolpernd rannte sie auf das Haus zu. In diesem Moment wurde Jasper klar, dass sein Bauchgefühl wieder einmal recht behalten hatte. Irgendetwas stimmte hier ganz und gar nicht. Schnell stellte er sein Bier ab und rannte auf Estelle zu. Zum Glück erkannte ihn seine Nichte sofort.

Erschrocken stellte Jasper fest, dass ihr Kleid mit Blut befleckt und ihre Hände gefesselt waren. Vorsichtig versuchte er den Strick, um ihre schmalen Handgelenke, zu lösen. Hoffentlich bekam er schnell aus ihr heraus, was geschehen war. Estelle warf sich kurzerhand in seine Arme und begann bitterlich zu weinen. Leider verstand Jasper kein Wort von dem, was sie da schluchzend von sich gab. Liebevoll versuchte er, sie zu beruhigen. So schnell wie möglich musste er herausfinden, was zu tun war. In seinem Kopf spielten sich die schlimmsten Szenen ab.

»Er wird sie umbringen!«, schluchze Estelle.

»Wer denn?« Jasper hatte keine Ahnung, von wem Estelle sprach.

»Der fremde Mann«, weinte Estelle. Verzweifelt fuhr sich Jasper durch die Haare. Er hatte keinen blassen Schimmer, wovon Estelle sprach. »Sie sind im Wald«, schluchzte sie in sein Hemd. Jaspers Blick wanderte in Richtung des kleinen Wäldchens. Was auch immer da drüben passierte, er musste so schnell wie möglich die Polizei rufen. Er griff nach seinem Telefon. Im Gegensatz zu ihm wusste die Polizei wenigstens sofort, worum es sich handelte. Als Jasper auflegte, wurde ihm klar, dass er niemals im Leben damit gerechnet hatte, außerhalb einer Filmrolle jemals einen Großeinsatz auszulösen. Es fühlte sich irgendwie lange nicht so gut an, wie er gedacht hatte.

Jasper drehte sich zu Estelle um. Sie würden jetzt gemeinsam ein großes Glas Milch zur Beruhigung trinken. Fernanda hatte ihm früher immer heiße Milch mit Honig gemacht und es hatte jedes Mal geholfen. Doch hinter ihm stand kein Kind mehr. Panisch schaute er sich im Zimmer um. Estelle war verschwunden. Jasper rannte zurück auf die Veranda und legte die Hand über die Augen. Vor Schreck krampfte sich sein Herz zusammen, als er sah, dass das Mädchen schon wieder auf halber Strecke zurück zu dem kleinen Waldstück war. Wollte sie sich umbringen? Er stöhnte auf. Jetzt musste er sich beeilen. Wenn sein großer Bruder auch noch seine Tochter verlor, würde er nie wieder eine Chance auf ein glückliches Leben haben.

Eilig rannte Jasper in das ehemalige Arbeitszimmer seines Vaters. Er kannte seine Mutter, bestimmt war dort noch alles wie früher. Ohne zu zögern ging er auf den Waffenschrank zu. Jetzt war er froh, dass sein Vater ihn in jungen Jahren immer zum Tontaubenschießen gezwungen hatte. So hatte er heute wenigstens nicht zum allerersten Mal in seinem Leben eine Waffe in der Hand. Mit angeekeltem Blick griff er nach Schrotflinte und Munition. Er hasste Waffen, aber er war es seinem Bruder schuldig, dessen Tochter mit allen Mitteln zu verteidigen. Estelle hatte Blutflecken auf ihrem Kleid gehabt. Was immer da drüben in diesem Waldstück auch passierte, es war jedenfalls kein Spiel.

***

Charlotte hatte das Gefühl, dass die Zeit stehen geblieben war. Nie in ihrem Leben hatte sie gedacht, sich gleich zweimal in einer solch schrecklichen Situation wiederzufinden. Vivien war nicht länger klar im Kopf. Dass Jake ein irrer Psychopath war, hatte sie gewusst. Aber Vivien? Die junge Frau war ihr zwar sehr ehrgeizig und ambitioniert vorgekommen, aber dass sie über Leichen gehen würde, damit hatte sie nicht gerechnet. Panisch schaute sie zu James. Dieser sah genauso verblüfft aus wie sie. Charlotte unterdrückte ein Schluchzen. Wieso musste alles so schrecklich enden? Würde sie wirklich hier und heute, in diesem kleinen Waldstück nahe dem Strand sterben? Wenn sie dem Wahnsinn in Viviens Augen Glauben schenken durfte, sah es ganz danach aus. Vivien stand vor ihnen und hielt die Waffe auf sie gerichtet.

»Das willst du nicht tun.« Sanft versuchte James, Vivien zu beruhigen.

»Und ob ich das will.« Viviens Stimme klang kalt. Es schien nicht, als handle sie aus dem Affekt heraus. Vielmehr wirkte sie kalt und berechnend. Charlotte lief ein Schauer über den Rücken. Mit ziemlicher Sicherheit würde sie das hier nicht überleben.

»Und wenn wir heiraten? Wenn ich dir hoch und heilig verspreche, dass ich dich liebe?« James´ Stimme klang flehend.

»Und ob du das wirst.« Vivien blickte James direkt in die Augen. »Du wirst nur mich lieben. Ganz allein. Wir werden Großes zusammen vollbringen. Ich werde deine First Lady sein.«

Charlotte gruselte es. Viviens Stimme klang unnatürlich fremd. Wie konnte sich ein Mensch derart verwandeln? Gut, sie war nie ein Ausbund an Freundlichkeit gewesen, aber eine eiskalte Killerin? Charlotte merkte, wie ihre Zähne zu klappern begannen. Die ganze Aufregung wurde ihr zu viel. Jeden Moment würde sie umkippen. Sie schaffte es kaum mehr, vernünftig zu atmen. Jede Faser ihres Körpers wehrte sich gegen den Gedanken, zu sterben. Jetzt, da sie wusste, dass James sie liebte, wollte sie nichts als am Leben bleiben. Sie wollte mit ihm alt werden. Eine Familie gründen. Am Ende ihres Lebens im Garten sitzen und ihrer großen Enkelschar beim Spielen zuschauen. Charlotte entfuhr ein Schluchzen. Vivien drehte sich zu ihr um und schnauzte sie an.

»Halt die Klappe, du Schlampe. Glaubst, ich verschone dich, nur weil du ein paar Tränen verdrückst?« Sie kam ein paar Schritte näher. Panisch schaute Charlotte auf den Lauf der Waffe. Warum war Viviens Hand so ruhig? Hätte sie nicht wenigstens ein bisschen zittern müssen? Immerhin würde sie gleich einen Mord begehen. Mit zuckersüßer Stimme begann Vivien, zu reden. »Du weißt doch, Schätzchen, wer nicht hören will, muss fühlen. Allerdings wirst du schon ganz bald gar nichts mehr fühlen.« Viviens Lachen klang irre.

***

James kam sich gefangen vor. Er konnte nichts weiter tun, als seiner Ex-Verlobten dabei zuzusehen, wie sie eine geladene Waffe auf Charlotte richtete. Am liebsten hätte er sich vor sie geworfen, aber er stand zu weit weg. Noch bevor er bei Charlotte angelangt wäre, würde ihr Körper tot am Boden liegen. In seinem Kopf kreisten die Gedanken. Wie hatte er nicht mitbekommen können, dass Vivien derart gestört war? Zu welchem Zeitpunkt hätte er noch eine Chance gehabt, alles zu ändern? Er hatte immer an das Gute im Menschen geglaubt. Wie hoch war die Chance gewesen, dass sich zwei Psychopathen genau an derselben Stelle trafen?

In diesem Moment fiel es ihm wie Schuppen von den Augen. Vivien hatte Jake Kellerman gesagt, wo er Charlotte finden konnte. James war so wütend, dass er seine ehemalige Verlobte mit bloßen Händen hätte erwürgen können. Allerdings wusste er, dass er gegen eine geladene Waffe nicht gewinnen konnte. Wenn er das Ziel gewesen wäre, hätte er alles riskiert. Allerdings war es Charlotte, auf die Vivien es abgesehen hatte. Er musste es irgendwie schaffen, sie zu retten. Koste es, was es wolle. In diesem Moment ertönte im Gebüsch hinter Charlotte ein Rascheln. Alle Drei zuckten zusammen. Er dachte, sein Herz würde stehen bleiben, als er sah, wie seine kleine Tochter auf die Lichtung trat und mit großen Augen Vivien ansah.

Kapitel 27

Was machte das Balg hier? Sollte sie nicht irgendwo spielen? Vivien hasste Kinder. Und vor allem dieses. Es machte sie zu James' zweiter Frau. Es war die tägliche Erinnerung daran, dass James bereits vor ihr geliebt hatte. Nur durch Estelle hatte Charlotte es geschafft, an James heranzukommen. Die Schlampe hatte alles richtig gemacht. Warum war sie selbst nicht auf die Idee gekommen, dass die kleine Göre den Schlüssel zu James' Herz darstellte? Vielleicht weil sie vorgehabt hatte, sie ins Internat zu geben, sobald sie verheiratet waren. Estelle war der Grund, warum James sie nicht voll und ganz lieben konnte. Am besten war es, wenn sie sich der Kleinen auch gleich entledigte. Sie hatte alles kaputt gemacht. Wäre sie nicht gewesen, hätte das Klappergestell Charlotte es niemals geschafft, sich an James ranzumachen.

James liebte keine schwächlichen Frauen, welche sich als Opfer darstellten. Er brauchte eine starke Frau, die die Dinge für ihn regelte. So wie sie. Eines Tages würde er ihr dankbar sein, dass sie ihn davor gerettet hatte, eine unbedeutende

Person mit Frau und Kind zu werden. Gefangen in einem langweiligen Leben.

Heute war der Tag, der eine Wende in ihrer beider Leben bedeuten würde. Ohne die zwei Gestalten da vorne würden sie endlich glücklich werden. Sie hasste diese großen Rehaugen. Durch diese sahen Charlotte und Estelle sich so ähnlich wie Mutter und Tochter. Noch etwas, das sie selbst nicht bieten konnte.

Das Kind sollte sich nicht so anstellen. Sie tat Estelle nur einen Gefallen, wenn sie sie vor einem Leben mit einem notorisch fremdgehenden Vater bewahrte. Mit einem Ruck richtete sie die Waffe auf Estelle. Lächelnd ignorierte sie James´ und Charlottes Schreie. Langsam legte sie den Finger auf den Abzug und drückte ab.

In diesem Moment warf sich Charlotte vor und stieß Estelle heftig zur Seite. Verdammt! Vivien hatte nicht mit so viel Heldenmut gerechnet. Wie konnte Charlotte ein Kind so viel wert sein? Sie war doch nur Mittel zum Zweck gewesen, um an James heranzukommen. Es konnte doch nicht sein, dass die junge Frau ein fremdes Kind mehr liebte als ihr eigenes Leben?

Aus den Augenwinkeln sah Vivien, wie James auf die beiden zu rannte und sich neben ihnen auf den Boden fallen ließ. Scheinbar war es ihm egal, dass sie noch mehr Munition in ihrer kleinen Pistole hatte und auch bereit war, diese einzusetzen. Kaltblütig drückte sie ein weiteres Mal ab. Dann sollten sie eben zusammen sterben.

***

Es schien James, als würde die Erde aufhören, sich zu drehen. Alles verschwamm vor seinen Augen, als er sah, wie Charlotte seine kleine Tochter aus der Schussbahn brachte und sich vor sie warf. Im Fallen bäumte sich ihr schlanker Körper auf, als die Kugel ihr Ziel traf. Wie aus der Ferne hörte er seine eigenen Schreie. Er hätte an ihrer Stelle sein sollen. Fast konnte er spüren, wie auch sein Herz aufhörte zu schlagen, als er sah, wie Charlottes zarter Körper am Boden aufschlug.

Bei ihr angekommen, drückte er die Hand auf die Wunde, aus welcher das Blut viel zu schnell quoll. Charlotte durfte nicht sterben. Er durfte sie nicht schon wieder verlieren. Mit einem Mal spürte er einen stechenden Schmerz in seiner eigenen Brust. Verwundert schaute er auf und sah in das grinsende Gesicht von Vivien und zurück auf seinen Körper. Anscheinend hatte sie auch auf ihn geschossen. Erleichtert drückte er weiter auf Charlottes Wunde. Wenn, würden sie heute zusammen sterben. Er hatte nicht vor, Charlotte noch einmal alleinzulassen. Liebevoll zog er Charlottes schlaffen Körper in seinen Arm. Aus den Augenwinkeln nahm er eine Gestalt wahr. Täuschte er sich, oder war es etwa sein Bruder, der Vivien gerade eine Schrotflinte vor das Gesicht hielt?

Diese kreischte vor Wut laut auf, als Jasper ihr die Waffe abnahm.

»Die Polizei ist unterwegs«, rief er in James' Richtung. Er nickte. Inständig hoffte er, dass sie nicht zu spät kommen

248

würden. Charlotte verlor viel Blut. Viel zu viel. Estelle klammerte sich an ihre Beine und wimmerte leise. Es war so unfair. Da hatte seine Tochter endlich eine neue Mutter gefunden und dann würde diese vielleicht sterben.

»Ich liebe dich so sehr«, murmelte er in Charlottes helles Haar. »Bitte verzeih mir, dass ich so ein großer Idiot war.« Charlotte blickte ihn aus großen Augen an.

»Ich scheine eine Schwäche für Idioten zu haben.« Sie lächelte. »Vielleicht klappt es mit uns ja wirklich erst im nächsten Leben.« James schluchzte auf. Es war ihm egal, dass Charlotte ihn weinen sah. Mit tränenerstickter Stimme flüsterte er.

»Ich werde alle Leben, die da kommen, auf dich warten.« Auch wenn es kitschig klang, Charlotte musste verstehen, wie sehr er sie liebte. Er würde es nicht aushalten, wenn sie ging, ohne dass er ihr hatte klar machen können, wie sehr er sie liebte. Sanft lächelte Charlotte ihn an.

»Ich liebe dich, James Fitzgerald, in diesem und in allen anderen Leben auch. Ich verspreche dir, immer die Augen offenzuhalten nach diesem ganz besonderen Idioten mit den hammermäßigen Brustmuskeln…« Ihre Stimme brach. James drückte sie fest an sich.

»Bitte, lass mich nicht allein«, murmelte er wie ein Mantra vor sich hin. Er merkte, wie ihr Puls immer schwächer wurde. Sie durfte ihn nicht verlassen. Nicht jetzt, da sie sich endlich gefunden hatten.

Er bereute es zutiefst, dass er sie nicht direkt bei ihrer ersten Begegnung am Strand für immer festgehalten hatte. James hatte nie an so etwas wie Seelenverwandtschaft geglaubt. Aber diese Frau in seinen Armen war nicht nur die Liebe seines Lebens, sondern auch seine beste Freundin. Sie war das Wundervollste, was ihm je passiert war. Wenn sie starb, würde ein großer Teil seiner Seele ebenfalls sterben.

Er spürte, wie ihm immer kälter wurde. Bis jetzt hatte er noch keinen Gedanken darauf verschwendet, wo Vivien ihn getroffen hatte. Sanft schob er Charlottes Körper zur Seite. Ihrer beider Blut hatte sich auf seinem Hemd vermischt. Nichtsdestotrotz war klar zu erkennen, dass auch seine Verletzung schwerwiegender war, als er zunächst angenommen hatte. Er blickte zu Estelle. Wie es aussah, würde er sich von ihr verabschieden müssen, denn er und Charlotte würden sich wohl niemals wieder trennen. Heute war der Tag, an dem sie gemeinsam sterben würden. Lächelnd drückte er Charlotte einen Kuss auf den Scheitel.

»Siehst du, mein Engel, ich habe doch gesagt, dass ich dich niemals wieder allein lasse.«

Epilog

Die Landschaft sah friedlich aus im hellen Licht der ersten Herbsttage. Normalerweise war sie um diese Zeit bereits wieder in der Stadt. Catherine aber hatte sich entschieden, dem Trubel der Großstadt den Rücken zu kehren. Die Ereignisse des Sommers lasteten immer noch schwer auf ihrer Seele. Mit Phillip zusammen würde sie zu der Premiere von Jaspers Stück nach New York reisen. Vielleicht würden sie auch eine Weile dort bleiben. Weihnachten wollten sie zusammen im Kreis der Familie verbringen. Jeden einzelnen Tag war Catherine froh und dankbar, dass Phillip ihr verziehen hatte. Sie liebte ihn mit jeder Faser ihres Herzens. Endlich konnte sie all das erleben, was sie ein Leben lang vermisst hatte. Auch ihr Verhältnis zu Jasper war nun ein ganz anderes. Der Junge hatte es erstaunlich gut verkraftet, zu erfahren, dass er einen anderen Vater hatte als seine Geschwister. Manchmal kam es ihr fast so vor, als wäre er froh darüber, endlich zu wissen, warum er sich immer ein wenig anders gefühlt hatte. Und Veronica? Ihre Jüngste würde schon ihren Weg gehen.

Instinktiv wusste Catherine, dass Rouven nicht der Richtige für sie war. Ihre Tochter wusste das auch. Zurzeit tourte sie gerade allein mit dem Rucksack durch Europa. Vielleicht würde diese Erfahrung Veronica helfen, zu sich zu finden?

Catherine hatte gelernt, nachsichtiger mit ihren Kindern zu sein. Egal, welche Entscheidungen sie auch trafen, was zählte, war, dass sie gesund und am Leben waren. Für die ältere Frau zählte nicht länger, welchen Einfluss ihre Kinder hatten oder womit sie ihr Geld verdienten. Hauptsache, sie waren glücklich und wurden nicht wahnsinnig.

Wann immer sie an die arme Vivien dachte, zog sich ihr Herz zusammen. Die junge Frau würde ihr Leben hinter den Gittern einer geschlossenen Psychiatrie verbringen. Catherine war froh, dass ihre Kinder nicht so waren. Sie schlugen vielleicht nicht immer auf Anhieb den richtigen Weg ein, aber das bedeutete nur, dass sie ihrer Mutter gar nicht so unähnlich waren. Schlussendlich waren sie alle auf den rechten Pfad zurückgekommen, und das war alles, was zählte.

***

Glücklich betrachtete Charlotte Estelle, welche versunken im Sandkasten spielte. Seit dem Sommer hatte sie sich in eine richtige Vierjährige verwandelt. Zwar gab sie immer noch in regelmäßigen Abständen altkluge Kommentare von sich, aber sie spielte jetzt viel häufiger und stellte auch mal Unsinn an. Im Geheimen war Charlotte dann immer unglaublich stolz auf sie und schimpfte nur ein ganz kleines bisschen mit dem Kind.

Es war faszinierend, wie gut das Mädchen den Tag im Sommer verkraftet hatte, an dem sie und James fast gestorben waren. Charlotte hatte erwartet, dass Estelles Alpträume schlimmer werden würden. Erstaunlicherweise aber hatte sie keinen weiteren Anfall mehr gehabt. Allerdings war sie sehr anhänglich, was in Anbetracht der Tatsache, was das Kind erlebt hatte, nicht wirklich verwunderlich war. Lächelnd schaute Charlotte auf den funkelnden Ring an ihrem Finger. Er war schlicht und zurückhaltend, so, wie es ihr gefiel. Auch wenn James ihr am liebsten einen Klunker so groß wie Manhattan gekauft hätte, so etwas passte einfach nicht zu Charlotte. Noch stand kein Termin für die Hochzeit fest. Sie wollten etwas ganz Einfaches. Im engsten Kreis der Familie. Nach allem, was vorgefallen war, stand niemand so recht der Sinn nach einer prunkvollen Hochzeit und schon gar nicht nach einem Vera-Wang-Kleid.

Heute Abend würde sie James sagen, dass sie schwanger war. Charlotte war schon ganz aufgeregt. Am Morgen hatte der Arzt ihre Schwangerschaft bestätigt. Es sah alles gut aus. Wer hätte gedacht, dass ihr Körper sich so schnell von der Schussverletzung erholen würde. Sie hatten beide Glück gehabt. James behauptete immer, dass keiner von ihnen Estelle hatte zurücklassen wollen, und wenn Charlotte darüber nachdachte, so war der Wunsch, endlich eine Familie zu sein, bestimmt der Grund dafür gewesen, dass sie sich so schnell erholt hatten. Estelle wünschte sich inständig ein Geschwisterchen und so konnte sich Charlotte ganz ohne schlechtes Gewissen über ihre Schwangerschaft freuen. Zufrieden seufzend lehnte sie sich im Gartenstuhl zurück. So fühlte sich also ein Happy End an? Wer hätte gedacht, dass diese tatsächlich so wundervoll waren.

***

James griff nach den Rosen für Charlotte, welche auf dem Beifahrersitz lagen. Am liebsten hätte er ihr jeden Tag bergeweise Blumen mitgebracht, aber seine wundervolle Verlobte erinnerte ihn immer wieder daran, dass sie wirklich nicht so viele Vasen hatten.

Glücklich sprang er aus dem Auto, welches er in der Einfahrt abgestellt hatte. Heute hatte er seinen ersten richtigen Tag als Dozent in Harvard gehabt. Es war ein wirklich gutes Gefühl gewesen. Auch wenn er wahnsinnig aufgeregt gewesen war. Endlich hatte er das Gefühl, das Richtige zu tun. Am richtigen Ort zur richtigen Zeit zu sein. Zusammengefasst konnte man sagen: James fühlte sich so glücklich wie noch nie. Sein ehemaliger Schwiegervater hatte sich riesig gefreut, nicht nur seine Enkelin in der Nähe zu haben, sondern auch, dass Estelle endlich nicht länger so viel allein war. Manchmal dachte James, dass es vielleicht Johanna gewesen war, die ihm Charlotte geschickt hatte, um ihre Familie aus dem Loch zu holen, in welchem sie die letzten Jahre gesteckt hatte.

Pfeifend lief er den gepflasterten Weg entlang. Hinter dieser braunen Holztüre lag sein eigenes privates Paradies. Er hatte mehr Glück gehabt, als er je hätte erwarten können. Lächelnd betrachtete er seine zukünftige Frau, die ihm schwungvoll die Tür öffnete und sich an ihn schmiegte. Sie

254

begrüßte ihn mit einem langen Kuss und legte dabei die Hand auf seine Brust. Spitzbübisch grinste Charlotte ihn an, als sie sich auf die Zehenspitzen stellte und ihm ins Ohr flüsterte:

»Weißt du was? Jeden Tag denke ich, was für ein Glück ich doch habe, den Mann mit den wirklich unglaublichsten Brustmuskeln auf der ganzen Welt gefunden zu haben.«

Ende